人民共和國文化與文學叢書

十 二 編
李 怡 主編

第 1 冊

中國新詩選本百年歷程研究（上）

郭 勇 著

花木蘭文化事業有限公司

國家圖書館出版品預行編目資料

中國新詩選本百年歷程研究（上）／郭勇　著 -- 初版 -- 新北
市：花木蘭文化事業有限公司，2024〔民113〕
目 2+154 面；19×26 公分
（人民共和國文化與文學叢書 十二編；第 1 冊）
ISBN 978-626-344-853-7（精裝）
1.CST：新詩 2.CST：學術研究 3.CST：中國文學史
820.8　　　　　　　　　　　　　　　113009396

ISBN-978-626-344-853-7

人民共和國文化與文學叢書
十二編　第一冊　　　　　　　ISBN：978-626-344-853-7

中國新詩選本百年歷程研究（上）

作　　者　郭　勇
主　　編　李　怡
企　　劃　四川大學中國詩歌研究院
總 編 輯　杜潔祥
副總編輯　楊嘉樂
編輯主任　許郁翎
編　　輯　潘玟靜、蔡正宣　美術編輯　陳逸婷
出　　版　花木蘭文化事業有限公司
發 行 人　高小娟
聯絡地址　235 新北市中和區中安街七二號十一三樓
　　　　　電話：02-2923-1455 ／傳真：02-2923-1452
網　　址　http://www.huamulan.tw 信箱 service@huamulans.com
印　　刷　普羅文化出版廣告事業
初　　版　2024 年 9 月
定　　價　十二編 10 冊（精裝）新台幣 26,000 元　　　版權所有・請勿翻印

中國新詩選本百年歷程研究(上)

郭勇 著

作者簡介

郭勇，男，1978 年生，湖北麻城人。畢業於北京師範大學，獲文學博士學位。在華中師範大學文學院博士後流動站出站，獲文學博士後資格證書。現為江南大學人文學院教授、碩士生導師、中國文藝評論家協會會員。主要從事中國文論與美學研究，承擔國家社科基金項目 2 項，省部級項目多項，出版專著 6 部，參編教材 4 部，應邀赴歐洲參加學術會議。獲得中國文藝評論最高獎——第四屆「啄木鳥杯」中國文藝評論年度優秀作品獎。

提　　要

　　本書第一次將 1920 ～ 2020 百年來的中國新詩選本作為一個整體加以把握，探討選本編纂對中國新詩經典化所起的作用。自 1920 年 1 月《新詩集》（第一編）在上海出版，百年來的新詩編選活動，不僅是新詩傳播與經典化的重要環節，也與新詩創作相互呼應、緊密相聯。

　　1920 ～ 1948 年的第一階段，此時的選本，更多具有傳播新的詩歌理念、維護新詩合法性、保存新詩文獻並實現初步的經典化的意義。

　　1949 ～ 1979 年的第二階段，新詩創作與編選都呈現出「一體化」的特點。這一時期影響最大的綜合性新詩選本是臧克家主編的《中國新詩選（1919 ～ 1949）》，同時各種文學叢書也成為具有特殊意味的選本。

　　1979 ～ 2000 年的第三階段，詩壇的撥亂反正恰恰與新詩選本的破冰之旅結合到了一起。80年代的新詩選本大規模地向詩歌流派傾斜，90 年代追求審美現代性，體現出對審美本位的認可。

　　21 世紀以來的第四階段是個未完成的階段，新詩選本的多元化與新詩本身的多元化相一致，選本的多元混雜、眾聲喧嘩是這一階段最顯著的特徵。

　　百年新詩編選與創作緊密關聯、相互依存、相互促進。新詩選本確立了新詩的合法性，自身也是歷史的產物。中國新詩選本的百年歷程，也是百年中國新詩的經典化歷程。

文學「地方性」問題的發展——《人民共和國文化與文學叢書·十二編》代序

李 怡

文化發展與文學發展的「地方性」話題自古皆然，至今更成為自我凸顯的一種有效的方式，老話題中不斷醞釀出新的動向。近年來持續討論的「新東北文學」與「新南方寫作」就是兩大當代文學批評的熱點。在這裡，本文無意直接加入對「南北文學」的這場討論，倒是覺得可以通過梳理一下這批評新動向的來龍去脈，對由來已久的「地方性」的資源價值再作反思。

一

「新東北文學」與「新南方寫作」並不是一種既有的文學史建構工程的全新章節，也就是說，到目前為止，它們都還不是業已成熟的文學傳統的當然的構成，而屬於當下文學發展與批評活動中的一種「潮起潮落」的現象，它們的創作者、闡述者主要都是活躍於文學現場的 80 後一代。這在很大的程度上決定了問題的鮮活性、時代性與理想性，當然，也為我們的進一步追問留下了空間。

「新東北文學」是最近四、五年間在東北文學與東北文藝的某種浪潮的基礎上形成的概念。上世紀 30 年代在抗戰文學潮流中出現過「東北作家群」，新時期的東北雖然才俊迭出，但要麼另有旗幟，如名屬「先鋒」的馬原、洪峰、刁斗，要麼鍾情白山黑水卻難成群體陣勢，如遲子建。至新世紀第一個十年行將結束之際，終於在電影、音樂、曲藝和某些文學中湧現出了具有地方個性的新動向，這讓壓抑已久的東北文藝家點燃了希望，「東北文藝復興」與「新東

北作家群」接踵提出。2019 年 11 月 30 日，東北網絡歌手董寶石在《吐槽大會》上，以調侃的方式提出「東北文藝復興」的口號，在媒體發酵中，又連續出現了「東北文藝復興三傑」「東北野生文藝」「東北民間哲學家」等等概念，雖然這些主要由樂隊、脫口秀演員、短視頻博主等為主角的聲音在很大程度上沒有超出自娛自樂的範圍，但卻是呼應了 2003 年國家提出「振興東北老工業基地」戰略，也將一些東北學者「振興東北文化」的願望體現在了大眾文化的層面上。〔註1〕2020 年初，黃平發表《「新東北作家群」論綱》，以「雙雪濤、班宇、鄭執等一批近年來出現的東北青年作家」為中心，鄭重提出了新東北文學作為群體現象的現實。〔註2〕此後，「新東北作家群」「東北文學復興四傑」與「新東北文學」等概念便在批評界傳播開來，成為各種文學批評、學術座談會討論的主題，也引發了不同的意見。

　　「新南方寫作」，在一開始只是針對某些嶺南作家作品的批評概念，後來隨著範圍不斷擴大，而成為了一個各方關注的文學現象的指稱。2018 年 5 月 27 日在廣東東莞（松山湖）文學創作基地舉行的一個文學活動上，評論家楊慶祥與作家林森、陳崇正、朱山坡等的對話涉及到了「在南方寫作」的問題，林森、陳崇正、朱山坡同時就讀於北京師範大學與魯迅文學院聯辦的文學創作方向研究生班，據說他們也討論過「新南方寫作」作為一種批評概念的意義。當年 11 月 30 日至 12 月 2 日，由《花城》雜誌與潮州市作協、韓山師範學院合辦的「花城筆會暨第三屆韓愈文學月活動」，在廣東潮州舉辦。11 月 30 日文學沙龍的主題之一是「當代文學格局中的地方性寫作」。陳崇正、朱山坡、林森、王威廉與楊慶祥等作家、批評家、編輯聚首，熱烈討論了「新南方寫作」這個概念的學術可能性。11 月 9 日，陳培浩在《文藝報》上發表文章《新南方寫作的可能性——陳崇正的小說之旅》，「希望借助『新南方寫作』這個概念來彰顯陳崇正寫作中的獨特想像力來源」，「新南方寫作」一說正式見諸主流媒體。而與之同時，楊慶祥也在積極籌備相關的學術討論，他的思路也從嶺南延伸到了更遠的地方：「大約是在 2018 年前後，我開始思考『新南方寫作』這個概念。觸發我思考的第一個機緣是當時我閱讀到了一些海外作家的作品，主要

〔註1〕2004 至 2012 年間，東北學者邴正、張福貴、逢增玉、谷曼、吉國秀等都撰文論述過「振興東北文化」的可能，刊發於《社會科學戰線》《社會科學輯刊》《長白學刊》《遼寧大學學報》等期刊上。

〔註2〕黃平：《「新東北作家群」論綱》，《吉林大學社會科學學報》2020 年第 1 期。

是黃錦樹。」〔註3〕

　　從「南方」的角度來定義文學現象當然不是始於此時，只不過，因為江蘇浙江一代的文學歷來發達，「江南文學」幾乎就被視作「南方文學」的當然代表，今天，「『新南方寫作』是指跟以往以江南作家群為對象的『南方寫作』相對的寫作現象，這個概念既希望使廣大南方以南的寫作被照亮和看見。」〔註4〕換句話說，「新南方」指的不是新的今天的南方，而是「南方之南」的還不曾進入人們視野的那些「南方」。更準確地說，這個概念的提出，原本是提醒一種隨著經濟和文化的發展，而日益重要的「南方之南」的文學存在現象，即在將蘇童、格非、葉兆言等江南區域作家的視作傳統意義的「南方寫作」，而將嶺南等在改革開放時代湧現的區域文學寫作名之為「新南方寫作」。楊慶祥發表於《南方文壇》2021 年 3 期上的《新南方寫作：主體、版圖與漢語書寫的主權》是到目前為止最完整、影響也最大的文章，它和黃平的《「新東北作家群」論綱》遙相呼應，成為新時代中國當代文學「地方性」建構的南北綱要。按照楊慶祥的劃定，「將新南方寫作的地理範圍界定為中國的廣東、廣西、海南、福建、香港、澳門、臺灣等地區以及馬來西亞、新加坡、泰國等東南亞國家。」〔註5〕這已經從陸地伸向了海洋，從中國擴展至了域外，臺灣學者王德威有具體的建議，他認為相關的文學批評可以跨越「閩粵桂瓊作家的點評」範圍：「許假以時日，能有更多發現？如張貴興、李永平的南洋風景，吳明益、夏曼・藍波安的地理、海洋書寫，董啟章、黃碧雲的維多利亞港風雲，極有特色，可作為研究的起點。」〔註6〕也有學者進一步論述了「世界南方」的可能性：「在地域上以兩廣、福建、海南等中國南方沿海省份為主體，同時延伸至臺港澳地區、東南亞的華語文化圈，並不斷向更為廣闊的『世界南方』拓展。」〔註7〕

　　當然，也有學者提出了橫向拓展的設想，即將過去那些身處南方卻不屬於

〔註3〕楊慶祥：《新南方寫作：主體、版圖與漢語書寫的主權》，《南方文壇》2021 年 3 期。
〔註4〕陳培浩：《「新南方寫作」及其可能性》，《韓山師範學院學報》2020 年 4 期。
〔註5〕楊慶祥：《新南方寫作：主體、版圖與漢語書寫的主權》，《南方文壇》2021 年 3 期。
〔註6〕王德威：《寫在南方之南：潮汐、板塊、走廊、風土》，《南方文壇》2023 年 1 期。
〔註7〕盧楨：《行走的詩學與新南方寫作的域外生成》，《南方文壇》2023 年 6 期。

典型南方——江南之外的區域文學現象也一併納入：「從空間上看，以往南方文學主要是江南文學，現在談新南方文學，囊括了廣東、福建、廣西、四川、雲南、海南、江西、貴州等等文化上的邊地，具有更大的空間覆蓋性，因而也有更多文化經驗異質性。」〔註8〕

如今，「新東北文學」與「新南方寫作」的論述和探討早已經超出了本地域發聲的層面，發展成了一種全國性的乃至在一定程度上影響著國際漢學界與華文創作圈的文學動向、批評動向。《文史哲》雜誌與《中華讀書報》聯袂開展的 2022 年度「中國人文學術十大熱點」評選活動中，新「南」「北」寫作的興起成為文學類唯一入選話題。

<h2 style="text-align:center">二</h2>

中國文學有南北之議或者說各區域地理的概念，這已經是我們源遠流長的傳統，《詩經》與《楚辭》的差異早就為人們所注目，「辭約而旨豐」的《詩經》，「耀豔而深華」的《楚辭》，都為劉勰所辨明，〔註9〕唐代魏徵在《隋書·文學傳序》的討論已經出現了「南北」、「江左」、「河朔」等重要的文學地方視野：「江左宮商發越，貴於清綺；河朔詞義貞剛，重乎氣質。氣質則理勝其詞，清綺則文過其意。理深者便於時用，文華者宜於詠歌，此其南北詞人得失之大較也。」〔註10〕《漢書》《隋書》闢有「地理志」，專門概括各地山川形勝、風土人情，是中國文化與中國文學地方性論述的集中表達。近現代以後，引入西方的文學地理學、空間理論，使之論述更上層樓，文學的區域研究、地域考察不斷結出重要的果實。在新時代的今天，東北與南方問題的再度提出，很令人想起一百年前，在中國文學從古典至近現代的歷史轉換之中，一批學者也讓中國文學的南北論隆重出場，即是對文學發展史實的陳述，也包含了自我辨認、清理的思想根脈以激發文化的活力之義，那麼，這一百年以後的議題，都有著什麼樣的思想意義，是不是亦有同樣的歷史效應呢？

對中國現當代文學進行系統的「地方性」的觀察和總結是在 1990 年代中期，嚴家炎先生主編的《二十世紀中國文學與區域文化》叢書於 1995 年開始由湖南教育出版社陸續推出，這是新中國成立後、當然也是百年來第一次系統

〔註8〕陳培浩：《「新南方寫作」及其可能性》，《韓山師範學院學報》2020 年 4 期。
〔註9〕分別見《文心雕龍·宗經》、《文心雕龍·辨騷》，范文瀾《文心雕龍注》22、47 頁，人民文學出版社 1958 年。
〔註10〕《隋書》卷 76，中華書局 1973 年版第六冊 1730 頁。

梳理總結中國新文學發展與地方文化內在關係，是文學地方經驗與地方路徑的全面展示和挖掘。值得一提的，這些中國文學的地方性研究幾乎都是各個地方的學者來完成的，絕大多數是當地籍貫的學者，極少數籍貫不在當地卻是生活多年或者已經就是第二故鄉。

著作名	作　者	籍　貫
黑土文化與東北作家群	逄增玉	出生於吉林
江南士風與江蘇文學	費振鍾	出生於江蘇
都市漩流中的海派小說	吳福輝	出生於浙江，在上海度過童年
現代四川文學的巴蜀文化闡釋	李怡	出生於重慶
山藥蛋派與三晉文化	朱曉進	出生於江蘇，從事相關研究
齊魯文化與山東新文學	魏建、賈振勇	出生於山東
雪域文化與西藏文學	馬麗華	生於山東，在藏工作 27 年
「S會館」與五四新文學的起源	彭曉豐	在杭州讀書和任教
	舒建華	出生於浙江，在杭州讀書和工作
秦地小說與「三秦文化	李繼凱	出生於江蘇，在陝西讀書和工作
湖南鄉土文學與湘楚文化	劉洪濤	出生於河南，從事相關研究

以上簡表可以看出，《二十世紀中國文學與區域文化》叢書的作者，除了朱曉進、劉洪濤因為前期分別從事山藥蛋派與沈從文研究而參加了相關叢書外，其他所有的學者都可以說具有深刻的「本鄉本土」淵源，他們的研究在很大程度上來源於對「本土文化」的一種自我感受，學術的表達也具有自我開掘、自我說明的鮮明的意圖。在新時期中國現當代文學的實績還有待全面總結和彰顯的時候，這種「地方性」的開掘和展示幾乎也可以說是必然的，他們解釋的是「走向世界」的文學主流敘事所需要的細節，也是對「中國文學」主體敘述所難以顧及的地方內容的放大呈現，除了「地方性」的學者或者對「地方」有特別研究的基礎，似乎也難以熟悉這些特定地域的被遮蔽的陌生的內容。

不過，這樣一來，也為我們提出了一個新的問題：除了對主流文學細節的補充與完善，「地方」究竟還有沒有可能凸顯自己的發現？而且這種發現最後的意義又不僅僅屬於「地方」，而是指向對整個文學格局的再認識？在這個意義上，我認為《二十世紀中國文學與區域文化》叢書的工作屬於中國文學地方性研究的第一階段，它的重要意義就在於為我們展示了百年來中國文學發展的無比豐富的地方性，這些地方性的存在從根本上說就是中國新文學發生發

展的基礎，也是它的歷史實績，因為有了不同地方的文學成果，我們百年文學的建構才是充實的和多樣化的。當然，在大量紮實的奠基性的工作之外，這一階段的努力基本上還沒有展開新的追問，即這些「地方性」的文學有沒有貢獻出一種獨特又具有整體性指向的可能？《二十世紀中國文學與區域文化》叢書對各區域文學的解剖、分析新見迭出，不過似乎都沒有刻意挖掘那些地方性文學創作中蘊含的導向未來文學發展的律動和線索，沒有放大性地揭示「當下地方」中暗藏的「通達中國」、「激活世界」的機緣。

　　《二十世紀中國文學與區域文化》叢書出版至今，二十年的時間過去了，中國學者對文學地方性問題的研究依然在持續推進中。這種推進表現在三個方面，首先是一系列相關理論的引進和運用，例如文化地理學（Cultural geography）、列斐伏爾（Henri.Lefebvre）的空間生產理論（Theory of space production）、段義孚的「空間與地方」（Space and Place）、愛德華·雷爾夫（Edward Relph）「地方與無地方性」（Place and Placelessness）、詹明信（Fredric Jameson）的超空間概念（hyperspace）、多琳·馬西（DoreenMassey）的「全球地方感」（A Global sense of place）等等，使得我們的學術視野更為深邃，從過去的感性總結上升到更為理性的概括與分析；其次是對地方性考察邁向更為廣闊的領域，除了對中國現當代文學創作現象的分析，也進一步擴展到了古代文學領域，使之結合中外文學的比較，在世界文學的視野中考察更大範圍中的文學地方性問題，「文學地理學」的充分闡發和廣泛運用就是在我們的中國古代文學研究中進行的；其三是對中國新文學的考察、研究也開始超越了主流思想的「補充」這一層面，努力通過對「地方」獨特文化資源的再發現重新定義現代，洞見中國現代性的自我生成路徑。「地方路徑」概念的提出、闡發和討論可以被看作是這一努力的理論性嘗試，而陳方競教授 1999 年出版的《魯迅與浙東文化》則是學術超越的較早的成果。

　　作為一位浙江籍的學者，陳方競教授致力於魯迅與浙江文化關係的闡發並不奇怪，這十分符合 1990 年代中國文學地方性研究的動向，從總體上說還是屬於「二十世紀中國文學與區域文化研究」的脈絡。但是，陳方競教授卻以自己細膩的梳理和深入的思考展示了地方性研究的新的可能，從而實現了對同一時期的學術模式的某種超越。《魯迅與浙東文化》不是在魯迅的文學中尋找時人關於「浙東文化」常識性概括，從而迅速地總結出魯迅文學中的浙東「基因」或「元素」，最終證明一個不受人質疑卻也並不令人興奮的事實：魯迅的

確屬於浙東文化。這樣的地方性闡發僅僅是對文學史「常識」的一次側面的印證，它本身沒有提出什麼新的問題，或者說根本就沒有能夠發現新問題，因此對學術思想的啟發和推動也十分有限。陳方競教授卻是將對浙東文化傳統的發現與對魯迅內在精神特質的挖掘緊密結合，他不是企圖對盡人皆知的常識展開別樣材料的印證，而是在重新發現魯迅思想構成的意義上挖掘出了被人們所忽視的「浙東文化」的存在，無論是對於魯迅還是對於浙東文化傳統，這裡的發現都是深刻的，也可以說是創造性的，例如著作對魯迅所「復活」的浙東地緣血緣傳統的論述就始終在多層面多維度中展開，不斷作出個體性的比較和時間性追蹤，從而呈現了這種地方性傳統延續承襲的複雜和變異，而所謂文化傳統的影響也從來就不可能是本質化的、理所當然的，它們都得在歷史的轉換中被重新選擇，所以，「發現」傳統絕非易事，「繼承」文化需要付出：

> 魯迅作為破落戶子弟，反叛於他「熟識的本階級」，這樣，血緣性地緣文化在他身上的「復活」又並非是順其自然的。顯然，這裡還存在一個主體意識的「認同」過程，由「認同」而「復活」。〔註11〕

> 魯迅與瞿秋白同為士大夫家族子弟，血緣性的地緣文化，他們身上都表現出某種根深蒂固的「名士氣」。但瞿秋白的「名士氣」表現為「潔身自好」；魯迅則不同，他仰慕浙東先賢而表現出近於「魏晉名士」憤世嫉俗的硬氣與骨氣。〔註12〕

> ……周作人又不得不正視他與乃兄魯迅之間互有濡染又涇渭分明的不同文風……周作人的文風不無「深刻」但更顯「飄逸」，魯迅的文風則是，不無「飄逸」但更顯「深刻」。〔註13〕

這樣的魯迅精神也就是一種前所未有的「再發現」，也可以說是對中國新文學內在精神的創造性提煉，而由此被闡發的「浙東文化」，也就不再屬於歷史的陳跡，它理所當然就是中國現代性的參與者、激發者，這裡的魯迅和浙東既來自浙東，蜿蜒生長在地方性的土壤裏，但又最終超越了具體鄉土的狹隘性，與更為廣大的世界性，和更為深刻的人類性溝通關聯在了一起，從而賦予未來中國文學的發展以啟發。

今天的「新東北文學」與「新南方寫作」，從創作到批評也都呈現了中國

〔註11〕陳方競：《魯迅與浙東文化》58 頁，吉林大學出版社 1999 年。
〔註12〕陳方競：《魯迅與浙東文化》59 頁，吉林大學出版社 1999 年。
〔註13〕陳方競：《魯迅與浙東文化》44、45 頁，吉林大學出版社 1999 年。

文學地方性意識的一種深化。

作為創作現象的「新東北文學」與「新南方寫作」已經超過了地方彰顯的意圖，寫作和作家本人的跨區域性向我們表明，地方本身已經不是他們集中表達的內容，超出地方的更深的關切可能是他們更有意包含的主題。有人統計過，這些活躍的「新東北」與「新南方」作家未必都固守在東北和南方，故鄉也並非就是他們唯一關注的焦點，文學的故土更不等於就是現實的刻繪。「被視為東北文藝復興文學代表的「鐵西三劍客」——雙雪濤、班宇、鄭執他們其實是在北京書寫東北」「廣西籍作家林白，她的長居地是武漢和北京，她的寫作很多時候與故鄉和區域並不直接相關。但《北流》卻無疑動用了故鄉的精神文化資源，濃厚的地方性敘事、野氣橫生的方言敘事為人所津津樂道。與林白相近的還有霍香結。桂林人氏，走遍中國，定居京城近二十年的霍香結近年以《靈的編年史》《銅座全集》頗受矚目。霍香結無疑是自覺將「地方性知識」導入當代文學的作家。〔註14〕書寫「新東北」的班宇在南昌市青苑書店書友會上說過：「我覺得我現在寫的東北，其實並不是 90 年代真實存在的那種東北」，他還表示，「即便今天經濟情況不再一樣，但精神困境也許一樣，所以會有感同身受。讀者和我不是尋找記憶，而是對照當下處境」〔註15〕雙雪濤則稱「豔粉街是我虛構的場域」〔註16〕「新南方」的東西表示要拒絕「根據地」般的原鄉、尋根公式，〔註17〕梁曉陽十五年間輾轉於廣西和新疆，沒有新疆這個北方異域的參照也無所謂獨特的廣西，他的長篇小說《出塞書》的主人公梁小羊因為一次次的出塞，才得以從本土的空間中掙脫而出。「新南方」作家朱山坡說得好：「我們只是在南方，寫南方，經營南方，但我們的格局和目標絕對不僅僅是南方。過去不少作家沉迷於地方性寫作，挖掘地方奇特的風土人情，聳人聽聞的怪人怪事。這是偽鄉土寫作。這不是寫作的目的，也不是文學的目的。寫作必然在世界中發生，在世界中進行，在世界中完成，在世界中獲得意義。一個有志向有雄心的作家必須面向世界，是世界性的寫作。」朱山坡自己不僅書寫了「米莊」和「蛋鎮」這樣的南方小鎮，他其實已經走出了國境，荒涼的

〔註14〕陳培浩：《「新南方寫作」與當代漢語寫作的語言危機》，《南方文壇》2023 年 2 期。

〔註15〕班宇：《我不太理解很多人一想到東北就難受》，《城市畫報》，2020 年 7 月 9 日。

〔註16〕雙雪濤：《豔粉街在我心裏是很潔白的》，《三聯生活週刊》，2019 年第 4 期。

〔註17〕東西：《南方「新」起來了》，《南方文壇》2021 年第 3 期。

非洲，索馬里、薩赫勒、尼日爾，在不同文化中探究人性的幽微。「在世界中寫作，為世界而寫，關心的是全人類，為全世界提供有價值的內容和獨特的個人體驗。這才是新南方寫作的意義和使命。」〔註18〕

批評也是如此。與1990年代的地方性文學研究不同，參與「新東北文學」與「新南方寫作」研討的批評家相當部分已經不再是「地方的代言人」，「新東北文學」與「新南方寫作」的問題引起的普遍參與的熱忱。黃平是東北人，但長期求學、生活、工作在上海，楊慶祥是安徽人，長期求學、生活、工作在北京，「新南方」只是他遠眺的方向。遠在美國的漢學家王德威原籍福建，生長於臺北，工作於美國哈佛大學，他密切地關注了我們的討論，不僅關切著「新南方」的體驗，更對遙遠的東北充滿興趣，甚至繼續跳出新東北／新南方的二元架構，繼續就「大西北」發聲，激活更多的文學「地方性」話題。〔註19〕這恰恰說明，「新東北」與「新南方」都不再是地方對主流文化發展的一種補充和完善，它們本身的問題已經足以引發全局性的思考。正如黃平對「新東北文學」的一個判斷：「這將不僅僅是『東北文學』的變化，而是從東北開始的文學的變化。」〔註20〕「這批作家不能被簡單理解為東北文學，他們的寫作不是地方的，而是隱藏在地方性懷舊中的階級鄉愁。」〔註21〕「新南方寫作」的提出者也將「以對文明轉型的預判把握『新南方』將為中國當代文學創造的前所未有的『可能性』。」〔註22〕或者云「潛藏其中的由地域詩學向文化詩學、未來詩學的演變，使新南方寫作在世界時空中獲得了新的意義。」〔註23〕曾攀認為，新南方寫作「儘管發軔於地方性書寫，卻具備一種跨區域、跨文化意義上的世界品格」〔註24〕楊慶祥在南方精神的發掘中提出反離散論的問題，「南方的主體在哪裏？它為什麼需要被確認？具體到文學寫作的層面，它是要依附於某種主義或者風格嗎？如果南方主動拒絕這種依附性，那就需要一個新的

〔註18〕朱山坡：《新南方寫作是一種異樣的景觀》，《南方文壇》2021年3期。

〔註19〕參見王德威《文學東北與中國現代性——「東北學」研究芻議》（《小說評論》2021年1期）、《寫在南方之南：潮汐、板塊、走廊、風土》（《南方文壇》2023年1期）及《現代歷史　西北文學》（《大西北文學與文化》2020年第1期）。

〔註20〕行超：《黃平：讓我們破「牆」而出——「新東北文學」現象及其期待》，《文藝報》2023年6月26日第3版。

〔註21〕黃平：《從東北到宇宙，最後回到情感》，《南方文壇》2020年3期。

〔註22〕陳培浩：《「新南方寫作」及其可能性》，《韓山師範學院學報》2020年4期。

〔註23〕盧楨：《行走的詩學與新南方寫作的域外生成》，《南方文壇》2023年6期。

〔註24〕曾攀：《新南方寫作：經驗、問題與文本》，《廣州文藝》2022年1期。

南方的主體。」〔註25〕

　　與某些地方文學倡導者的「自戀」式地方彰顯有異，「新東北」與「新南方」的論述者都在跳出自設主題的束縛，在更大的框架中建構對中國文學的整體認知，也不無反省，例如黃平就曾以「新東北寫作」為參照，對照性地來討論「新南方寫作」。他認為兩者創作表現的差異有五：第一點是邊界，「新東北寫作」的地域邊界很清晰，但「新南方」指的是哪個「南方」，邊界還不夠清晰，不僅僅是地理意義上的邊界，同一個區域內部也不夠清晰，所以楊慶祥等評論家還在繼續區別「在南方寫作」和「新南方寫作」；第二點是題材，「新東北寫作」普遍以下崗為重要背景，但「新南方寫作」並不共享相近的題材；第三點是形式，「新東北寫作」往往採用「子一代」與「父一代」雙線敘事的結構展開，以此承載兩個時代的對話，但「新南方寫作」在敘述形式上更為繁複多樣；第四點是語言，「新東北寫作」的語言立足於東北話，但「新南方寫作」內部包含著多種甚至彼此無法交流的方言，比如兩廣粵語與福建方言的差異，而且多位作家的寫作沒有任何方言色彩；第五點是傳播，「新東北寫作」依賴於市場出版、新聞報導、社交媒體、短視頻以及影視改編，「新南方寫作」整體上還不夠「破圈」。故而，在思潮的意義上，「新東北寫作」比較清晰，「新南方寫作」還有些模糊〔註26〕。

　　這樣的反省無疑將推動中國文學地方意識的發展。

三

　　從1990年代中國文學研究地方視野的系統展現到今天文學批評中南北話題的深化發展，我們可以見出中國文學創作地方意識的興起和自覺，也可以梳理出學術思想日趨成熟的一種態勢。不過，嚴格說來，學術發展和文學創作一樣，歸根結底並不是一種進化式的躍遷，而是在不同的歷史時期盡力表達最獨特感受，或者努力解決這一階段的思想文化問題。它們最終的價值取決於感受的不可替代性或提出問題、解釋問題的深度。在這個意義上，今天我們面對中國文學地方性問題的學術態度又不能與古代中國的「地理志」簡單類比，無法因為數十年前區域研究的簡易而滿懷自信，譯介自西方的各種「空間」理論好

〔註25〕楊慶祥：《新南方寫作：主體、版圖與漢語書寫的主權》，《南方文壇》2021年
　　　　3期。
〔註26〕行超：《黃平：讓我們破「牆」而出──「新東北文學」現象及其期待》，《文
　　　　藝報》2023年6月26日第3版。

像更不能回答我們自己的問題，歸根到底，今天的地方性討論和未來的其他文學討論一樣，都還得通過本時代我們批評的有效性來加以檢驗。

於是，透過當前中國文學批評對「南北」問題的關注，我們都有責任來繼續探討和提高理論的效力。我覺得，這種理論的效力至少還可以體現在兩個方面，一是它捕捉文學現象獨特性的能力，即相關的概念和闡釋是不是切中了相關文學現象的核心和根本，可否在於相似現象的區隔中透視其中最獨有的精神秘密；二是它參與思想文化建設的能力，也就是通過文學批評的理論問題，能否昇華出一種更大的思想文化的啟示。

當代文學的「南北」命名及討論顯然是對文學創作的一種有價值的捕捉和發現。例如「新東北文學」由「下崗」主題而重述文學的「階級」主題，進而引發關於「復興現實主義」的猜想，「新南方寫作」由「一路向南」的版圖的擴展而生出「重構華文文學世界」的可能，即打破長久以來的漢語寫作的國境線，甚至挑戰「華語語系文學」所暗含的文化牴牾……這都是一些令人激動的文學批評的未來前景。不過，平心而論，這樣的前景在目前尚不是觸手可及，我們依然必須面對更為複雜的創作現實：寫作的活力總是體現為不斷變化，這些「狡黠」的媒介時代的精靈並不願意乖乖就範，事實上，「新東北」的幾位作家本來就置身在比過去紙質出版時代更為複雜的傳播環境之中，他們並不甘於受制於某一「古典」的程序，語言和行動上脫離「被定義」，在逃逸批評家指稱的道路上自由而行，同樣是這個時代文學「思潮」的重要特點。正如有評論指出：「這樣立意宏大的批評路徑似乎並未和小說家的自我指認之間達成順滑的對接，在闡釋者一方試圖將「新東北作家群」的寫作圈定在預設的階級話語框架，從而完成對其文學價值的確認之際，創作者一方卻往往不甘於被外界給定的標籤所束縛，不斷尋找著「逃逸」的出口。」〔註27〕在命名的爭論當中，也有以「新東北作家群」人數有限，不足以匹敵歷史上有過的「東北作家群」而頗多質疑，其實，對於一個新興的文學現象，關鍵的問題還不在人數的多寡，而在於它所包含的問題的不可代替性。如果「新東北作家群」揭示的創作問題前所未有，數個作家也值得認真考察。這裡可以深入探究的東西其實不少——無論他們對弱勢群體命運的披露是不是可以歸結為「左翼思想」，也無論「現實主義」的概括還是否恰當，我們都不能否認其中所存在的深刻的左翼

〔註27〕常青：《「新東北作家群」：多元視野中的文學個案新探》，《華夏文化論壇》第二十八輯。

思想背景，還有那種曾經沉淪了的現實批判的追求，當然，就像新時代的中國不會再現 1930 年代的左翼文學與批判現實主義一樣，一種綜合性的全新的底層關懷混雜於新媒介文化的形態正在蓬勃生長，可能是我們既有的文學思潮難以概括的，也亟待我們的批評家認真勘察，準確命名，我們不僅需要流派的命名，也需要藝術形態的命名，一種跨越左／右、主流／邊緣、雅／俗的融媒介式的藝術概括？

「新南方」的跨境向南是鼓舞人心的學術前景。當林森、陳崇正、朱山坡與張貴興、李永平、吳明益、夏曼·藍波安、董啟章、黃碧雲與黃錦樹都被置放在「南方」的大背景上予以呈現，我們當可以洞悉多少新鮮的景致！不過，在這裡，迫切需要我們思索的可能還在於，當大陸中國的寫作者真的不再「回望」北方，一意南行之時，這種勇往直前的豪邁是否可以類同那些「下南洋」的華人？而黃錦樹回望魯迅的《傷逝》，又有怎樣的心態的距離？林森的《海裏岸上》寫卸甲歸田的一代船長老蘇，「他已經很久沒有機會到海上去了」「一九五〇年之後，老蘇剛剛上船不久，那時基本不去南沙，而隨著船在西沙和中沙捕撈作業。二十多年以後，響應國家戰略的需要，他踏上了前往南沙的征途」，所過之地，木牌上寫下大紅油漆文字：「中國領土不可侵犯。」字裏行間，更傳達了激昂的民族情懷：「我們一個小漁村，這些年就有多少人葬身在這片海裏？我們從這片海裏找吃食，也把那麼多人還給了這片海，那麼多祖宗的魂兒，都游蕩在水裏，這片海不是我們的，是誰的？」〔註28〕在這裡，個人的情感深深地滲透了我們源遠流長的家國意識，一路向南的行旅中清晰迴蕩著來自「北方」的責任和囑託，它和其他的「南方情懷」是否已經消弭了界線？我想，「新南方寫作」的邊界劃定，還可以有更多的追問。

文學的「南北」之論從來都超出了文學批評本身，指向一種更大的思想文化目標。一百年前的 20 世紀之初，中國知識界也有過一次影響深遠的「南北論」，其代表人物包括梁啟超、章太炎、劉師培、王國維等等，他們各具風采的論述開啟了現代中國從南北地理視野入手解釋中國文學、語言及文化的理論時代。梁啟超《中國地理大勢論》、王國維《屈子文學之精神》、章太炎《方言》及劉師培《南北文學不同論》，就是當時傳誦一時的名篇。《中國地理大勢論》從政治、文學、風俗與兵事四個方面入手，論述中國南北文化的差異與互動關係，其目標在於探究歷史上「調和南北之功」，從文化融合的方向上推動

〔註28〕林森：《海裏岸上》，《人民文學》2018 年第 9 期。

社會的發展，他對現代文明的讚賞即導源於此「今日輪船鐵路之力，且將使東西五洲合一爐而共冶之矣，而更何區區南北之足云也」。〔註29〕而南北之「合」則是與民族之「合」相契合，所謂「合漢合滿合蒙、合回合苗合藏，組成一大民族，提全球三分有一之人類，以高掌遠跖於五大陸之上」。〔註30〕一句話，南北文化之合與民族文化之合是中國的歷史大趨勢，是中國走向強盛的必由之路。在《屈子文學之精神》中，王國維將情感、想像等西學文學概念引入對中國南北文學的評述，建立了一種嶄新的以情感表達為中心的現代意義的文學觀念。章太炎與劉師培各種劃分南北的標準並不相同，對南北的推崇也剛好相反，但是卻都將他們所崇尚的南北文化當作復興民族生氣的根基。「對於章太炎和劉師培，『南北論』都不是純粹知識性的理論構想，而是在舊學新知中不斷調試以回應時代變局的積極嘗試。如何在現代民族國家的敘事結構內重新凝聚起中華文化的根脈，是章、劉最關鍵的問題意識。」〔註31〕總之，一百年前的文學「南北論」，具有宏大的問題意識和文化理想，其意義遠遠超出了對具體文學現象的是非優劣的辨析，最後都昇華為一種社會文化重建的目標。

世易時移，今天的文學問題當然不可能是清末民初的重複，然而，在一個傳播手段和交流策略逐漸凌駕於內容之上的時期，在許多貌似顯赫的聲浪都可能流於暫時的「話術」的氛圍中，我們也有必要維持一定的理性的堅持，否則就可能如人們的擔憂：「『新南方寫作』作為一種建構意義大於實際影響力的文學現象，它未來的命運是被短暫地討論後就如秋風掃落葉般被人遺忘，還是承擔起豐富當下文學實踐現場這一使命？」〔註32〕而「新東北文學」的前景也可能在戲謔的玩笑中被後人所調侃：「2035年，80後東北作家群體將成為我國文學批評界的重要研究對象，相關學者教授層出不窮，成績斐然。與此同時，瀋陽被聯合國教科文組織命名為文學之都，東北振興，從文學開始。〔註33〕

文學的地方性追求歸根到底並不真正指向地方，而是人自己。漢學家王德

〔註29〕梁啟超：《中國地理大勢論》，《飲冰室合集》第四冊（文集之十），中華書局 2015 年第 945 頁。

〔註30〕梁啟超：《政治學大家伯倫知理之學說》，《飲冰室合集》第五冊（文集之十三），中華書局 2015 年第 1194 頁。

〔註31〕吳寒：《空間與秩序——章太炎、劉師培「南北論」之比較》，《文學評論》2023年 2 期。

〔註32〕何心爽：《地方性、媒介屬性、實感經驗——理解新南方寫作的三條路徑》，《創作評譚》2022 年 5 期。

〔註33〕班宇：《未來文學預言》，張悅然主編：《鯉‧時間膠囊》，九州出版社 2018 年。

威來到西安，面對原本與他無甚關係的大西北，也不禁發出了這樣的感歎：

> 當我們行走在土地之上，千百年的歷史就在我們的腳下，只能體會自己的渺小卑微。當土地上的人在思想、信仰、利益之間你爭我奪，土地之下的一切提醒我們生而有涯，蒼茫深邃的大地承載著看不見的一切。這是海德格爾式的思考。如此無限無垠的大地，它名叫「西北」。我們對於西北文學、歷史的理解和深切反省，從這裡開始。」〔註34〕

這其實應該就是一切地方性話題的開始。

〔註34〕王德威：《現代歷史　西北文學》，《大西北文學與文化》2020 年第 1 期。

目次

緒　論

　　以選本為切入點，這是文學研究的一條重要路徑。它實際上是立足於接受、傳播這一根本點，屬於文學經典化研究的範圍。中國古典文學研究界在這個方面已經取得了非常豐碩的學術成果，但在中國現當代文學領域還有很大的開拓空間。

　　就新詩選本而言，目前學術界的研究主要從這樣幾個方面展開：一是史料收集、整理與研究；二是理論探析；三是對代表性選本、編選階段的分析與探討，這些研究為本課題的開展提供了重要的參考。

　　一、史料收集、整理與研究，這是學術研究的奠基性工作，其重要性自不待言。中國現代文學的史料工作已做得比較成熟，而當代文學史料也已經引起學界的高度重視。在新詩領域，就史料收集的宏富、整理的細緻與解讀的深入而言，劉福春的成果最為重要。他對新詩資料的搜集，上自民國，下至當今，可謂極其宏富。在此基礎上整理出的《中國現代詩論》（與楊匡漢合編）、《新詩名家手稿》《新詩紀事》《中國當代新詩編年史》（1966～1976）、《中國新詩書刊總目》《中國現代文學總書目·詩歌卷》（與徐麗松合編）、《中國新詩編年史》《中國新詩總系·史料卷》等，再加上他所撰寫的各類文章（包括博文），為學界提供了百年中國新詩史料的一座寶庫。此外，他主編的《二十世紀中國文藝圖文志·新詩卷》、與高秀芹合作主編的《北大新詩日曆》等〔註1〕，也是

〔註1〕楊匡漢、劉福春編：《中國現代詩論》（上、下編），花城出版社 1985～1986 年版；劉福春編：《新詩名家手稿》，線裝書局 1997 年版；劉福春編：《新詩紀事》，學苑出版社 2004 年版；劉福春：《中國當代新詩編年史》（1966～1976），河南大學出版社 2005 年版；劉福春編：《中國新詩書刊總目》，作家出版社 2006

極為重要的新詩選本，從中也可見出劉福春作為選家的新詩觀念與眼光。

此外，郭志剛主編《中國現代文學書目匯要（詩歌卷）》、張建智《詩魂舊夢錄》、張澤賢《中國現代文學詩歌版本聞見錄：1920～1949》《中國現代文學詩歌版本聞見錄續集：1923～1949》〔註2〕等，也是新詩史料整理的專門成果。

除了公開發表或出版的詩歌、詩集、選本等，未曾公開的手稿、抄本、民刊等，也正在進入研究者的視野，選本選刊還只是其中的一部分。史料工作更趨深入，而新的材料，也可能會改變新詩觀念甚至重塑新詩史。在這方面，20世紀60～70年代，由於歷史語境的特殊性而成為關注的重心。劉福春與賀嘉鈺編的《白洋淀詩歌群落研究資料》（2014年，未公開出版）是對白洋淀詩群資料較為系統的整理，而此前劉禾與廖亦武就已經開始了對地下詩歌資料的搜集與整理〔註3〕。在口述史的線索中，牽引出自白洋淀詩群到《今天》詩刊、朦朧詩派的歷史意義。張清華主編的《中國當代民間詩歌地理》〔註4〕則以文化地理的視閾，對中國當代的民間詩歌作了更宏大的掃描，進一步突破了歷史線性敘事所帶來的遮蔽。他們提供的豐富史料，還有更為廣闊的研究空間。

二是理論探析，即對於選本的意義、功能、地位與特點在理論上加以闡釋。這為選本研究提供了理論上的指導，值得重視。20世紀30年代魯迅對選本發表過不少意見，非常辯證地表達了他對選本的看法，因而經常被引用。在魯迅看來，選本的歷史非常悠久，如《詩經》就可以說是「中國現存的最古的詩選」〔註5〕。今天流傳下來的《詩經》，其實是經過後人刪汰的選本。因此，選本在文學史上的地位是極為重要的，它有著重要的功能：「凡是對於文術，自有主

年版；劉福春、徐麗松編：《中國現代文學總書目‧詩歌卷》，知識產權出版社2010年版；劉福春主編：《中國新詩總系‧史料卷》，人民文學出版社2010年版；劉福春編：《中國新詩編年史》（上、下卷），人民文學出版社2013年版；劉福春主編：《二十世紀中國文藝圖文志‧新詩卷》，瀋陽出版社2002年版；劉福春、高秀芹主編：《北大新詩日曆》，北京大學出版社2017年版。

〔註2〕郭志剛：《中國現代文學書目匯要（詩歌卷）》，書目文獻出版社1994年版；張建智：《詩魂舊夢錄》，上海遠東出版社2006年版；張澤賢：《中國現代文學詩歌版本聞見錄：1920～1949》《中國現代文學詩歌版本聞見錄續集：1923～1949》，上海遠東出版社2008～2009年版。

〔註3〕劉禾編：《持燈的使者》，廣西師範大學出版社2009年版；廖亦武主編：《沉淪的聖殿：中國20世紀70年代地下詩歌遺照》，新疆青少年版出版社1999年版。

〔註4〕張清華主編：《中國當代民間詩歌地理》（上、下），東方出版社2015年版。

〔註5〕魯迅：《選本》，《魯迅全集》（第7卷），人民文學出版社2005年版，第137頁。

張的作家，他所賴以發表和流佈自己的主張的手段，倒並不在作文心，文則，詩品，詩話，而在出選本。」〔註6〕

　　魯迅如此重視選本，是因為優秀選本之「選」可以萃取菁華，為讀者提供精良的作品，同時任何選家都會秉持一定的標準，在編選中寄寓自己的主張與傾向，因而選本對於文學觀念的傳播、對於讀者趣味的引導，都有著專集、全集所難以替代的作用。但是，魯迅也對選本的不足有著高度的警覺，正因為選本的主觀性強、往往只集中於一點而不顧及全篇全人，加上選家水平高低不齊，所以魯迅特別提醒讀者不可完全依賴選本，更不可只依賴某一家：「讀者的讀選本，自以為是由此得了古人文筆的精華的，殊不知卻被選者縮小了眼界，……選本既經選者所濾過，就總只能吃他所給與的糟或醨。況且有時還加以批評，提醒了他之以為然，而默殺了他之以為不然處」〔註7〕。讀者必須有清醒的意識與獨立的判斷能力，這就需要跳出選本之外：「有些名人，連文章也看不懂，點不斷，如果選起文章來，說這篇好，那篇壞，實在不免令人有些毛骨悚然，所以認真讀書的人，一不可倚仗選本，二不可憑信標點」，如果不能顧及全篇全人，「是很容易近乎說夢的」〔註8〕。

　　魯迅對選本的意見看似矛盾實則辯證而深刻，選本固然重要，但要全面而深入地瞭解作家作品，就還需要知人論世，從歷史時代、社會環境、作家經歷及其作品全貌中多方面地加以審視。

　　除了對選本本身加以探析外，中國學界還對中西選本、中國古代選本與現代選本進行了比較研究，並進一步強調不同選本的編選，也是受到各種因素的影響，因而在形態、功能上可能呈現出較大的差異。張伯偉《中國古代文學批評方法研究》是把選本作為中國古代批評方法最早的一種外在形式加以研究，他認為「作為總集之一的選本，其功能更偏於區別優劣，也就是文學批評」，這與西方選本偏於保存文化遺產的功能有所不同〔註9〕。鄒雲湖的《中國選本批評》〔註10〕是專門探討選本問題的一部專著，該書力圖做到史論結合。作者

〔註6〕同上，第138頁。
〔註7〕同上，第139頁。
〔註8〕魯迅：《「題未定」草·六至九），《魯迅全集》（第6卷），人民文學出版社2005年版，第439～444頁。
〔註9〕張伯偉：《中國古代文學批評方法研究》，中華書局2002年版，第277～278頁。
〔註10〕鄒雲湖：《中國選本批評》，上海三聯書店2002年版。

也同樣視選本為一種文學批評方式，較為系統地梳理了自漢魏至清代中國文學選本的歷程並就選本原理進行論述。與前兩者不同的是，徐勇在《選本編纂與八十年代文學生產》中重點關注的是中國現當代文學選本。陳思和在為該書寫的序言中把文學選本分為年度選本和專題性選本兩種，認為二者具有各自的功能與特點〔註 11〕。徐勇的選本研究中非常有特色的是他對中國古代選本與現代選本所做的比較，特別是他對二者差異的分析。他認為，中國現代選本屬於「二度發表」，涉及版權問題，因而保存文獻的功能已大大降低，「選」的功能被極大地強化了。同時，現代選本的「現代性」特徵，使得其時效性、當下性格外突出，但又在飄忽易逝中追求恒久性，這在年選中表現得最為突出。隨著現代技術和教育體制的興起，選本不再具有古代選本的培養精英階層的意義，而是力圖塑造具有現代人格的國民，因而選本更多地只是在「選」，其地位已經不如從前。〔註 12〕

傳播是文學選本所具有的重要功能，但傳播顯然不是一個簡單的原樣照搬的過程，這其中會產生種種變異，因而有學者提出「次源性傳播」的概念並與「本源性傳播」相對應，認為二者的來源是一致的，但是在傳播的內容、方式及效果方面存在差異〔註 13〕。此外，選本研究還會涉及到文學經典化問題。1993 年，佛克馬與蟻布思到北京大學講演而成的《文學研究與文化參與》〔註 14〕，為中國學界思考經典問題提供了域外視角，開啟了一個經典討論的熱潮。童慶炳、陶東風主編的《文學經典的建構、解構和重構》，是新世紀經典化研究的重要成果〔註 15〕。總體而言，學界對於經典及經典化問題還存有不小的分歧，特別是當這一觀念運用於現當代文學時，矛盾更顯突出。即使新詩已走過百年發展歷程，但直至今日，其合法性問題仍然還會遭受質疑，更不用說「新詩經典」這樣的話題了。

〔註 11〕陳思和：《序》，徐勇：《選本編纂與八十年代文學生產》，人民文學出版社 2017 年版，第 1～2 頁。

〔註 12〕徐勇：《選本編纂與八十年代文學生產》，人民文學出版社 2017 年版，第 2～13 頁。

〔註 13〕梁笑梅：《〈小說星期刊〉與香港早期新詩的次源性傳播》，《中國現代文學研究叢刊》2010 年第 3 期。

〔註 14〕〔荷〕佛克馬、蟻布斯：《文學研究與文化參與》，俞國強譯，北京大學出版社 1997 年版。

〔註 15〕童慶炳、陶東風主編：《文學經典的建構、解構和重構》，北京大學出版社 2007 年版。

　　三是對代表性選本、編選階段的分析與探討。中國文學歷史悠久，選本也很早就出現了，按魯迅所言，自孔子刪《詩》就開始了。此後的《文選》《唐詩三百首》《古文觀止》《古文辭類纂》等，都是中國文學史上極其著名、影響巨大的選本，針對它們的研究也有不少，「《詩經》學」、「選學」是典型的例子。就中國新詩選本的研究而言，目前學界的研究是以階段性研究為主，涉及到民國、50 年代或「十七年」、「文革」、新時期、新世紀等，在宏觀論述中結合具體個案——詩人詩作的經典化、具體的新詩選本及相互比較等，呈現出點面結合的良好態勢。

　　就民國時期新詩選本研究而言，方長安的新詩接受研究與陸耀東的新詩史研究、龍泉明的新詩特質研究，構成了武漢大學新詩研究的特色。在新詩接受研究中，選本研究是題中應有之義，方長安出版的專著《新詩傳播與構建》《中國新詩（1917～1949）接受史研究》〔註 16〕，都有專門的對於現代新詩選刊、選本的研究。他以接受理論為根基，以 1917～1949 年的新詩為範圍，以數據分析和理論闡釋為基本方法，同時又以現代新詩史上有代表性的詩人詩作為重點個案（胡適、郭沫若、聞一多、徐志摩、李金髮、戴望舒、馮至、何其芳、艾青、「中國新詩派」等），將文學史著、評論、選本、讀者來信等文獻熔於一爐加以綜合考察，涵蓋選本、讀者等對詩人形象的塑造、文學史中的詩人形象、詩歌作品經典化等諸多方面。方長安還主編了「中國新詩傳播接受文獻研究叢書」，他自己所著《中國新詩傳播接受與經典化研究》〔註 17〕即為叢書中之一種。方長安對於新詩選本的研究已經引起學界的高度重視，特別是他擔任首席專家的國家社會科學基金重大項目「中國新詩傳播接受文獻集成、研究及數據庫建設（1917～1949）」，是對新詩接受史料前所未有的整理，也會對新詩研究產生重大影響。

　　方長安指導的陳璶的博士學位論文《敘述與確認：民國時期新詩選本研究》〔註 18〕是對民國新詩選本的系統研究成果，研究範圍上迄 1920 年第一部新詩選本《新詩集》出版，下至 1948 年開明書店出版《聞一多全集》中的《現代詩鈔》。該文主要探討了新詩選本對新詩合法性地位的爭取、對新詩作品的

〔註 16〕方長安：《新詩傳播與構建》，中國社會科學出版社 2012 年版。《中國新詩（1917
　　　　～1949）接受史研究》，中國社會科學出版社 2017 年版。

〔註 17〕方長安：《中國新詩傳播接受與經典化研究》，社會科學文獻出版社 2020 年版。

〔註 18〕陳璶：《敘述與確認：民國時期新詩選本研究》，武漢大學博士學位論文，2014
　　　　年版。

經典化、對新詩史的建構等問題，同時還涉及到新詩教育、同人新詩選本，需要特別指出的是作者還對歷來被忽視的女性詩人新詩選本進行了研究。當時的選本共有 4 部，即云裳（曾今可）編選的《女朋友們的詩》、張立英編選的《女作家詩歌選》、姚名達編選的《暴風雨的一夕——女作家新詩集》、俊生編選的《現代女作家詩歌選》。作者以它們為對象，研究了女性詩人的表達方式與讀者的閱讀消費模式及其文學史境遇之間的關係。論文從理論上分析了新詩選本所具有的批評、述史及經典化功能，進而對選本展開具體研究，既有對編選背景、選家理念等方面的探討，也有對選本編選特點的數據化分析，這些也正是當前學術界在選本研究中經常採用的方法。

羅執廷的研究則涵蓋了民國與當代兩大時期，《民國社會場域中的新文學選本活動》著眼民國，以新文學選本為對象；《文選運作與當代文學生產：以文學選刊與小說發展為中心》立足當代，以文學選刊的運作為研究對象，聚焦小說這一文學體裁。〔註 19〕雖未專論新詩選本，但他的思路和方法仍然有重要意義。此外，梁笑梅的《中國新詩傳播空間中詩集序的歷史鏡象》《漢語新詩集序跋的傳播學闡釋》〔註 20〕也值得重視。

當代的新詩選本研究，都注意到新時期以前的文藝界的重組、文學創作與出版的一體性與新時期以後的多元化的特點。研究新時期以前選本的重要成果有陳改玲的《重建新文學史秩序：1950～1957 年現代作家選集的出版研究》〔註 21〕、賀桂梅的《轉折的時代：40～50 年代作家研究》〔註 22〕、陳宗俊的博士學位論文《「十七年」新詩選本與「人民詩歌」的構建》〔註 23〕、徐勇《十七年時期選本出版與文學一體化進程》〔註 24〕、羅執廷《1949～1976 年中國

〔註19〕羅執廷：《民國社會場域中的新文學選本活動》，暨南大學出版社 2012 年版；《文選運作與當代文學生產：以文學選刊與小說發展為中心》，山東文藝出版社 2015 年版。

〔註20〕梁笑梅：《中國新詩傳播空間中詩集序的歷史鏡象》，華中師範大學出版社 2008 年版；《漢語新詩集序跋的傳播學闡釋》，人民出版社 2016 年版。

〔註21〕陳改玲：《重建新文學史秩序：1950～1957 年現代作家選集的出版研究》，人民文學出版社 2006 年版。

〔註22〕賀桂梅：《轉折的時代——40～50 年代作家研究》，山東教育出版社 2003 年版。

〔註23〕陳宗俊：《「十七年」新詩選本與「人民詩歌」的構建》，南京師範大學博士學位論文，2014 年。

〔註24〕徐勇：《十七年時期選本出版與文學一體化進程》，《青海社會科學》2015 年第 4 期。

大陸的文選運作與文學生產》〔註25〕等。陳改玲的著作系統地考察了自《延安文藝座談會上的講話》發表以來被納入出版計劃的幾套叢書的策劃、編選、修改及出版情況，也是從「選」的角度揭示了中國現代文學在當代的命運、建國初文學史的重塑及文學的經典化等問題，涉及到新華書店與人民文學出版社版「中國人民文藝叢書」、開明書店版「新文學選集」、1952～1957 年人民文學出版社的中國現代作家選集叢書。袁洪權除了研究「文藝建設叢書」、《中國新文學大系‧詩集》、開明書店版「新文學選集」等之外，還注意到50～70 年代最有代表性的總集性選本即臧克家主編的《中國新詩選（1919～1949）》，對其做了細緻的研究〔註26〕。

　　對新時期以來選本的研究，既有總體上的分析如劉春對 1985 至新世紀近20 年新詩選本的評說〔註27〕、劉曉翠《新時期詩歌年選研究》〔註28〕、陳代雲抽取五種新詩選本進行定量分析〔註29〕等，更多地是再細分階段進行探討，如徐勇《選本編纂與八十年代文學生產》重點關注 80 年代，彭敏則著眼於 90 年代〔註30〕。此外，21 世紀以來的新詩選本也開始得到關注與研究，羅振亞《百年新詩經典及其焦慮》〔註31〕、霍俊明《新世紀詩歌精神考察》設專章「選本文化與詩歌生態」〔註32〕、趙思運《新世紀詩歌的切片呈現——評張清

〔註25〕羅執廷：《1949～1976 年中國大陸的文選運作與文學生產》，《暨南學報》2012 年第 6 期。

〔註26〕參見袁洪權：《開明版〈趙樹理選集〉梳考》，《文學評論》2013 年第 1 期；《開明版〈郭沫若選集〉梳考》，《郭沫若學刊》2013 年第 4 期；《開明版〈丁玲選集〉梳考》，《現代中文學刊》2013 年第 4 期；《〈臧克家詩選〉四種版本梳考》，《平頂山學院學報》2014 年第 3 期；《〈中國新詩選（1919～1949）〉的版本、編選與代序修訂》，《現代中文學刊》2014 年第 5 期；《朱自清編〈中國新文學大系〉詩集卷過程梳考》，《長沙理工大學學報》2015 年第 3 期；《「文藝建設叢書」的命運與共和國初期文學的場域》，《現代中文學刊》2016 年第 1 期。《「新文學講義」的命運與〈中國新文學大系〉詩集卷的生產》，《玉溪師範學院學報》2016 年第 10 期。

〔註27〕劉春：《近 20 年新詩選本出版的回眸與評說》，《江漢大學學報》2005 年第 1 期。

〔註28〕劉曉翠《新時期詩歌年選研究》，首都師範大學碩士學位論文，2008 年。

〔註29〕陳代雲：《20 世紀漢語詩歌的雙重想像——對幾種新詩選本的定量分析》，《康定民族師範高等專科學校學報》2009 年第 3 期。

〔註30〕彭敏：《選本與「90 年代詩歌」——以〈歲月的遺照〉和〈1998 中國新詩年版鑒〉為中心》，北京大學碩士學位論文，2009 年。

〔註31〕羅振亞：《百年新詩經典及其焦慮》，《文藝爭鳴》2017 年第 8 期。

〔註32〕霍俊明：《新世紀詩歌精神考察》，河北大學出版社 2014 年版。

華年度詩歌選本》〔註33〕等，是對新詩選本的近距離追蹤。

新詩選本的研究，學界通常採用理論闡釋、選篇解讀、數據分析相結合的方法，同時在宏觀評判中結合個案研究。就個案而言，按照類別主要有詩人詩作入選研究、具體選本及編選專題研究。詩人詩作入選研究方面，主要對象集中在胡適、郭沫若、徐志摩、聞一多、戴望舒、卞之琳、艾青等詩人身上，被視為他們代表作的《嘗試集》《女神》《再別康橋》《死水》《雨巷》《斷章》《大堰河——我的保姆》等，既得到新詩選本的青睞，也是選本研究的重點。在對詩集、詩歌流派、詩群或詩歌思潮現象等的研究中涉及或切入選本問題的也有不少成果，如姜濤的《「新詩集」與中國新詩的發生》〔註34〕、張志國對朦朧詩的研究〔註35〕、楊慶祥、羅執廷、徐勇等對選本與「第三代詩歌」之間關聯的探析〔註36〕。

就具體選本及編選專題研究而言，當下主要集中於這樣幾個方面：一是對有代表性的選本進行重點探討，大體有這樣幾類：1.總集性選本，如朱自清編《中國新文學大系·詩集》、聞一多編《現代詩鈔》、臧克家編《中國現代新詩選》；2.流派選本，《新月詩選》《朦朧詩選》等是學界研究較多的對象；3.年度選本，學界的研究集中於三個對象：第一個是 1922 年出版的《新詩年選》（一九一九年）（一九一九），第二個是 50 年代的年度選本，第三個是新時期以來的年度選本，《中國新詩年鑒》是受到較多研究者關注的對象；4.地域選本或選本中的地域問題，如顏同林《百年新詩選本的地域化呈現——論貴州新詩的選本現象》〔註37〕。

二是發掘新詩史與新詩選本史上的重要時間節點，如 1979 年是新的詩歌潮流湧動並噴薄而出的時期，而此時期的新詩選本也在各方面呈現出新的氣象，劉曉翠對新時期詩歌年選的研究、徐勇對 80 年代文學選本的關注，都是

〔註33〕趙思運《新世紀詩歌的切片呈現——評張清華年版度詩歌選本》，《文藝爭鳴》2009 年第 2 期。

〔註34〕姜濤：《「新詩集」與中國新詩的發生》，北京大學出版社 2005 年版。

〔註35〕張志國：《〈今天〉與朦朧詩的發生》，暨南大學博士學位論文，2009 年。

〔註36〕楊慶祥：《選本與「第三代詩歌」之建構》，中國人民大學碩士學位論文，2006 年；楊慶祥：《從兩個選本看「第三代詩歌」的經典化》，《文藝研究》2017 年第 4 期；羅執廷：《選本運作與「第三代詩」的文學史建構》，《江漢大學學報》2012 年第 1 期；徐勇：《選本編纂與「第三代詩」的發生學考察》，《南方文壇》2018 年第 6 期。

〔註37〕顏同林：《百年新詩選本的地域化呈現——論貴州新詩的選本現象》，《北方論叢》2018 年第 2 期。

以這個時間點為開端；再如 1985 年為方岩、曲竟瑋、劉春、徐勇等學者關注，劉春、徐勇指出這是中國詩歌乃至中國文學的分水嶺〔註38〕，這一年《朦朧詩選》正式出版，卻也正是朦朧詩派退場，後朦朧詩、現代主義文學逐步佔據文學舞臺中心的時候。

　　三是從新詩教育視角切入，是教育學與文學研究結合的產物。黃曉東《政治、權力與美學：民國以來的新詩教育研究》〔註39〕依據民國、1949～1978、新時期以來三個階段分別論析中小學、大學的新詩教育，在民國時期作者更側重於教材與講義，此後更注重新詩史著作，個案研究則涉及「人力車夫」題材作品、胡適、徐志摩、艾青、穆旦、余光中、舒婷、梁小斌的接受史、經典化歷程的梳理等。林喜傑的博士學位論文《群體性解讀與想像——新詩教育研究》〔註40〕將新詩教育置於現代性的框架中，以新詩與語文教育之間的互動，探討新詩進入語文教材，重構了現代語文教育的詩教傳統。同時語文教育又使得新詩的合法性與傳播得到保障，促成了新詩的經典化。總體來看研究的視閾已經覆蓋中小學、大學的教育與選篇問題〔註41〕，在時段上也已將百年來的教育涵括其中，如黃耀紅：《百年中小學文學教育史論》〔註42〕、林海燕的《論新世紀以來中學語文教育中的新詩教育》〔註43〕等。在這些研究中，多少都會涉及到新詩教育、新詩選篇，而學界關注的重點又主要集中於這樣幾個方面：對民國時期大學教材文學選篇的研究，選取的學校主要為北京大學、清華大

〔註38〕劉春：《近 20 年新詩選本出版的回眸與評說》，《江漢大學學報》2005 年第 1 期；徐勇：《現代主義文學思潮與選本編纂》，《寧夏社會科學》2016 年第 2 期。

〔註39〕黃曉東：《政治、權力與美學：民國以來的新詩教育研究》，中國社會科學出版社 2015 年版。

〔註40〕林喜傑：《群體性解讀與想像——新詩教育研究》，首都師範大學博士學位論文，2007 年。

〔註41〕例如申紅季：《中學語文中國新詩選篇有效教學策略研究》，陝西師範大學碩士學位論文，2017 年；李琳琳：《人教版初中語文教材新詩選文研究》，華中師範大學碩士學位論文，2017 年；孫翠翠：《語文教材中新詩選篇的流變研究——以新時期人教版高中語文教材為中心》，東北師範大學碩士學位論文，2012 年；金明瑁：《從兩岸高中語文教材看兩岸新詩教育》，上海師範大學碩士學位論文，2014 年；安宇：《基於選文類型鑒別理論的高中語文教材新詩選文研究》，遼寧師範大學碩士，2014 年；董延武：《1930 年代的大學新詩教學：以四部講義為例》，首都師範大學碩士學位論文，2014 年。

〔註42〕黃耀紅：《百年中小學文學教育史論》，湖南師範大學出版社 2008 年版。

〔註43〕林海燕：《論新世紀以來中學語文教育中的新詩教育》，東北師範大學碩士學位論文，2008 年。

學、西南聯大、復旦大學等高校；對教師及其講義、觀念的研究，集中於朱自清、廢名、沈從文、蘇雪林等人；對中小學語文教材選篇的研究，集中於民國與新時期以來兩個時段。

新詩選本研究目前來看已經取得了較為豐碩的成果，這也為進一步的研究打下了堅實的基礎。當然，在進入這一課題之前，還有必要對「選本」範圍加以圈定：選本最核心的特點在於「選」，因而各類選本就理應成為考察的對象。文學選本歷來種類豐富，新詩選本也是如此，除了總集性的綜合選本，各類專門選本數量更為龐大，類別也是五花八門，如女性詩選、校園詩選、青春詩選、流派詩選、地域詩選、年度詩選。但是，如果對「選」作更為寬泛的理解，則有更多的對象還能容納進來，如詩人在出版詩集時其實也會對詩作進行刪汰去取，胡適的《嘗試集》第四版就是一個典型的例子，這方面陳平原和姜濤已經做過細緻的分析〔註44〕。此外，各類報刊雜誌乃至出版社、網站，在面對詩歌稿件時，也必然會進行選擇。此外，各類評選、評獎、論壇等，又何嘗不可以說是一種選擇行為呢？只是如此一來，選本的範圍就會無限擴大。因此，本課題的研究還是以通常認可的新詩選本為對象，且主要探討總集性的綜合選本，兼顧有代表性的專門選本，同時也適當注意有特殊意義的新詩評選、評獎等活動。

在此背景下，本選題即是嘗試第一次對百年新詩選本進行較為系統的梳理和探討，以求揭示新詩編選與新詩創作、傳播、經典化、新詩思潮、社會心理、意識形態、文化觀念等之間的複雜關聯與相互影響，同時也力圖闡明百年新詩編選的總體性歷程、規律、特點與趨向，分析不同階段的特點及各階段之間的相互關係、各類選本之間內在的競爭或對話關係等。由此，研究的時限上起 1920 年 1 月，上海新詩社出版《新詩集》（第一編），這是中國文學史上第一部新詩選本，下至 2020 年，中國新詩編選走過百年歷程。一個世紀的歷程中，新詩編選大體可以劃分為 4 個階段，4 個階段中各有其高潮：

第一個階段，起於 1920 年 1 月《新詩集》（第一編），止於 1948 年收錄《現代詩鈔》的《聞一多全集》〔註45〕出版，這是新詩編選的開創期。除了《新

〔註44〕陳平原：《經典是怎樣形成的——周氏兄弟等為胡適刪詩考》（一）（二），《魯迅研究月刊》2001 年第 4 期、第 5 期；姜濤：《「新詩集」與新詩的發生》，北京大學出版社 2005 年版。

〔註45〕《聞一多全集》（四冊）由朱自清、郭沫若、吳晗、葉聖陶編輯，開明書店 1948 年版出版，第四冊收入《現代詩鈔》。

詩集》（第一編）問世之外，同年 8 月，作為教材，《白話文範》第 2 冊〔註46〕第一次選入新詩作品。早期的新詩選本主要特色有三點：一是宣傳、捍衛、傳播新文學，擴大新文學的影響；二是起到保存新詩史料的作用；三是遴選佳作，樹立典範。北社所編《新詩年選》（一九一九年），以其編選謹嚴、點評精闢而頗具影響力。

　　這一階段的高潮在 30 年代，新文學立住了腳跟，但是早期新文學的藝術成就卻受到了質疑，此時的新詩編選，重點便落在樹立典範這個方面，其中最具影響力的選本就是 1935 年朱自清編選的《中國新文學大系‧詩集》。進入 40 年代，由於戰爭的影響，新詩編選進入低潮，個性化選本是這一階段的特色，以孫望、常任俠主編的《戰前中國新詩選》《現代中國詩選》和聞一多編選的《現代詩鈔》為代表。

　　第二個階段是 1949～1979 年，這是在國家意志支配下有意識地重新書寫新文學史的需要，也就是將「五四」以來的新詩納入到新民主主義革命的傳統中，重新賦予其意義。以《文學作品選讀》（邵荃麟、葛琴合編）、「中國人民文藝叢書」（周揚主編）為開端，以《中國新詩選（1919～1949）》第三版（1979 年）結束。從 40 年代以來，自解放區文學成為文學主流之後，「五四」以來的文學是以「反帝反封建」的「革命」面貌而被接納的。要確立當代文學的地位，就需要梳理出一條人民文學的歷史線索，這是由當時的國家意志所主導的。由於出版事業也收歸國有，因而考察這一時期的選本就不能只局限於通常意義上的選本，還應該注意到當時出版的叢書或選集也可以視為選本，如新華書店及人民文學出版社推出的「中國人民文藝叢書」、開明書店和人民文學出版社的「新文學選集」、人民文學出版社推出的中國現代作家選集叢書等。

　　這一階段的高潮在 50 年代（1958 年以前），最具影響力的綜合性新詩選本是臧克家編選的《中國新詩選（1919～1949）》〔註47〕。這本選集主要是面向青年讀者，是為了幫助青年認識「五四」以來詩歌發展的基本情況，學習它的革命傳統。因而其編選標準是有進步影響的詩人、思想性較強的詩。

　　洪子誠指出，相比之下，中國臺灣在五六十年代出版的詩歌選本要多得多，其中年度詩選、世代詩選、大系更受關注，呈現出十分繁榮也十分複雜的

〔註46〕何仲英編：《白話文範》（第 2 冊），商務印書館，1920 年版。
〔註47〕臧克家編選：《中國新詩選（1919～1949）》，中國青年版出版社 1956 年初版、1957 年再版，1979 年三版。

景象,「這些選本,也都具有普及、便於一般讀者閱讀和推進詩歌『經典化』的預設功能」〔註48〕。

第三個階段是 1979～2000 年,以北京大學、北京師範大學、北京師範學院三校合編的《新詩選》〔註49〕為起點,以牛漢、謝冕主編的《新詩三百首》(2000 年)結束。這是文學研究反撥 50～70 年代的觀念,重新回歸文學本位,強調審美屬性的時代。其中的高潮出現於 1985 年前後,80 年代的審美旗幟、理想主義與浪漫激情在流派選本中得到集中的表現,最突出的就是《朦朧詩選》。進入 90 年代,對百年中國文學的總結成為文學界最大的主題,總結百年中國詩歌的選本開始大量出現,《中國百年文學經典文庫·詩歌卷》《百年中國文學經典》《二十世紀中國文學大師文庫·詩歌卷》是值得注意的選本。這一階段的編選範圍從過去的中國大陸地區擴展到包括中國大陸、中國港澳臺乃至國外,更具包容性。

第四個階段是 21 世紀以來,自張新穎編選的《中國新詩:1916～2000》〔註50〕延伸至今,各種以新詩百年為名的選本大量湧現,並且新世紀以來的新詩編選,固然仍帶有「現代性」的視角,但已是從非常廣闊的文化視野來看待百年新詩的發展歷程。自新詩編選伊始就存在的「歷史性」與「審美性」之間的張力,在新詩百年之際也終於達到最為緊張的程度。這一階段最具特色的選本有兩類:一類是年度詩選,它們由於能夠介入中國詩歌現場,也契合大眾在快節奏的生活中把握當下詩歌現實的需要,從而得到了極其迅猛的發展;另一類就是具有詩歌史意味的綜合性選本,它們出現的高潮在 2010～2018 年間,其中最具份量的就是 2010 年謝冕任總主編的 10 卷本《中國新詩總系》〔註51〕,系統地總結了自 1917～2000 年中國新詩的發展歷程,也能讓人明顯感覺到《中國新詩總系》力圖成為「中國新文學大系」那種豐碑的決心與魄力。

縱觀中國新詩選本的發展歷程,對百年新詩選本進行系統的回顧、總結與研究是有必要的,此前研究中已涉及到不少重要問題,如新詩選本的同質性、遮蔽性、選本與新詩史的敘述、選本編選的本位立場與域外視角等,還有再度

〔註48〕洪子誠:《導言殊途異向的兩岸詩歌》,《中國新詩總系》(第 5 卷),人民文學出版社 2010 年版,第 24～25 頁。

〔註49〕北京大學、北京師範大學、北京師範學院中文系中國現代文學教研室主編:《新詩選》(三冊),上海教育出版社 1979 年 6 月～12 月出版。

〔註50〕張新穎編選:《中國新詩:1916～2000》,復旦大學出版社 2001 年版。

〔註51〕謝冕主編:《中國新詩總系》(10 卷),人民文學出版社 2010 年版。

討論的必要。新詩選本這一研究對象，絕不僅僅只涉及新詩本身，而是有著文學、教育、意識形態、社會心理、出版、傳媒等各種力量的博弈，對新詩研究的探討，這對於新詩的發展、新詩理論與批評的建構乃至對於中國文學、教育與文化的發展，都有重要的參考意義。

第一章 新詩選本的初創與發展

　　在新詩發展史上，新詩選本與新詩創作有著緊密的關聯。20 世紀 20 年代，無論是新詩創作還是新詩編選都處於初創期，新詩在新／舊的二元對立中前行，新詩創作、理論批評與新詩編選主要是為爭取新詩的合法性；進入 30年代，當新文學已經初步站住腳跟時，新／舊框架就為詩／非詩的對立所取代，對於新詩詩歌體式的探索與建設成為此時的中心任務，新詩選本於是在新詩史與新詩經典化的視閾中展開，新詩編選進入了百年歷程中的第一個繁榮期。1937 年「七七事變」給新文學帶來巨大影響，新詩編選陷入沈寂，除了各類以反映現實、服務抗戰為目的的選本外，此時的新詩編選更多地是個體性行為，呈現出較濃厚的個性風格。因此，民國時代的新詩選本大體上可以分為三個階段：1920～1928 年，以《新詩集》（第一編）、《分類白話詩選》《新詩年選》（一九一九年）為代表；1928～1937 年，起於盧冀野（盧前）編的《時代新聲》，以朱自清主編《中國新文學大系・詩集》為主要代表；1937～1948 年，以孫望、常任俠主編的《戰前中國新詩選》《現代中國詩選》和聞一多編選的《現代詩鈔》為代表。之所以止於 1948 年，是因為《現代詩鈔》在聞一多生前未正式發表，它被收入《聞一多全集》於 1948 年正式出版。

第一節　新詩選本的問世與早期發展

　　早期的新詩選本，對於新詩創作的反應是非常及時、迅速的。學界通常以1917 年 2 月胡適在《新青年》上發表 8 首白話詩作為中國新詩的起點，1918年胡適、沈尹默、劉半農在《新青年》上發表了 9 首白話詩，展示了中國新詩

初具規模的成果。1920 年 1 月，新詩社編輯部編的《新詩集》（第一編）（新詩社出版部 1920 年 1 月出版）拉開了百年新詩編選的序幕，從時間上來看，這個選本的問世早於 3 月出版的中國第一部新詩集——胡適的《嘗試集》。

根據姜濤的統計，1922 年及以前共有四部新詩選本問世〔註 1〕：第一部就是上文提及的《新詩集》（第一編），「新詩社編輯部」、「新詩社出版部」的具體情況都不得而知，而從「第一編」這個附加題來看，「新詩社」對於新詩抱有充分的信心，也是準備把新詩編選當作一項長期的事業堅持下去，只是如其他很多選本一樣，才問世即成絕響；第二部是許德鄰編的《分類白話詩選》，上海崇文書局 1920 年 8 月出版；第三部是新詩編輯社編《新詩三百首》，上海新華書局 1922 年 6 月出版；第四部是北社編的《新詩年選》（一九一九年），上海亞東圖書館 1922 年 8 月出版。當然，如果把當時的教材統計在內，新詩選本數量會更多，不過這四部選本，能夠代表中國新詩編選的早期成就。這裡面「新詩社編輯部」、「新詩編輯社」、「北社」的具體情況都不詳，可能是臨時所取的名字，代表對新詩有共同愛好的群體，但「北社」的自覺性顯然更強，正如「北社同人」在《新詩年選》（一九一九年）的《弁言》中所說：「北社是個讀書團體，是個鑒賞文藝的團體，毫無取乎發洩。我們廣集新詩固不無采風之意，而為受用實占一半。賞鑒之餘，隨其所好而為批評，也是很尋常的。」〔註 2〕許德鄰的情況同樣不詳，他不是詩人，但也愛好新詩。

早期的新詩選本固然也有淘選精品、促成新詩經典化的作用，但這一作用遠遜於其保存新詩文獻、展現新詩創作特點與傾向、宣傳與捍衛新詩的功能。1920 年何仲英編纂的《白話文範》第二冊首次收入了新詩 3 首：傅斯年《深秋永定門城上晚景》、周作人《兩個掃雪的人》、沈尹默《生機》。這與何仲英的思想立場有關，他堅信「白話文當然為將來的文學正宗」，在編選中還是「要以有文學的意味為前提」〔註 3〕，這構成了他的編選理念。所選三首詩均來自《新青年》《新潮》〔註 4〕，三首詩均帶有很強的寫景敘事特點，畫面感、具體

〔註 1〕姜濤：《「新詩集」與中國新詩的發生》，北京大學出版社 2005 年版，第 41 頁。

〔註 2〕北社同人：《弁言》，北社編：《新詩年版選》（一九一九年版），亞東圖書館 1922 年版，第 4 頁。

〔註 3〕何仲英：《白話文教授問題》，顧黃初、李杏保主編：《二十世紀前期中國語文教育論集》，四川教育出版社 1991 年版，第 136～139 頁。

〔註 4〕傅斯年版的《深秋永定門城上晚景》發表於《新潮》1 卷 2 號（1919 年 2 月 1 日）；周作人《兩個掃雪的人》發表於《新青年》6 卷 3 號（1919 年 3 月 15 日）；沈尹默《生機》發表於《新青年》6 卷 4 號（1919 年 4 月 15 日）。

性很強，而與教材配套的《白話文範參考書》所選的參考材料即是胡適的《談新詩》，加上《白話文範》的其他選本，可以看出這套教材的編選「深受《新青年》作者群特別是胡適的影響」〔註5〕。但是反過來，借助教育的力量在青年學生中傳播，這對新詩來說無疑也是巨大的支持。而《新詩集》（第一編）也在序言中開篇就談「新詩底價值」：「（1）合乎自然的音節，沒有規律的束縛；（2）描寫自然界和社會上各種真實的現象；（3）發表各個人正確的思想，沒有『因詞害意』的弊病；（4）表抒各個人優美的情感。」〔註6〕

　　與之相呼應的，是序言結尾喊出的口號：「望大家要努力去做新詩，新文學萬歲，新詩萬歲！」〔註7〕從形式、內容、功用等方面論證新詩的價值，展示自身對於新文學的堅定信念，這是新詩草創時期必然的現象，畢竟為新詩爭取合法性，是此時最重要的事務。編者進而歸納了編選《新詩集》的四個理由，即展示成績、指導創作、翻閱便利、便於比較，並附胡適的《我為什麼要做白話詩？》《談新詩》、劉半農《詩的精神上之革新》等文章作為理論指導。這些方式，也基本上為早期的新詩選本所採納。

　　值得注意的是，《新詩集》在內容上把詩歌分為「寫實」「寫景」「寫意」「寫情」四類，在形式上則注意到了詩歌韻律問題。「寫實類」是「描摹社會上種種現象」，「寫景類」是「描摹自然界種種景色」，「寫意類」是「含蓄很正確，很高尚的思想」，「寫情類」是「表抒那很優美，很純潔的情感」〔註8〕。陳璐經過統計發現，該選本共選詩102首，其中「寫實類」33首、「寫景類」16首、「寫意類」29首、「寫情類」24首，其中譯詩有6首。所選詩歌主要採自當時的報刊雜誌，最多的是《新青年》，有25首，其次是《新潮》17首，《時事新報》12首，《星期評論》10首等〔註9〕。選本使得這些詩作能夠被保存並傳播，同時也與新詩刊物形成呼應的態勢，對於新詩創作起到了有力的支持，特別是《黑潮》《工學》《女界鐘》《新空氣》等刊物如今已難以見到，正如劉福春所說：「這些報刊上面所發表的詩作因這部詩集得到了保存，使得我

〔註5〕李斌：《民國時期中學國文教科書研究》，北京大學出版社2016年版，第108頁。

〔註6〕《吾們為什麼要印〈新詩集〉》，劉福春主編：《中國新詩總系》（第10卷），人民文學出版社2010年版，第1頁。

〔註7〕同上，第2頁。

〔註8〕同上，第2頁。

〔註9〕陳璐：《敘述與確認：民國時期新詩選本研究》，武漢大學博士學位論文，2014年，第28～32頁。

們今天重新面對這段歷史的時候，可以較真實、完整地看到新詩最初的足跡，也由此可知當時對於新詩的提倡，並非僅僅是《新青年》等幾個刊物孤立的運作。」〔註10〕

　　中國古典的詩歌選本，多依詩歌體式來分類，如古體、近體、五言、七言等，但是新詩所提倡的自由和解放的精神，要求打破詩歌體式、音律等方方面面的束縛，再以體式來分類自然不可行。因此，以內容來分，確有其合理性。劉半農在《靈霞館筆記·詠花詩》中論及：「西人所作詩歌，倘各依性質以為區分，則其類數幾無一定之標準可言。……較之吾華以說理、言情、寫景、記事分類者，其煩倍蓰。」〔註11〕四分法涵蓋了社會、自然、思想、情感等方面，巧妙的是，這四種類型也正是編者在序言開頭提及的新詩的四種價值的後三種（第2種價值包括了寫實、寫景兩種類型），因此，客觀的類型劃分暗含著價值定位的意圖，可以看做是在響應新文化運動關注現實、啟蒙民眾的號召。姜濤認為「在新詩發生期，這種分類方式，在貌似無心的表象下，還是暗含了對新詩合法性的某種想像」，「在某種意義上，通過擴大詩歌表意能力，容納多種文體因素，恰恰是新詩發生時的基本抱負」〔註12〕。因此，胡適的《人力車夫》《一念》、沈尹默的《鴿子》、劉半農《相隔一層紙》等詩作的入選，正是契合了這樣的選詩理念。

　　不過，僅具備以上特點並不足以彰顯新詩之新，正如《新詩集》編者所言，新詩的價值「有幾層老詩裏當然也有的」；新詩更為人矚目也是更受爭議的，還是在形式上。正是在這一點上，《新詩集》與新詩人一樣，暴露出內在的困境：一方面強調新詩的價值在於「合乎自然的音節，沒有規律的束縛」，另一方面卻表示「現在做有韻底新詩，還沒有一種韻書，所以吾們根據了國音，編纂有韻詩底押韻法，在第二編可以發表」〔註13〕，這樣新詩仍要依韻來做。

　　初期的新詩，基本上就等同於白話詩，許德鄰的《分類白話詩選》一名《新詩五百首》，是個明顯的例證。但是白話詩在破除了「舊詩」的形式特徵後該

〔註10〕劉福春《導言艱難的建設》，《中國新詩總系》（第10卷），人民文學出版社2010年版，第1頁。

〔註11〕劉半農：《靈霞館筆記》，《新青年》3卷2號。

〔註12〕姜濤：《「新詩集」與中國新詩的發生》，北京大學出版社2005年版，第165頁。

〔註13〕《吾們為什麼要印〈新詩集〉》，劉福春主編：《中國新詩總系》（第10卷），人民文學出版社2010年版，第1～2頁。

往何處去，卻是一個難題。胡適追求詩體大解放，打破一切束縛，可是事態的發展卻又出人意料。《嘗試集》出版後，胡適遭受到胡懷琛的嘲笑與批評，進而引發了一場長達半年之久的論爭，胡懷琛後來將相關資料彙編成《〈嘗試集〉批評與討論》《詩學討論集》出版。值得關注的是，雙方的論爭，集中到了「讀的順不順口」上，胡適的辯駁，「從某種角度看，卻順應了胡懷琛以『音節』為中心的讀法」〔註14〕。說到底，胡適潛意識中所認可的，還是古典式的以聲音為中心的詩歌誦讀方式，這就使得雙方總是糾纏於雙聲疊韻及句中押韻。

　　《新詩集》的出版早於《嘗試集》，自然不可能預料到日後的這場論爭，但是新詩的內在困境，卻是它們共同面臨的。《新詩集》的曖昧與矛盾，也正是初期白話詩人在創作時所持有的折衷態度，即一方面大力宣揚破壞與解放詩體，另一方面卻不能不有所建設，為新詩確立某種新的規範。對於《新詩集》而言，這種新的規範就是押韻，而音節的自然可以外化為句式的自由。在國語運動的背景下，以何種語音為依據，就成為進一步的問題。語言統一涉及到語音統一，最終「京音京調」成為國音。〔註15〕經過長期的爭辯和探討，終於確定以北京音為標準語音、以北方方言為基礎創制國語，這種國語逐步形成為今天的普通話。因此，《新詩集》強調依據國音而押韻，正是國語運動風潮的反映，也切合了胡適對於國語文學建設的期盼。

　　由此不難理解，同樣是《鴿子》，《新詩集》選的是沈尹默的作品；同樣是《人力車夫》，《新詩集》選的是胡適的作品，這裡起關鍵作用的，顯然不是內容、題材，而是形式，即摒棄了從古詩詞脫胎而來的新詩，選取句式自由但注重押韻的作品。這些作品和胡適的《一念》、劉半農《相隔一層紙》等作品的入選，又契合了新詩內容上的要求。並且，無論是寫實、寫景、寫意、寫情，所選作品也都是合乎胡適所說的具體的寫法而非抽象的寫法的要求。

　　在《新詩集》首開風氣之後，1920 年 8 月許德鄰所編《分類白話詩選》出版，封面題有「一名新詩五百首」字樣。該選本收錄了自 1916 至 1919 年新文學運動初期的白話詩 234 首，其中有少量為譯詩，寫景類 42 首、寫實類 59 首、寫情類 63 首和寫意類 70 首。

〔註14〕姜濤：《「新詩集」與中國新詩的發生》，北京大學出版社 2005 年版，第 104 頁。

〔註15〕黎錦熙：《國語運動史綱》，黎澤渝、劉慶俄編：《黎錦熙文集》（下卷），黑龍江教育出版社 2007 年版，第 151 頁。

　　與《新詩集》不同的是，這是編者以一人之力而完成的選本，規模也比《新詩集》擴充了一倍還不止：它顯然比《新詩集》更全。然而，「新詩五百首」之名，又表現出某種古典意味——它很容易讓人聯想起《唐詩三百首》這類選本（後來的《新詩三百首》就表現得更為直接了），因此，這部選本在新詩經典化方面的意圖或許也比《新詩集》要強烈得多。不僅如此，《分類白話詩選》也強調新詩的革命性意義，但許德鄰更注重從中國詩歌的演進中去尋找新詩的依據，這與胡適構建白話文學歷史的思路是一致的：「我嘗想把古代的歌謠，樂府，唐宋的小令，元曲，揀那白描的，純潔的，集成一種書，做一個詩界革命的『楔子』」。不過他沒有囿於傳統，放棄了這一做法，標舉新詩的「純潔」「真實」與「自然」三種精神為其價值，形式上則看重「天然的神韻，天然的音節」，不再糾結於有韻無韻，這比《新詩集》更進了一步〔註16〕。這也反映到選詩時側重點的不同：《新詩集》選得最多的是「寫實類」，有33首；《分類白話詩選》選得最多的是「寫意類」，有70首〔註17〕。

　　不過，最早的這兩部詩選，它們的相通之處顯然更多：首先，它們在理論上都藉重以《新青年》為陣地的新文化資源，特別是胡適、劉半農等人的詩論，許德鄰在《自序》之後就節選了劉半農《詩與小說精神上之革新》中的一段為《劉半農序》；其次，詩歌選擇的來源都是以《新青年》《新潮》為核心，以胡適、沈尹默、劉半農、周作人、羅家倫、傅斯年、康白情等北大師生群為焦點；再次，都是按照「寫實」「寫景」「寫意」「寫情」來分類。兩部選本在選詩時的重合不少，差異主要體現在對具體詩作的歸類上。〔註18〕

〔註16〕許德鄰：《分類白話詩選·自序》，《分類白話詩選》，崇文書局1920年版，第2～3頁。

〔註17〕陳璐：《敘述與確認：民國時期新詩選本研究》，武漢大學博士學位論文，2014年，第28頁。

〔註18〕陳璐對此做了細緻的辨析，指出《分類白話詩選》的寫景類詩歌，共收錄新詩42首。其中14首與《新詩集》的寫景類詩歌重合（《新詩集》寫景類共收錄新詩16首，除了重合部分外，另外兩首，一首是《周作人》的小河，另一首是王統照的譯詩《山居》，《分類白話詩選》均未收），至於《分類白話詩選》寫景類的其他28首詩歌，在《新詩集》中未見收錄。可見，對於寫景詩的歸類，兩個選本是沒有任何歧見的。但是這種意見的一致性並未能延續到其他的詩歌類別上：在《新詩集》的33首寫實類詩歌中，其中有24首被收錄進了《分類白話詩選》的寫實類；剩下的9首，其中有6首《分類白話詩選》未收；還有3首——路啟榮的《愛情》，收入了《分類白話詩選》的寫情類；陳獨秀的《丁巳除夕歌》，收入了《分類白話詩選》的寫情類；施誦華的《也算是一生》，收入《分類白話詩選》的寫意類。其他詩歌也多存在分類意見不一

阿英編纂的《中國新文學大系·史料索引》，收錄了《分類白話詩選》並指出「此集為初期新詩之最完備的選集」〔註19〕。阿英是從保存新詩文獻的角度肯定了這部選本的歷史價值，它收錄新詩234首，遠超《新詩集》，在新詩的草創期實屬難得。但或許也正是因為追求完備、保存文獻，「選」的意義就被沖淡了。因此，新文學史上最早的這兩部新詩選本，卻長期湮沒無聞。朱自清曾回憶起1921年他與葉聖陶討論新詩編選問題，他們心目中的理想人選是周作人。但他們並不知道當時已有兩種選本即《新詩集》和《分類白話詩選》，朱自清對這些選本不滿，一方面在於編選者不合其心意，另一方面認為它們只是雜抄，缺少選家眼光〔註20〕。

合乎朱自清心意的選本是在1922年出現的，那就是北社所編《新詩年選》（一九一九年），這也是新文學史上第一部詩歌年選，收入40位詩人的89首詩歌。它在當時就得到了朱自清、阿英等人的讚賞，在新詩研究界也備受重視，已然成為早期新詩選本的代表。《新詩年選》（一九一九年）的成功，有著多方面因素的共同推動：

首先是在恰當的時機得到傳媒的有力運作。新詩推進到1921～1922年之際，創作上已經呈現出極其興旺的態勢，就新詩集而言，1921年除了胡適的《嘗試集》，還有郭沫若《女神》的出版，它以新的詩風震撼了整個詩壇；1922年俞平伯《冬夜》、康白情《草兒》、湖畔詩社《湖畔》、朱自清等合著的《雪朝》、徐玉諾《將來之花園》、汪靜之《蕙的風》等一大批詩集相繼出版，此時的新詩選本，實際已經擁有了豐富的優質資源可供選取。而《新詩年選》（一九一九年）又是由大力出版新文學書籍、具有極大市場影響力的亞東圖書館推出，如此一來在市場上也佔有先機，同年出版的還有《冬夜》《草兒》《蕙的風》《嘗試集》第四版。據汪原放回憶，1922年亞東圖書館出版的《嘗試集》印至第4版，發行15000冊；《冬夜》《蕙的風》和《新詩年選》（一九一九年），每種初版3000冊〔註21〕，這在當時已經是相當可觀的數字了。到1929年4月，

致的現象。如康白情的《雞鳴》、沈尹默的《耕牛》、胡適的《威權》等詩，《新詩集》將它們歸入寫意類，而《分類白話詩選》則收入寫實類。見陳璿：《敘述與確認：民國時期新詩選本研究》，武漢大學博士學位論文，2014年，第29頁。

〔註19〕阿英：《中國新文學大系·史料索引》，上海文藝出版社2003年版，第296頁。

〔註20〕朱自清：《中國新文學大系·詩集·選詩雜記》，上海文藝出版社2003年版，第15頁。

〔註21〕汪原放：《回憶亞東圖書館》，學林出版社1983年版，第82頁。

《新詩年選》（一九一九年）已出至第五版，可見其暢銷的程度。

不僅如此，亞東圖書館還為這本書多次做過廣告，陳璿發現，1923年初版的宗白華詩集《流雲小詩》封底印有這樣的廣告：「（一）選擇精當，歷時年餘，選定四十二家詩八十二首，僅占備選全詩六分之一。（二）名家批評，適用科學方法，根據近代學理，一洗從前批評家酸腐之氣。（三）最邏輯的編次法，與以此籠統分類之舊弊完全絕緣。凡欲認識何者為好詩，欲知詩壇過去之成績，欲考察各地社會感情，欲徵時代精神，欲明民間之疾苦，不可不看。」〔註22〕廣告詞明確地指出了該詩選勝出坊間同類著作之處，在於挑選精審、名家名評、科學編排，又能起到瞭解新詩史與社會民情之用。這些也正是其備受好評的重要原因。

其次是新文學名家的肯定，朱自清與阿英都注意到按語評語的存在並予以表彰〔註23〕，這確實是《新詩年選》（一九一九年）的一大創設：按語主要用於說明詩人詩作的基本情況，署名為「編者」；撰寫評語的評者有4人，根據姜濤的統計，評語共36條，其中愚庵19條，溟泠10條、粟如3條、飛鴻4條，愚庵佔據主導地位〔註24〕。朱自清指出，「愚庵」就是康白情〔註25〕，而據姜濤與陳璿考證，其他幾位編者、評者是湖畔派詩人應修人、潘漠華、馮雪峰〔註26〕。

《新詩年選》（一九一九年）的「弁言」闡明了該書的編選原則：1.在內容與藝術兩者中有一方面突出的就可以，同時兼收並蓄；2.對不同類型的詩作者區別對待，對越勤於作詩者越嚴格；3.詩人詩作不按高低排序，詩選不分類，因為「覺得詩是很不容易分類的」；4.對詩作的評點只是「讀者個人的印象」；5.對選入的詩作「偶有刪節」。〔註27〕

〔註22〕轉引自陳璿：《敘述與確認：民國時期新詩選本研究》，武漢大學博士學位論文，2014年，第45～46頁。

〔註23〕朱自清：《中國新文學大系‧詩集‧選詩雜記》，上海文藝出版社2003年版，第15～16頁；阿英：《中國新文學大系‧史料索引》，上海文藝出版社2003年版，第301頁。

〔註24〕姜濤：《「新詩集」與中國新詩的發生》，北京大學出版社2005年版，第110頁。

〔註25〕朱自清編選：《中國新文學大系‧詩集》，上海文藝出版社2003年版，第15頁。

〔註26〕姜濤：《「新詩集」與中國新詩的發生》，北京大學出版社2005年版，第109～110頁；陳璿：《敘述與確認：民國時期新詩選本研究》，武漢大學博士學位論文，2014年，第47頁。

〔註27〕北社同人：《弁言》，北社編：《新詩年版選》（一九一九年版），亞東圖書館1922年版，第2～3頁。

　　「弁言」對評點的說明是非常低調的，但是這部選本恰恰是以評點最為引人注目，也得到後來研究者的一致肯定，認為這是將中國古代評點方式與現代創作和研究相結合的典範。按語、評語的出現，不僅使得選家可以發表自身意見與體會，也為讀者點出了詩人詩作的基本情況、主要特點，成為一種閱讀指導，同時，它也意味著選家在努力構建新詩閱讀的某種規範〔註28〕。

　　姜濤對這些評語進行了分類：第一類是「隨意寫下的閱讀感受，或是印象式的風格把握，或是對詩的主題、背景作簡要評述，在評價上沒有鮮明的傾向性，目的都在為讀者提供『閱讀』的門徑」；第二類「側重於『新詩』特殊品質的解說，推重具體、清新等新的美學可能」；第三類是「在與古典詩歌或外來資源的比較中，尋求『新詩』的價值定位」〔註29〕。第三類評語數量最多，也最有特色。在姜濤看來，《新詩年選》（一九一九年）的評語以中國古典傳統為參照，是要「幫助讀者辨識新詩的價值」，同時借用傳統以維護「新詩歷史合法性」〔註30〕。這就不難理解《新詩年選》（一九一九年）的評語既是具有現代學術深度的詩歌評論，但又帶有濃厚的古典詩文評點的意味。當然，由此又帶來新的問題：「在閱讀、評價標準的纏繞中，新詩的成立，受到了兩種衝動的約束：一是對既有的詩歌想像的衝擊，在文類規範外追尋表意的可能；一是某種與傳統詩藝競技的抱負，即它要在白話中同樣實現古典詩歌的美學成就，這就造成了『新詩』合法性的基本歧義。」〔註31〕就溢出文類規範而言，如《新詩年選》（一九一九年）中選入沈尹默的《月夜》，愚庵給予很高的評價：「在中國新詩史上，算是第一首散文詩。其妙處可以意會而不可以言傳。」〔註32〕明確指出《月夜》為散文詩並給予肯定，體現了對新事物的包容；就實現古典詩歌美學成就而言，溟泠對俞平伯的《冬夜之公園》的評論就是一句古詩——「曲終人不見，江上數峰青」〔註33〕。

〔註28〕參見方長安：《對新詩建構與發展問題的思考：〈新詩年版選〉（一九一九年版）的現代詩學立場與詩歌史價值》，《文學評論》2015 年版第 2 期；晏亮：《傳統詩話的絕唱：論〈新詩年版選〉中的詩歌評點》，《湖北師範學院學報》2015 年版第 1 期。
〔註29〕姜濤：《「新詩集」與中國新詩的發生》，北京大學出版社 2005 年版，第 110～111 頁。
〔註30〕同上，第 111 頁。
〔註31〕同上，第 112～113 頁。
〔註32〕北社編：《新詩年選》（一九一九年），亞東圖書館 1922 年版，第 52 頁。
〔註33〕同上，第 97 頁。

　　由此來看，《新詩年選》（一九一九年）選詩謹嚴、編排科學、評論精當，加上對原作的刪節，使它能夠脫穎而出，這的確與之前的新詩選本都有不同。這種不同還可以理解為它是早期新詩選本中最具選家主體意識的一本，而《新詩集》《分類白話詩選》《新詩三百首》的湮滅，或許也與其主體意識的含混有關。編纂年選，在新詩史上本來就是首創。選詩方面，「折衷於主觀與客觀之間，又略取兼收並蓄」，即採用一種相對開放、包容的姿態，「凡其詩內容為我們贊許的，雖藝術稍次點也收；其不為我們所贊許，而藝術特好的也收」。但是選家的傾向與底線還是明確的：「凡選入的詩都認為在水平線以上。」這樣「所選入的，不過備選的詩全數六分之一」〔註34〕，不求齊備而求謹嚴，「選」的色彩大為增強。不僅如此，與前兩部選本選入譯詩的做法相反，《新詩年選》（一九一九年）明確拒斥譯詩，只選錄中國詩人的原初作品，體現出對本土創作的高度重視，同時以舊詩為評論新詩的重要依據，在評者那裏，「舊詩是他們言說的主要資源，也是他們品評作品成績的重要尺度」〔註35〕。

　　編排上，打破了之前選本較為含混的四分法，而代之以詩人來編排，這不僅「與一批新詩人確立了文壇的地位相關」〔註36〕，更重要的是，它凸顯了中國現代詩人獨立的個性與地位，意味著中國現代作家主體意識的覺醒。同時，以詩人為編排依據，還有兩個方面的優勢：一是可以選入展現詩人不同風格特色的作品，使詩人的風貌得到較全面的體現。如周作人的《小河》帶有明顯的象徵意味，而他的《畫家》，卻以「具體的描寫」而深得愚庵的讚賞〔註37〕。又比如該選本選了郭沫若的五首詩：《三個汎神論者》《天狗》《死的誘惑》《新月與白雲》和《雪朝》。《天狗》與《死的誘惑》顯然就是完全不同風格、意趣的作品，聞一多就對該選本收入《死的誘惑》這樣表現出「軟弱的消極」的作品感到大惑不解〔註38〕。

　　二是能從縱向上展示出詩人創作的軌跡，選入不同時期的作品，如對胡適既選了他的《江上》《老鴉》等新詩作品，又附錄其早期《去國集》的作品。

〔註34〕北社同人：《弁言》，北社編：《新詩年選》（一九一九年），亞東圖書館 1922 年版，第 3 頁。

〔註35〕方長安：《對新詩建構與發展問題的思考》，《文學評論》2015 年第 2 期。

〔註36〕姜濤：《「新詩集」與中國新詩的發生》，北京大學出版社 2005 年版，第 166 頁。

〔註37〕北社編：《新詩年選》（一九一九年），亞東圖書館 1922 年版，第 86 頁。

〔註38〕聞一多：《〈女神〉之時代精神》，《聞一多全集》（第 2 冊），湖北人民出版社 1993 年版，第 116 頁。

這種方式確有其合理性，可以說，以作家為中心來選作品，基本上成為中國現代文學選本採用的最主要的方式。

　　進一步來說，以胡適為選詩的重中之重，這是初期新詩選本共有的特點，其更主要的是文學史的意義。《新詩集》《分類白話詩選》《新詩年選》（一九一九年）所選胡適詩歌分別為 10 首、36 首、9 首，在三部選本中都是詩作入選最多的詩人，但是，《新詩年選》（一九一九年）更是明確地以胡適串起一部中國新詩史：首先是《去國集》作為附錄與《嘗試集》編排到一起；其次是評語中的詩歌史意識：一是「胡適的詩以說理勝，宜成一派的鼻祖」；二是「適之的詩，形式上已自成一格，而意境大帶美國風」；三是「適之首揭文學革命的旗，登高一呼，四方響應，其在中國文學史上的地位是已定的了」〔註39〕；再次是《一九一九年詩壇略紀》對新詩／新文學歷史與發展的追溯，它分為兩條線索：一條線索是以遠古歌謠作為中國白話詩／白話文學的源頭，延伸到 1916 年「最初自誓要作白話詩的是胡適」，再到 1917 年沈尹默的《月夜》成為「第一首散文詩而備具新詩的美德」，最後是 1919 年「周作人隨劉復作散文詩之後而作《小河》，新詩乃正式成立」；另一條線索是新詩的傳播：從《新青年》首發新詩，到《新潮》《每週評論》，再到「五四」運動後新詩「風行於海內外的報章雜誌」〔註40〕。可見年選選擇 1919 年，實際是把它視為新詩創立的標誌。

　　此外，朱自清還提到了「刪節原作」，這也是選家主體意識彰顯的表現。例如沈玄廬的詩，《入獄》《想》只取前半部分，加上《忙煞！苦煞！快活煞！》，通過刪節，所選的詩歌就都是非常整齊的句式。再看愚庵的評語，評《想》：「讀明白《周南》的《芣苢》，就認得這首詩的好處了」；愚庵還有帶有總評性質的批語：「玄廬大白的詩，都帶樂府調子。」〔註41〕對於新詩吸收古典詩詞、歌謠入詩的現象，編選者不僅予以了肯定，還通過刪節和評語，進一步把現代與古典連接起來。

　　從以上所論可以見出，自 1917 年新詩發軔，到 1920 年第一部新詩選本和新詩集相繼誕生，再到 1922 年《新詩年選》（一九一九年）問世，短短幾年間，一幅關於新詩創作、接受與傳播的圖景就迅速地展開了。這幅圖景是從縱橫兩方面展示：橫向上，對於早期的新詩進行了艱難的篩選，遴選出的作品為

〔註39〕北社編：《新詩年選（一九一九年）》，亞東圖書館 1922 年版，第 130～131 頁。
〔註40〕編者：《一九一九年詩壇略紀》，北社編：《新詩年選（一九一九年）》，亞東圖書館 1922 年版，第 1～2 頁。
〔註41〕北社編：《新詩年選（一九一九年）》，亞東圖書館 1922 年版，第 28～31 頁。

新詩的經典化奠定了最初的基礎，也有效地保存了新詩的文獻；縱向上，梳理出一條自古典至現代的白話詩發展史，為新詩的合法性進行了辯護。此外，現代詩壇生態格局的早期樣貌也呈現出來：新詩人的第一梯隊是以《新青年》為主陣地的北大教員，如胡適、周作人、沈尹默、劉半農等，他們也是早期新詩壇的中心。而作為中心之中心的，則是「新詩第一人」胡適；第二梯隊是「五四」中成長起來的青年學生，特別是依託於《新潮》雜誌的北大學生如康白情、傅斯年等。以上二者構成了當時的「中心陣營」，第三梯隊則是中心陣營之外的詩人，如郭沫若。當然，這樣的格局是暫時的、變動的。進入 30 年代後，原有的秩序等級被迅速打破，各種力量開始分化重組。

第二節　30 年代新詩選本：詩藝探求與詩歌史意識

20 世紀 30 年代的新詩壇格外熱鬧，至「七七事變」前，新詩創作與編選進入了一個前所未有的繁榮期，曾以「路易士」的筆名創作詩歌的紀弦後來回憶道：「我稱 1936～37 年這一期間為中國新詩自五四以來一個不再的黃金時代。其時南北各地詩風頗盛，人才輩出，質佳量豐，呈一種嗅之馥郁的文化的景氣。除了上海，他如北京，武漢，廣州，香港等各大都市，都出有規模較小的詩刊及偏重詩的純文學雜誌。」〔註 42〕

30 年代詩壇的探索與論爭，不再是在新／舊、白話／文言的框架內展開，而是在詩／非詩的對立中，聚焦於新詩自身的內在特質；而對新詩自身的關注，又主要地不在詩歌的題材、內容、主旨，而是在詩歌的藝術技巧、形式方面，如文體、結構、語詞、聲調、音韻、節奏、格律、分行等，「純詩」的主張也是此時提出的。當然，對這些問題的探討，主要是看它們對情感、思緒的表達所起的作用，因而抒情詩佔據了主導地位，寫實、寫景、寫情、寫意的分類法進一步被揚棄〔註 43〕。凡此種種，在新詩選本中都有顯著的體現。30 年

〔註 42〕路易士（紀弦）：《三十自述》，《三十前集》，詩領土社 1945 年版，第 13 頁。
〔註 43〕不過，當時的教材選本仍有以此標準分類的，如朱劍芒、陳霭簏主編了一套「世界活頁文選」作為初中教本，「依照文章體裁」分為八類：摹狀文、寫景詩、記敘文、敘事詩、發抒文、抒情詩、說解文、論難文，就是以寫「物境」（摹狀文、寫景詩）、「事境」（記敘文、敘事詩）、「情境」（發抒文、抒情詩）、「理境」（說解文、論難文）來區分的。這種分類是為了教學的需要，因為中小學教材所學並非只是文學作品，而是文章，這是當時的文章分類與文學分類融合的結果。見朱劍芒、陳霭簏：《世界初中活頁文選編輯大綱》，《敘事詩》，

代的新詩選本，樣貌進一步豐富，除了總集性的綜合選本，各種專題性選本也大量湧現：1928 年以前的新詩選本中，只有丁丁、曹雪松編選的《戀歌：中國近代戀歌選》是較早出現的專題性選本，它以「戀歌」（情詩）為核心，而丁丁在獻詞中所寫的「愛之女神是咱們親愛的慈母，愛之樂園是咱們溫柔的故鄉，年青的朋友們，莫在尋找──祗有愛，就是人生之意義與價值」〔註44〕，這正是「五四」「愛的哲學」的迴響。在一個追求個性解放的時代，對青春、愛情、自由的歌唱是一種必然現象，這種情況在 80 年代的新詩創作和新詩選本中再次得到了印證。在這種專題性選本中，新詩中的新／舊之爭暫時被捨棄，胡適、北大詩人群、自由體不再佔據核心，而是變成了眾聲喧嘩的大合唱，既有胡適、劉大白、汪靜之，也有反對汪靜之詩風的胡夢華，還有浪漫的郭沫若、沉思的宗白華、新月派的徐志摩、聞一多、朱湘，現代主義的梁宗岱、馮至，甚至還有女詩人冷玲女士、淦女士、雅風女士等。在此以後，《〈新式標點〉新體情詩》接續了情詩的編選，秋雪選編的《小詩選》，則是「五四」時期小詩熱潮的反映；流派詩選中最著名的則是陳夢家編的《新月詩選》；女詩人選本則一下湧現出了 4 部〔註45〕，反映出時代的進步。

根據《中國現代文學總書目・詩歌卷》的記載，1928～1937 年「七七事變」前，公開出版的綜合性新詩選本大體上有如下 18 種：〔註46〕

世界書局 1933 年版。

〔註44〕見丁丁、曹雪松編：《戀歌：中國近代戀歌選》，泰東圖書局 1926 年版。

〔註45〕劉福春指出，20 世紀 30 年代出版了 4 部女性詩選，分別是雲裳（曾今可）編選：《女朋友們的詩》，上海新時代書局 1932 年印行，為文友社叢書之五；張立英編選：《女作家詩歌選》，上海開華書局 1934 年出版；姚名達編選：《暴風雨的一夕──女作家新詩集》，上海女子書店 1935 年出版；俊生編選：《現代女作家詩歌選》，1936 年 5 月上海仿古書店出版。據他統計，直到半個世紀以後，才有張默編的《剪成碧玉葉層層》在臺灣爾雅出版社問世（1981 年 6 月）。在大陸，1983 年 9 月浙江文藝出版社出版了冰凌等五位女作者的詩選集《我的三月八日》，1984 年 4 月閻純德主編的《她們的抒情詩》由福建人民出版社出版。見劉福春：《尋詩散錄》，廣西師範大學出版社 2008 年版，第 67～70 頁。此外，余薔薇、陳璐對 30 年代女詩人的創作及女性詩選有非常深入的研究，可參看余薔薇：《1930 年代女性詩人創作及其文學史命運》，《文學評論》2012 年第 4 期；陳璐：《敘述與確認：民國時期新詩選本研究》第四章《新詩選本與女性的多樣化表達》，武漢大學博士學位論文，2014 年，第 112～125 頁。

〔註46〕王梅痕編的《中華現代文學選》（詩歌卷）與《注釋現代詩歌選》（上海中華書局 1935 年 6 月版），在篇目上完全一樣。

序號	選本名稱	編選者	時　間	出版機構	備　註
1	《時代新聲》	盧冀野（盧前）	1928 年 2 月	上海：泰東圖書局	
2	《寒流》（詩文合集）	晨光報社	1929 年 5 月	哈爾濱：笑山書局	晨光叢書
3	《文藝園地》（詩文合集）	柳亞子	1932 年 9 月	上海：開華書局，	
4	《現代詩傑作選》	沈仲文	1932 年 12 月	上海：青年書店	現代文學傑作全集
5	《抒情詩》（新舊體詩、譯詩合集）	劉大白主編，朱劍芒、陳靄麓編選	1933 年 3 月	上海：世界書局	初級中學教本：世界活頁文選
6	《寫景詩》（新舊體詩合集）	劉大白主編，朱劍芒、陳靄麓編選	1933 年 3 月	上海：世界書局	初級中學教本：世界活頁文選
7	《敘事詩》（新舊體詩、譯詩合集）	劉大白主編，朱劍芒、陳靄麓編選	1933 年 3 月	上海：世界書局	初級中學教本：世界活頁文選
8	《現代中國詩歌選》	薛時進	1933 年 12 月	上海：亞細亞書局	文學基本叢書
9	《初期白話詩稿》	劉半農	1933 年	北平：星雲堂書店	
10	《現代詩選》	趙景深	1934 年 5 月	上海：北新書局	中學國語補充讀本
11	《中華現代文學選·詩歌》	王梅痕	1935 年 3 月	上海：中華書局	
12	《現代詩精選》	陳士傑	1935 年 6 月	上海：經緯書局	經緯百科圖書
13	《現代青年傑作文庫》（詩文合集）	陳陟	1935 年 8 月	上海：經緯書局	
14	《中國新文學大系·詩集》	朱自清	1935 年 10 月	上海：良友圖書印刷公司	
15	《詩》	錢公俠、施瑛	1936 年 4 月	上海：啟明書局	中國新文學叢刊
16	《新詩》（第二編）	大同報社	1936 年 7 月	長春：大同報社	
17	《現代新詩選》	笑我	1936 年 9 月	上海：仿古書店	
18	《現代創作新詩選》	林琅編輯，淑娟選評	1936 年 9 月	上海：中央書店	新編文學讀本

1928 年的《時代新聲》與 1929 年的《寒流》可以歸入 30 年代選本，是因為它們不再執著於新／舊、白話／文言的對立，更多地是從詩歌本身的藝術特質來看待、編選新詩。而《時代新聲》與《寒流》又分別代表了 30 年代新詩編選的兩大路徑：一類是側重「史」，將新詩史的敘述、塑造融入編選之中，又通過所選篇目的組織、排列，展現新詩史圖景；另一類更具有選家個人風格，主要以自身趣味、喜好來選詩。前者主要有盧前（盧冀野）《時代新聲》、沈仲文《現代詩傑作選》、薛時進《現代中國詩歌選》、趙景深《現代詩選》、王梅痕《中華現代文學選》、朱自清《中國新文學大系・詩集》、錢公俠與施瑛《詩》、笑我《現代新詩選》等。後者主要有《寒流》、柳亞子《文藝園地》、朱劍芒、陳靄麓《抒情詩》《寫景詩》《敘事詩》、陳士傑《現代詩精選》、陳陟《現代青年傑作文庫》、林琅、淑娟《現代創作新詩選》等。這兩大路徑中，前一種的影響更大。

此外有一個特殊的選本需要引起關注，那就是劉半農所編《初期白話詩稿》（1932 年星雲堂影印出版），它與 30 年代的其他選本都不一樣，因為這個選本是對初期白話詩所做的資料整理與文獻保存，是對新詩開創歷程的回顧與懷念，其功能更在於紀念與留存，因而在下面的論述中並不涉及。不過，這個選本的出現，也恰恰反映了新詩發展之迅猛、風潮更替之快捷，正如劉半農對陳衡哲提及此事時，後者的反應是：「那已是三代以上的事了，我們都是三代以上的人了。」〔註47〕

值得注意的是，由於文學選家的資料歷來較為匱乏，加上選本研究往往注重的是對編選材料做數據統計與分析，很少對選家進行專門研究，除了少數極為知名的選家（這類選家往往同時是大作家、大學者，如朱自清、聞一多、臧克家等），多數選家都不太為人所知。這裡根據力所能及搜集到的史料，對新詩編選者的情況做一個基本的統計，以見出當時編選隊伍的多元與豐富，也可見出新詩發展期的社會心理：〔註48〕

〔註47〕劉半農：《初期白話詩稿・序》，書目文獻出版社影印星雲堂本，1984 年版，第 4～5 頁。

〔註48〕王梅痕又名王薺，是教育家孫俍工的夫人，著有新詩集《遺贈》，1935 年 3 月大達圖書供應社印行。關於其生平，可參閱胡光曙：《毛澤東與一個被遺忘的作家》，《世紀》2000 年第 3 期；龔明德：《昨日書香》，東南大學出版社 2002 年版，第 129～138 頁；郭可慈、郭謙編著：《現代作家親緣錄──震撼百年文壇的夫婦作家（下）》，德宏民族出版社 2004 年版，第 190～192 頁。

姓　　名	生卒年	籍　貫	教育經歷	職　　業
盧前	1905～1951	江蘇南京	東南大學	詞曲家、教師、學者
柳亞子	1887～1958	江蘇蘇州	傳統教育	南社領袖
朱劍芒	1890～1972	江蘇蘇州	傳統教育	南社成員、教師、編輯
趙景深	1902～1985	浙江麗水	天津棉業專門學校	作家、教師、編輯、學者
王梅痕	1907～1997	浙江杭州	西湖藝術院	詩人、教師
朱自清	1898～1948	江蘇東海	北京大學	作家、教師、學者
錢公俠	1908～1977	浙江嘉興	光華大學	教師、編輯、作家、翻譯家
施瑛	1912～1986	浙江湖州	金陵大學	教師、編輯

　　從以上材料可以發現，30 年代的新詩選家，主要生於 19～20 世紀之交的 20 年間，這正是中國社會發生劇烈轉型與變革的時代，他們可以分為三類：一類是接受傳統教育、受傳統文化薰染的知識分子，他們不創作新文學，但對新文學持兼容並包的態度，如南社的柳亞子、朱劍芒；一類是植根於古典文學並以此為主業，但也喜好創作新文學，如盧冀野；一類是更傾向於新文學的知識分子，如趙景深、王梅痕、朱自清、錢公俠等。他們固然因所受教育、自身趣味、愛好的不同，在新詩編選中會呈現出種種差異，但都對新詩持有寬容的態度，他們大多接受過現代高等教育，又集作家、教師、學者、編輯多種職業身份於一體，他們能從自身創作之甘苦去品味、淘選新詩，也注意新詩選本的市場價值、社會效應，因而在編選時對新詩能綜合考量，顧及綜合的文化效應。如趙景深編有《現代詩選》，為中學國語補充讀本，他另編有《初級中學北新混合國語》，這些選本，也可視為國語教材。而在他任北新書局總編輯期間，北新書局在市場運作上也極為成功，成為傳播新文學的重要陣地。王梅痕所編《中華現代文學選》（詩歌卷）與《注釋現代詩歌選》篇目一致，後者是中學教材，所以這個選本也是面向中學生及文學青年的。因此，當時的新詩選本，也仍然擔負起了宣傳、傳播新詩的責任。

　　進一步來看，這個群體還可以從時空兩方面來分析：時間上體現了兩代知識分子的年齡構成，一代是晚清知識分子，一代是「五四」以後成長起來的文學青年。但二者之間出現了一個空缺，那就是「五四」新文化陣營，這是十分耐人尋味的。胡適、魯迅、周作人、劉半農、沈尹默、沈玄盧、陳衡哲等曾為新詩搖旗吶喊，但到了 30 年代，他們早已不再寫新詩。這其中各人心態不盡相同，胡適是但開風氣不為師，劉半農、陳衡哲是轉向學術，魯迅、周作人雖

然專心從事創作，但興趣都不在新詩。不僅如此，求學於北京大學的學生一輩，如傅斯年、羅家倫、康白情、俞平伯等，在 30 年代也大多轉向。不過，早期白話詩人的退場，同樣與時代風氣的更替相關。他們都較為執著於新舊之辨，但 30 年代是新詩詩藝的建設期，因此，不執著於新舊二分的傳統知識分子如柳亞子，雖為晚清一代，卻能成為新詩選家；而比新文化主將們更晚出生的一代知識分子，在 30 年代是風華正茂的文學青年，也比他們的前輩們在詩歌的道路上能走得更遠。

從空間來看，這一批選家也是以江浙知識分子為主體，活動集中於上海，平臺也主要是上海的出版機構，這與中心詩壇的轉移是契合的：新詩壇的中心從北京轉到了上海，核心人物也不再是北大師生群，主陣地從《新青年》《新潮》轉向更廣闊的現代期刊雜誌與書局，它們也基本集中於上海。種種變化，反映出新詩創作、傳播格局的深刻變化，而這些變化，也在新詩選本中得到了體現。

30 年代的新詩編選已基本上淡然於新舊之爭，而這一風氣可以追溯到 1928 年盧前編的《時代新聲》。盧前 17 歲時以「特別生」身份破格入東南大學國文系，跟隨一代曲學大師吳梅攻詞曲，後來即以舊體詩詞曲的創作和研究而名世。但他早年對於文學也是十分喜愛，在文學革命的影響下 1919 年開始寫新詩，更有意思的是，他畢業於東南大學，而當時的東南大學，正是「學衡派」的大本營。據考證，當時東南大學「可以相對準確說來屬於新文學作家的有三位學生：後來從事戲劇創作的侯曜（也寫有小說）、顧仲彝（兩人都是 1924 年東南大學畢業）和詩人盧前（1926 年畢業）」〔註49〕。東南大學難有新文學的立足之地，「侯曜、顧仲彝、盧前三人當時在學校均不以寫作新文學出名，沒有影響」，「教師中，寫白話新詩的只有 1920 年自芝加哥大學留學歸來的心理學教授陸志韋」，出版有新詩集《渡河》，但後來也離開了東南大學〔註50〕。盧前專注於新文學的創作與研究是他畢業之後的事情，1926 年他出版了自己的第一部新詩集《春雨》，1930 年出版了另一部詩集《綠簾》，這兩部詩集大受歡迎，多次再版。此外他還有小說集《三弦》、散文集《炮火中流亡記》等。浦江清評價盧前的新詩是「脫胎中國舊詞曲句法，不學西洋格律，甚有可取

〔註49〕 沈衛威：《現代大學的新文學空間——以二三十年代大學中文系的師資與課程為視點》，《文藝爭鳴》2007 年第 11 期。

〔註50〕 同上。

處」。〔註51〕後來盧前致力於古典文學研究並以此名世。

因此，盧前的經歷、喜好使他能夠淡然於文壇的新舊之爭，更注目於新詩本身的藝術色彩。雖然他受古典文學浸染很深，他仍認為「文學無新舊也，有新舊也。無新舊，以其不失文藝之本質；有新舊，以時代之影響無常，文士之思想遷變」〔註52〕，因此，他表示自己「研究文學態度，不愛偏頗，不愛標奇，不崇古，不矜今」，〔註53〕這是 30 年代新詩選本的較為普遍的立場。

面對當時新詩作品並不被看好的實際，盧前認為其原因有兩方面：一是作者修養不足，二是藝術訓練缺乏；就作品論，有六大缺點：不講求音節、無章法、不選擇字句、格式單調、材料枯窘、修辭糅雜。由此，盧前提出了新詩努力的方向：一是「求其成誦，求其感人，有情感，有想像，有美之形式」；二、合乎音樂，他特別希望「能採西洋音樂之長以補華夏古樂之短，別立腔格，而成新調，以與詩合」；三、富於地方、民間色彩；四、「發揚時代精神」，「以國民文學建設民國文學」。〔註54〕

更多地從新詩本身的藝術成就來選詩，這也是當時風氣的體現，趙景深就明確表示：「胡適的詩甚工穩，很難找出十分壞的，但也找不出十分好的；大部分如他自己所說，是放大了的小腳。所以我選了兩首時期較後的作品。」〔註55〕下面是對 30 年代選本選錄詩人詩作情況所作的統計：〔註56〕

序號	選　本	編選者	選詩最多的詩人	數量
1	《時代新聲》	盧前	劉大白、田漢、盧冀野	5
2	《寒流》	晨光報社	惜冰女士	3
3	《文藝園地》	柳亞子	羅念生	18
4	《現代詩傑作選》	沈仲文	劉大白、郭沫若、聞一多	4
5	《抒情詩》	朱劍芒、陳靄麓	胡思永、俞平伯、周作人	4

〔註51〕浦江清：《清華園日記西行日記》，三聯書店 1987 年版，第 39 頁。
〔註52〕盧前：《盧前詩詞曲選》，中華書局 2006 年版，第 7 頁。
〔註53〕盧冀野：《卷頭語》，《時代新聲》，泰東圖書局 1928 年版，第 2 頁。
〔註54〕盧冀野：《新聲義》，《時代新聲》，泰東圖書局 1928 年版，第 4～9 頁。
〔註55〕轉引自陳璿：《敘述與確認：民國時期新詩選本研究》，武漢大學博士學位論文，2014 年，第 36 頁。
〔註56〕本表有部分數據參考陳璿：《敘述與確認：民國時期新詩選本研究》，武漢大學博士學位論文，2014 年，第 131～133 頁。此外陳士傑編《現代詩精選》無法找到；大同報社編《新詩》（第二編），採用的是每人一首的原則。

6	《寫景詩》	朱劍芒、陳靄麓	郭沫若	5
7	《敘事詩》	朱劍芒、陳靄麓	顧誠吾、聞一多、朱湘	2
8	《現代中國詩歌選》	薛時進	聞一多	10
9	《現代詩選》	趙景深	郭沫若	6
10	《現代中華文學選》	王梅痕	郭沫若	5
11	《中國新文學大系詩集》	朱自清	聞一多	29
12	《詩》	錢公俠、施瑛	徐志摩	15
13	《現代新詩選》	笑我	徐志摩	16
14	《現代青年傑作文庫》	陳陟	汪漫鐸	13
15	《現代創作新詩選》	林琅編輯，淑娟選評	朱渭深	7

　　從以上數據可以看出，30 年代，以北大師生群為核心的初期白話詩人基本退出了新詩壇的中心，取而代之的是浪漫主義詩人的代表郭沫若和研討新詩格律的詩人們，後者又以新月詩派最為突出。郭沫若的《女神》問世，開創一代新的詩風，獲得詩壇的廣泛讚譽，甚至被認為是中國新詩的起點。以胡適為中心的初期白話詩人，在創造社崛起後很快就受到了全面的清算，成仿吾於1925 年發表《詩之防禦戰》，高舉抒情的旗幟，對胡適、康白情、俞平伯、周作人、徐玉諾、宗白華、冰心等進行了批判，認為胡適的作品「淺薄」、「無聊」，而哲理詩、小詩「抽象」，不成其為詩〔註57〕。朱湘則不贊同只標舉抒情詩，在他看來，胡適提出「現代的詩應當偏重抒情的一方面，庶幾可以適應忙碌的現代人的需要」，這種理由是「淺薄可笑的」，「殊不知詩之長短與其需時之多寡當中毫無比例可言」〔註58〕。儘管觀念立場與成仿吾不同，朱湘也對胡適大加撻伐，評論《嘗試集》「內容粗淺，藝術幼稚」〔註59〕。在新詩已不再執著於文言／白話二元對立的時代，詩藝成為人們重點關注的對象，新月派在這方面做出了卓有成效的探索並付諸實踐，在 30 年代引起了極大的反響。因此，新詩選本中胡適等詩人地位的變化就是自然而然的事情了。從上表的統計情況看，無論是注重新詩歷史維度的選本還是偏於選家個人趣味的選本，都將注

〔註57〕成仿吾：《詩之防禦戰》，吳思敬主編：《中國新詩總系》（第 9 卷），人民文學出版社 2010 年版，第 92～97 頁。
〔註58〕朱湘：《北海紀遊》，方銘主編：《朱湘全集·散文卷》，安徽文藝出版社 2017年版，第 9 頁。
〔註59〕朱湘：《〈嘗試集〉》，方銘主編：《朱湘全集·散文卷》，安徽文藝出版社 2017年版，第 173 頁。

重詩藝探索與詩體建設的詩人列為重點。

30 年代的新詩選本眾多，大體上可以分為重在詩歌史的一路與重在選家趣味偏好的一路，前者的影響更大，特別是出現了朱自清主編的《中國新文學大系·詩集》這樣的經典選本，這也與 30 年代文學史的學術浪潮興起密切相關。自 1904 年林傳甲、黃人開始中國文學史的撰寫以來，中國文學史與西方文學史的研究在中國學界逐漸形成熱潮，特別是不少著述也開始將新文學納入其中，而且自 1933 年 9 月王哲甫出版《中國新文學運動史》以來，單獨撰述新文學史也已形成風氣，這就需要認真研究中國新文學與古典文學的關係、新文學的性質、發展脈絡與規律等根本性的問題。《新詩年選》（一九一九年）開創了新詩史論與編選結合之先河，新詩史是在總綱性的文章中敘述，又以選篇來呈現新詩史圖景，以作家為中心選詩，從而呈現為一種選本式的新詩史著作。這些做法，為後來的選家廣泛繼承。此外，30 年代重視新詩史的選家，不少人同時也是文學史家和教育家，出於學術研究及教學需要，他們對中國詩歌的歷史給予了充分的關注，不少著作或篇章涉及古典詩歌與新詩的關係、新詩發展的歷史、新詩的價值等，與他們的選本相映生輝。盧前自述其《中國文學講話》一書是在 1927 年夏為金陵暑期學校講授《中國新興文藝評論》及 1929 年在光華大學任課的基礎上完成的，該書分別梳理了詩歌、散文、小說、戲劇自晚清以來的發展歷程。趙景深的《中國文學小史》在 1926 年就已經完成，作者自謙這是他「當了四年中學國文教員的一點成績」〔註 60〕。該書大獲成功，1928 年上海光華書局初版，1937 年就已經出到第 20 版，受到了聞一多、唐圭璋、楊藻章諸先生的好評，清華大學還將其列為指定參考書〔註 61〕。1925 年，劉大白執教於復旦大學，在此期間相繼完成學術著作《白屋說詩》《舊詩新話》《中國文字學》《中國文學史》，「世界活頁文選」叢書也是他生前主編的。朱自清的《中國新文學綱要》，是他自 1929 年在清華大學開設《新文學研究》課程時的講義。這些都表明在民國時期新文學與學術研究、教育、文化出版之間的緊密關聯。

就具體的新詩分期主張來看，各家的主張紛繁複雜，分歧眾多，但在一些關鍵性的分期節點上又較為一致。盧前《近代中國文學講話》第一講為「詩歌

〔註 60〕趙景深：《十九版自序》，《中國文學小史》，大光書局 1937 年版，第 3 頁。

〔註 61〕分別見趙景深為《中國文學小史》所作《十九版自序》《十版自序》，《中國文學小史》，大光書局 1937 年版，第 1 頁、第 7 頁。

革命之先聲」，從同治光緒年間開始，但真正涉及到詩歌變革的，是「新體詩」的「應運而生」，以黃遵憲為最傑出的代表，這可以視為第一期；第二期以胡適為代表，主張白話詩，是工具的革新；第三期是「主張用西洋詩體做中國詩」，主要人物是徐志摩、聞一多。〔註62〕不過，落實到選本中，盧前仍然以胡適為開端：「中國鼓吹詩學革命，當自胡氏始，胡氏今為青年文學作家之指導者，故首錄焉。」〔註63〕這裡體現出文學史著與文學選本之間的微妙關係：前者重在歷史的延續，或者說在對歷史的追溯中探尋新事物的淵源、合法性；後者更強調新事物作為新的文學起點的重要性。盧前在《時代新聲》中所選擇的詩人胡適、沈尹默、劉半農、沈兼士、劉大白、郭沫若、徐志摩等，他們的創作基本上對應了《近代中國文學講話》劃分的第二、三期。由此可以認為盧前是將新詩發展定為兩期：白話詩、西洋詩體時期。

　　沈仲文編選的《現代詩傑作選》收入沈從文的《我們怎麼樣去讀新詩》一文作為分期依據。這篇文章是沈從文任教於中國公學期間所作，發表於 1930 年 10 月《現代學生》第 1 卷第 1 期。沈從文把新詩分為三期：「嘗試時期」（1917～1921 或 1922 年）、「創作時期」（1921～1926 年）、「成熟時期」（1926～1930 年）。每一期又分兩段：第一期以胡適、沈玄廬、劉大白、劉半農、沈尹默為一段；康白情、俞平伯、朱自清、徐玉諾、王統照為一段，因為兩階段詩人「所得影響完全不同」。另有冰心、周作人、陸志韋單列。第二期在新詩創作上都實現了第一期詩人追求的目標，形式技巧都達到完善的地步。第一段有徐志摩、聞一多、朱湘、饒子離等，第二段為於庚虞、李金髮、馮至、韋叢蕪等：前者達到「情緒的健康」、「技巧的完善」，後者時代稍後且「體裁上顯出異樣傾向」，擅長營造「詩人的憂鬱氣質，頹廢氣氛」。第三期詩人書寫愛情、讚美官能之愛，第一段為胡也頻、戴望舒、姚蓬子，第二段為石民、邵洵美、劉宇，但每段詩人又有內在差異或交叉：胡也頻、石民風格近於李金髮，戴望舒、姚蓬子偏於象徵，邵洵美、劉宇則近於徐志摩。歌唱革命的詩人蔣光慈單列。〔註64〕沈仲文大體上是按照沈從文的思路來編選的。

　　薛時進所編《現代中國詩歌選》市場效應很好，1933 年亞細亞書局初版，1936 年中國文化服務社十版。他是按三個時期來劃分：第一時期「是嘗試時

〔註62〕盧冀野：《近代中國文學講話》，會文堂新記書局 1930 年版，第 12～41 頁。
〔註63〕盧冀野：《時代新聲》，泰東圖書局 1928 年版，第 1 頁。
〔註64〕沈從文：《我們怎麼樣去讀新詩》，沈仲文選編：《現代詩傑作選》，青年書店 1932 年版，第 151～159 頁。

期，也可以說是半解放時期」，胡適的詩帶有最明顯的過渡性，康白情、俞平伯、劉半農、沈尹默、周作人、劉大白等繼起者的舊詩詞痕跡已減弱了；第二時期「是自由詩時期，也可以說是盡量解放的時期」，主要有寫小詩的冰心等、創造社詩人郭沫若與王獨清等、文學研究會詩人朱自清及徐玉諾等、湖畔詩人；第三時期「是新韻律詩時期，也可以說是歐化的時期」，其代表即為新月詩派，以徐志摩最為重要。〔註65〕

　　趙景深在《現代詩選》中劃分出五個時期：1.草創時期，以胡適、劉半農、劉大白為代表；2.無韻詩時期，以康白情、俞平伯、朱自清、王統照、汪靜之、周作人、劉延陵、焦菊隱等為代表；3.小詩時期，以冰心、宗白華為代表；4.西洋韻體詩時期，以郭沫若、徐志摩、朱湘、聞一多、邵洵美、于賡虞為代表；5.象徵派時期，以李金髮、王獨清、馮乃超、穆木天、戴望舒、邵冠華為代表。這與他在《中國文學小史》所提出的新詩的「四個變遷」：「未脫舊詩詞氣息的」詩、無韻詩、小詩、西洋體詩〔註66〕，基本上是一一對應的，只是趙景深寫作《中國文學小史》是在1926年，象徵派尚未完全崛起，因而未曾論及。到1929年為陳子展《最近三十年中國文學史》作序，趙景深加進了「第五期——象徵詩」，這一點後來也體現在《中國文學小史》的新版本中。〔註67〕至此，《現代詩選》的圖景得到了完整展現。

　　王梅痕編《中華現代文學選》（第二冊）為詩歌卷，孫俍工在序言中指出編者是「以劉大白、沈玄廬、俞平伯、朱自清、郭沫若、汪靜之、王獨清、冰心女士代表中國新詩底前期，以徐志摩、朱湘、聞一多、李金髮、邵洵美、于賡虞、馮乃超、馮至、陸晶清代表中國新詩的後期，以陳夢家、王平陵代表最近期」〔註68〕。前期詩人以俞平伯、朱自清為代表，後期詩人中徐志摩得到了極高的評價。

　　朱自清編選《中國新文學大系・詩集》時大刀闊斧地對新詩派別與分期進行簡化，將十年間的詩壇分為自由詩派、格律詩派、象徵詩派，這一點學界已

〔註65〕薛時進編：《現代中國詩歌選》，中國文化服務社1936年版，第1～3頁。

〔註66〕趙景深：《中國文學小史》，光華書局1928年版，第208～209頁。

〔註67〕趙景深在為陳子展《最近三十年中國文學史》所作序言中提出的五個時期是：詞化的詩、自由詩、小詩、西洋體詩、象徵詩。見陳炳堃（陳子展）：《最近三十年中國文學史》，太平洋書店1930年版，第3頁。趙景深對《中國文學小史》中表述的修訂見光華書局1932年版本，第214～215頁。

〔註68〕孫俍工：《序》，王梅痕編：《中華現代文學選》（第一冊），中華書局1935年版，第2頁。

有很多研究，茲不贅述。

　　錢公俠、施瑛的《詩》分出三個時期，不立時期之名：第一期「新詩運動才發祥」，有胡適、劉半農、沈尹默、劉大白、康白情、俞平伯、汪靜之、劉延陵、周作人、朱自清為代表；第二時期注重借鑒西洋來探索新詩的「格律與節奏」，有郭沫若、徐志摩、朱湘、聞一多、于賡虞、邵洵美、劉夢葦為代表；第三時期象徵詩占主流，有李金髮、戴望舒、王獨清、穆木天、馮乃超、姚蓬子等。〔註69〕

　　笑我所編《現代新詩選》並未交代自己對新詩分期的看法，他是在目錄中直接把詩人們分為一、二、三期，大體上與錢公俠一致，但是他把後期新月派與象徵派都歸入了第三期。

　　從以上所論可以看出，30年代的新詩選本雖然在具體的分期、觀點上有一定的差異，又比如對郭沫若的歸類存在較大分歧，選家們或是將其與胡適等早期白話詩人放到一起，或是與徐志摩等格律派詩人並置，前者是從時代的角度考慮，後者是從詩作風格及成就考量。但是各選本大體上趨於一致，即區分出早期自由體白話新詩、格律詩、象徵詩三派，三派之中，雖然各家都認為象徵派的詩藝最為精進，但總體上是格律詩派即「新月派」最受青睞，其中又以核心人物徐志摩最受歡迎，主要是因為格律詩派被認為是實現了中西詩藝的完美融合。沈從文就指出「詩的革命，雖創自第一期各詩人，卻完成於第二期」，這一期的詩作在形式上「完美無瑕」，在情緒技巧方面「與舊詩完全脫離」、「與舊詩完全劃分一時代趣味」，他據此認為「中國新詩的成績，以此時為最好。新詩的標準的完成，也應數及此時詩會諸作者之作品」〔註70〕。薛時進也認為格律詩派「都儘量把西詩的格律與韻味移植到中詩裏面來」，「徐志摩的努力最大，收穫也最豐富」，「他們的造詣較深，做起詩來也肯賣氣力」，因而這個時期的成績最為可觀〔註71〕。這正體現出30年代詩界對詩藝的重視。

　　三大流派其實在時間順序上區分度不大，甚至有交錯、重疊之處，但正如姜濤所指出的，選家將「本來幾乎是『共時』發生的詩歌向度，拉伸成『歷時性』的分期，……這種策略的特殊性在於，對時間順序和價值等級的有意混淆」，「新詩發生的線索簡化成一種邏輯：首先是白話工具的采用，繼而是某種

〔註69〕錢公俠、施瑛：《詩・小引》，啟明書局，1936年版，第3～7頁。
〔註70〕沈從文：《我們怎麼樣去讀新詩》，沈仲文選編：《現代詩傑作選》，青年書店1932年版，第152頁。
〔註71〕薛時進：《序》，《現代中國詩歌選》，中國文化服務社1936年版，第2～3頁。

『詩』品質的達成，兩個階段完整的銜接，構成一種符合藝術『規律』的目的論敘事」〔註72〕。這種線性敘述策略，帶有明顯的進化論、目的論色彩，完成了對於新詩史的建構。

在這些紛繁複雜的選本中，朱自清主編的《中國新文學大系·詩集》無疑是最知名的一個。當然，它的經典地位首先來自於《中國新文學大系》這套叢書所獲得的「集體榮譽」，這份榮譽是因蔡元培作「總序」、強大的分卷主編陣容和他們各自高屋建瓴的導言，這是《中國新文學大系》一直以來所留給人們的印象。不過，如果暫時拋開這種總體上的一致性，仍然可以發現其內部的不一樣的聲音，它既來自趙家璧，也來自朱自清。朱自清並沒有視自己為編選新詩的理想人選，而作為叢書的策劃人，趙家璧心目中《詩集》主編的理想人選是郭沫若而非朱自清，這顯然是因為當時郭沫若在詩壇及文化界的巨大成就與聲望，但郭沫若曾撰文抨擊過蔣介石，如果他出任主編，圖書審查無法通過，趙家璧只好退而求其次〔註73〕。抗戰爆發後，趙家璧擬推出《大系》第二輯，他希望聞一多來主編《詩集》，因其推辭而改為李廣田，但當時朱自清、聞一多、李廣田都任教於西南聯大〔註74〕。可見無論是朱自清自己還是他人，對於朱自清的詩人身份認同度都不高，雖然朱自清也寫新詩並發表過廣受讚譽的長詩《毀滅》，但他仍然是以散文家和學者的身份享譽文壇，所以當接到趙家璧的邀約時，他感到「實在出乎意外」〔註75〕，這顯然不能看作是純然自謙之辭。

從《詩集》的編選過程來看，朱自清也確實做得較為費力和倉促。1935年6月朱自清才和趙家璧第一次見面，7月真正開始，8月完成編選工作，中間還有各種雜務，實際編選時間只有一個月左右。朱自清「原先擬的規模大得多。想著有集子的都得看；期刊中《小說月報》《創造季刊》《週報月刊》《詩》《每週評論》《星期評論》《晨報副刊》《時事新報》《學燈》《民國日報》《覺悟》，也都想看」，但很多資料都散佚難尋，而且依照「原擬的規模，至少也得三五個月，那顯然不成」，他不得不調整計劃，「決定用我那破講義（指朱自清在清華大學的講義《中國新文學研究綱要》──引者注）作底子，擴大範圍，憑主

〔註72〕姜濤：《「新詩集」與中國新詩的發生》，北京大學出版社 2005 年版，第 253～255 頁。

〔註73〕趙家璧：《話說〈中國新文學大系〉》，《新文學史料》，1984 年第 1 期。

〔註74〕同上。

〔註75〕朱自清：《選詩雜記》，《中國新文學大系·詩集》，上海文藝出版社 2003 年版，第 16 頁。

觀選出若干集子來看，期刊卻只用《詩》月刊和《晨報詩鐫》。這麼著大刀闊斧一來，詩集才選成了」。〔註 76〕

由此來看，朱自清所編《詩集》存在一定的不足，時間緊迫、資料不全等客觀因素是一方面，另一方面，此前的新詩選本關於新詩分期及代表性詩人詩作已有大體一致的意見，《詩集》在這方面的觀點也是較為折衷，在《導言》中朱自清大多是論而不斷，《詩話》對詩人的簡介多是引述他人意見，這些也是受詬病的地方。但是《詩集》的價值是不能否定的，在包容、折衷的背後，朱自清有自己的創新，也有立場與堅持。趙家璧談到「朱自清編選的《詩集》，沒有按我們要求導言寫兩萬字的規定，而在較短的《導言》外，另寫《編選凡例》、《選詩雜記》、《詩話》和《編選用詩集和期刊》四篇附錄，具有他自己的特色」〔註 77〕。三個階段的分期，可以明顯見出他對於胡適等初期白話詩人的評價是有所保留的，雖然他承認胡適是最先嘗試新詩的人，但認為「新詩第一次出現在《新青年》四卷一號上」〔註 78〕，標誌即為胡適、沈尹默、劉半農發表的白話詩九首，此時他們對於新詩的詩體已有較為自覺的意識。這就淡化了胡適最初僅以白話入詩的地位，更強調詩體自覺對於新詩誕生的意義。朱自清還肯定了晚清的「詩界革命」與現代新詩之間的承續性，見出了周氏兄弟所走歐化道路的意義，在詩選中不僅選了一般選家必選的周作人的詩歌，還選了魯迅的 3 首新詩，這一眼光就為一般人所不及。更鮮明的體現在他的選詩分布上，《詩集》中選詩超過 10 首的詩人依次為聞一多（29 首）、徐志摩（26 首）、郭沫若（25 首）、李金髮（19 首）、冰心女士（18 首）、俞平伯（17 首）、劉大白（14 首）、汪靜之（14 首）、康白情（13 首）、朱自清（12 首）、何植三（12首）、潘漠華（11 首）、馮至（11 首）、徐玉諾（10 首）、朱湘（10 首）、蓬子（10 首）。朱自清最中意格律詩派，其中又以聞一多為最。

進一步來看朱自清的選詩篇目，還能發現更多的深層意味。對於聞一多的《死水》，朱自清引用了沈從文的評價：「這是一本理智的靜觀的詩。在文字和組織上所達到的純粹處，為中國建立一種新詩完整風格的成就處，實較之國內任何詩人皆多。」〔註 79〕沈從文對聞一多的評價最高，而朱自清對此顯然也是

〔註 76〕同上，第 17~18 頁。
〔註 77〕趙家璧：《話說〈中國新文學大系〉》，《新文學史料》，1984 年第 1 期。
〔註 78〕朱自清：《導言》，《中國新文學大系‧詩集》，上海文藝出版社 2003 年版，第 1 頁。
〔註 79〕朱自清：《中國新文學大系‧詩集‧詩話》，上海文藝出版社 2003 年版，第 31 頁。

認同的。與其他選家最傾心於徐志摩不同，朱自清最看重的是聞一多。但是朱自清在選詩時，不僅注意選取各家最知名的代表作，如周作人《小河》、徐志摩《再別康橋》、戴望舒《雨巷》、聞一多《死水》，他還注意各家風格的多樣性及在不同方面所做的開拓，因此對於聞一多，他不僅選了《死水》這種最能代表聞一多新詩格律探索成就的作品，也選了《飛毛腿》《天安門》這樣口語化的作品，而它們又都貫穿著聞一多的愛國情懷。但此外最值得一提的是朱自清還選擇了聞一多的《聞一多先生的書桌》，這種眼光也是超乎其他選家的，即使是後來的新詩選本，也大多忽視了這首詩。但是朱自清獨具慧眼，雖然在《詩集》中他沒有解釋選擇該詩的原因，但是在後來的文章他屢屢提及這篇作品，可見他對該詩的重視。在《詩與幽默》朱自清指出「舊詩裏向不缺少幽默」，「新文學的小說、散文、戲劇各項作品裏也不缺少幽默，不論是會話體與否；會話體也許更便於幽默些。只詩裏幽默卻不多。……新詩裏純粹的幽默的例子，我只能舉出聞一多先生的《聞一多先生的書桌》一首」〔註80〕。在《中國學術的大損失》中又論及「《死水》裏『聞一多先生的書桌』，也是一首難得的幽默的詩」〔註81〕。可見《聞一多先生的書桌》入選，不是出於偶然，也不是可有可無的點綴，而是聞一多對中國新詩的重要貢獻，而朱自清能發掘出其意義，體現出一位傑出選家的卓越見識。

對於馮至，魯迅稱其為「中國最為傑出的抒情詩人」〔註82〕，朱自清卻認為馮至的「敘事詩堪稱獨步」〔註83〕。雖然選了馮至的《我是一條小河》《蛇》這類抒情名作，但朱自清的論斷顯然是基於馮至的《蠶馬》《帷幔》這類敘事詩，而它們都顯示出馮至詩歌與中國古典詩歌、傳統文化血脈相連的關係，並且這些詩歌的神奇想像、現代藝術與手法、哲思高度，都是馮至詩歌創作不容忽視的重要方面，這些方面後來在他最重要的《十四行詩》中得到了最充分的展現。

朱自清還注意彰顯在新詩初期有重要實績但後來不為人所熟知的詩人如

〔註80〕朱自清：《詩與幽默》，蕭楓編：《朱自清作品集》（3），河南大學出版社 2004年版，第 652～653 頁。

〔註81〕朱自清：《中國學術的大損失——悼聞一多先生》，蕭楓編：《朱自清作品集》（3），河南大學出版社 2004 年版，第 860 頁。

〔註82〕魯迅：《中國新文學大系·小說二集·導言》，上海文藝出版社 2003 年版，第 5 頁。

〔註83〕朱自清：《中國新文學大系·詩集·詩話》，上海文藝出版社 2003 年版，第 28 頁。

徐玉諾、白采等。徐玉諾的詩歌他選了 10 首，份量很重。對於自己頗為欣賞而不為時人所理解的白采，朱自清曾為其作《白采的詩歌》，未完成而白采已逝，朱自清仍堅持完成，還寫下回憶文章《白采》，在《詩集》中朱自清引用了自己在《白采的詩歌》中的評論：「白采的《羸疾者的愛》一首長詩，是這一路詩的押陣大將。他不靠複沓來維持它的結構，卻用了一個故事的形式。……但那質樸，那單純，教它有力量」〔註 84〕。這樣的評論是建立在自己對詩人詩作獨立判斷、知人論世的基礎上，有其深刻的洞見。

朱自清的選本能夠通過導言、詩話、詩選梳理出詩歌史的脈絡，表達自己的詩歌見解。他雖然只選了白采的 1 首詩，但這是一首長詩。朱自清對白采的重視是與他對長詩的提倡相一致的。在新詩選本普遍選短詩的背景下，這一點難能可貴。朱自清本人也最早意識到長詩的意義並從理論上加以探討和提倡。1922 年 4 月 15 日，朱自清完成了《短詩與長詩》，該文發表於同年 7 月《詩》1 卷 4 號。1922 年正是中國現代新詩經歷初期的摸索而開始步入第一個繁盛期的時間節點，但是在一片繁榮的背後，朱自清卻敏銳地察覺到詩壇存在的嚴重問題：短詩的「單調與濫作」，由此他便想到了長詩。當然，要界說清楚何謂長詩，並不是一件容易的事情。首先便是怎麼才算「長」，其實這一點直至今天也還有爭議，並沒有一個完全統一的意見。不過朱自清認為長詩的特質應該是「意境或情調必是複雜而錯綜，結構必是曼衍，描寫必是委曲周至」。由此，長詩的好處就在於「能表現情感底發展以及多方面的情感」，它尤其宜於表達盤旋鬱結的情感，這種情感「必極其層層疊疊、曲折頓挫」，短詩無法表現，而「繁音複節」的長詩才能暢快淋漓地加以表現。由此朱自清呼籲詩人創作長詩：「短詩以雋永勝，長詩以宛曲盡勝，都是灌溉生活的源泉，不能偏廢；而長詩尤能引起深厚的情感。在幾年的詩壇上，長詩的創作實在是太少了。可見一般作家底情感底不豐富與不發達！這樣下去，加以那種短詩的盛行，情感將有猥瑣乾涸底危險，所以我很希望有豐富的生活和強大的力量的人多寫些長詩，以調劑偏枯的現勢！」〔註 85〕這一觀念在他所寫的《白采的詩》中得到了重申，可見他對長詩的重視。

〔註 84〕朱自清：《導言》，《中國新文學大系·詩集》，上海文藝出版社 2003 年版，第 4 頁。

〔註 85〕蕭楓編：《朱自清作品集》（4），河南大學出版社 2004 年版，第 1173～1175 頁。

　　朱自清不僅從理論上積極倡導長詩，他也身體力行，1922 年 12 月就創作了抒情長詩《毀滅》，在當時頗有影響，而在此之前的 6 月，王統照也寫出了敘事長詩《獨行的歌者》，1924 年白采完成長詩《羸疾者的愛》，成為新詩史上的重要收穫。《中國新文學大系‧詩集》選入《毀滅》《羸疾者的愛》，與他的詩學觀念是一致的。

第三節　新詩編選的個性化走向

　　1937 年「七七事變」對中國的影響是深遠的，中國的抗戰進入到一個新的階段。戰爭給中國人民帶來了深重的災難，中國的文化事業也遭遇了嚴重的破壞。這一時期，詩歌更多地是走上十字街頭、走向廣場、走向民眾，喊出了抗戰救國的時代最強音，1937 年 8 月 30 日，《救亡日報》發表《中國詩人協會抗戰宣言》，新詩創作發生了巨大的變化，「提倡通俗曉暢的大眾化語言，注重節奏和朗誦的自由體形式，構成了淪陷區和大後方共通的詩歌藝術標準」〔註86〕。大量出現的是朗誦詩、街頭詩：1937 年 10 月 19 日，在武漢舉辦了紀念魯迅先生逝世一週年大會，柯仲平朗誦了《贈愛人》、演員王瑩朗誦了詩人高蘭的作品《我們的祭禮》，朗誦詩這一早已存在的詩歌類型終於蓬勃開展起來。柯仲平、田間等在延安發起街頭詩運動，1938 年 8 月 7 日是延安的「街頭詩運動日」，10 日《新中華報》發表了《街頭詩歌運動宣言》。無數宣傳抗戰的詩歌團體、協會、刊物紛紛湧現，它們推出的詩歌選本多是抗戰詩選。從盧溝橋事變直至 1949 年 5 月（周揚主編的「中國人民文藝叢書」自此時開始出版〔註87〕，新文學編選自此進入一個新時代），政治、軍事主導下的時代洪流滾滾向前，抒情似乎被放逐了，但仍有一些詩人注重傾聽內心的聲音，書寫自己對現實、人生的感受。相應地，新詩選本的情形也發生了極大的變化：緊密貼合現實的詩選大量湧現，但仍有不少體現了選家個人趣味的選本，而像 30 年代那些具有新詩史意味的綜合性選本則極為罕見，這從下表的統計可以看出：〔註88〕

〔註86〕吳曉東：《抗戰時期中國詩歌的歷史流向》，《文學評論》1995 年第 5 期。
〔註87〕關於「中國人民文藝叢書」最初的出版時間，學界有 1948 年 12 月與 1949 年 5 月兩種不同說法。筆者根據翻閱的史料以及學界的相關論證，採用 1949 年 5 月這一說法。
〔註88〕該表根據劉福春《中國現代文學總書目‧詩歌卷》編製而成，時限為 1937 年 7 月～1949 年 5 月的選本。

序號	選本名稱	編選者	時　間	出版機構	備　註
1	《抗戰頌》	唐瓊	1937 年 11 月		
2	《戰時詩歌選》		1938 年	戰時出版社	
3	抗戰詩選（新舊體合集）	金重子	1938 年 2 月	戰時文化出版社	
4	抗戰詩歌集（多詩體合集）	張銀濤	1938 年 5 月	上海潮聲文藝社	
5	《戰事詩歌》（多詩體合集）	錢城	1938 年 5 月	上海文萃書局	
6	《第一年》（詩文合集）	誼社	1938 年 9 月	誼社出版部	
7	《新詩》	沉毅勳	1938 年 12 月	新潮社	詩歌叢書之一
8	《詩歌選》	王者	1939 年 8 月	瀋陽文藝書局	文藝名著之八
9	《燕園集》	燕園集編輯委員會	1940 年 5 月	燕園集出版委員會	
10	《第二年》（詩文合集）	誼社	1940 年 10 月	香港未明書店	
11	《抗戰文藝選》（第一集）	張厚植、宋念慈	1941 年 1 月	杭州正中書局	抗戰文藝叢書
12	《抗戰詩歌選》	魏冰心	1941 年 2 月	正中書局	
13	《新詩選輯》	閒雲	1941 年 7 月	海萍書店出版部	文學叢編
14	《古城的春天》	趙曉風	1941 年 7 月	瀋陽秋江書店	現代創作叢刊·新詩選
15	《若干人集》	胡明樹	1942 年 6 月	詩社	
16	《友情》（詩文合集）	文輯叢書社	1942 年 12 月	北京藝術與生活社	文輯叢書第一輯
17	《蓬艾集》		1943 年 1 月	北京藝術與生活社	藝生文藝叢書之十一
18	《北風》		1943 年 2 月	北京藝術與生活社	藝生文藝叢書之十二
19	《新詩源》（詩論、詩合集）		1943 年 2 月	江西中華正氣出版社	
20	《現代中國詩選》	孫望、常任俠	1943 年 7 月	重慶南方印書館	

21	《二十九人自選集》（詩文合集）	中華文藝界協會桂林分會	1943 年 9 月	桂林遠方書店	
22	《詩潮》（第一輯）	北京藝術與生活社	1943 年 10 月	藝生星火小叢書	
23	《我是初來的》	胡風	1943 年 10 月	重慶讀書出版社	七月詩叢
24	《野草集》	石門新報社	1943 年 10 月	石門新報社	石門新報叢書之三
25	《遣愁集》	蘇文	1943 年 12 月	成都創作文藝社	創作文庫之一
26	《石城底青苗》		1944 年 5 月		田園文藝叢書
27	《草原詩集》	草原文藝社	1944 年 9 月	草原文藝社	
28	《戰前中國新詩選》	孫望	1944 年 10 月	成都綠洲出版社	
29	《歌，唱在田野》	艾黎	1945 年 9 月	梅縣科學書店	
30	《風沙》（詩文合集）	蒙晉	1946 年 1 月	猛進社	猛進文藝叢書之一
31	《方桌集》		1946 年 1 月	威海中國文化投資公司	
32	《楊清法》	山東省文協	1946 年 8 月	山東新華書店	抗戰文藝選集·詩選之一
33	《在山的這邊》	山東省文協	1946 年 8 月	山東新華書店	抗戰文藝選集·詩選之二
34	《細細茅草開白花》		1947 年 2 月		詩工作者叢書之一
35	《花開滿地又是春》		1947 年 4 月		平民詩歌叢刊之一
36	《彈唱小王五》	華北新華書店編輯部	1947 年 6 月	華北新華書店	晉冀魯豫邊區文藝創作小叢書之十一
37	《歌謠叢集》	苗培時	1947 年 6 月	韜奮書店	
38	《人民大翻身頌》	華北新華書店編輯部	1947 年 7 月	華北新華書店	晉冀魯豫邊區文藝創作小叢書之十九

39	《不死的槍》	華北新華書店編輯部	1947 年 7 月	華北新華書店	晉冀魯豫邊區文藝創作小叢書之二十
40	《海內奇談》		1947 年	東北書店	政治諷刺詩
41	《路》		1948 年 3 月	臺灣讀賣書店	
42	《舵手頌》		1948 年 3 月	香港海洋書屋	萬人叢書
43	《陝北民歌選》	魯迅藝術文學院	1948 年 6 月	大連大眾書店	
44	《死去活來——農民的血淚控訴》		1948 年 8 月	太嶽新華書店	
45	《現代詩鈔》	聞一多	1948 年 8 月	開明書店	收入《聞一多全集》第 4 卷出版

　　由上表可見，1937～1941 年的抗戰期間、1946～1947 年的解放戰爭初期，佔據主導地位的都是與時局結合密切的選本，它們在前者的 14 個選本、後者的 16 個選本中都佔了 9 個。不過在抗日戰爭與解放戰爭後期，體現選家個人趣味的選本都開始迅速增長，這也是詩人們在漫長的戰爭歲月中漸趨平靜、沉入反思的結果，馮至的《十四行集》正是在這一背景下最終結集出版的。而具有詩歌史意味的綜合性選本之所以少見，則與戰爭時期中國不同地域之間的阻隔、資料的毀損、詩人的流離等因素相關，孫望就提到「土星筆會」的汪銘竹有收集新文學書籍的愛好，藏書豐富。孫望本打算利用這豐富的藏書來編一部好的詩選，然而盧溝橋事變爆發，逃難中汪銘竹的書籍散失殆盡。〔註89〕這些選本中具有一定詩歌史意識的選本應該是王者主編的《詩歌選》，但該書並未按照詩人年代順序編排，徐志摩、朱湘、於賡虞等新月派詩人在前，具有現實主義傾向的初期白話詩人何植三、劉大白、周作人等居後，或許正是編者喜好的體現，所以其個性化色彩仍然明顯。

　　相對而言，此期個性化選本顯然是更值得重視的研究對象，因選家趣味、傾向的不同，這些選本選入的詩作呈現出非常複雜、多元化的面貌，但仍能從中發現一些共同之處：郭沫若及後期創造社的影響力仍然強大、最受歡迎的是新月派與現代派，而在現實筆法中融入一定的現代主義意味、將現實主義詩歌

〔註89〕孫望：《初版後記》，《戰前中國新詩選》，江西人民出版社 1983 年版，第 123～124 頁。

推到新高度的詩人如艾青、臧克家，則成為選家的新寵，初期白話詩歌則已退居邊緣。如沉毅勳編《新詩》選入臧克家、郭沫若、卞之琳、戴望舒、林庚、陳夢家等人作品，《新詩選集》收入徐志摩、畢奐午、卞之琳、臧克家、曹葆華、郭沫若、成仿吾，《古城的春天》以臧克家、曹葆華、何其芳、畢奐午、卞之琳等格外突出，胡明樹編《若干人集》以臧克家居首。

在這些異彩紛呈的選本中，孫望、常任俠編的《現代中國詩選》、孫望編《戰前中國新詩選》與聞一多編的《現代詩鈔》（《現代詩抄》）顯得格外突出，需要引起注意：這些選家本身就是文化素養深厚的詩人、具有現代意識的古典文學學者，他們的詩歌創作與觀念因時代變革而發生過變化，他們的選本也極具時代感與穿透力。只是 20 世紀 40 年代的新詩選本研究一直十分薄弱，近些年來才開始受到重視，取得了一些令人矚目的成果。孫望、常任俠等參與「土星筆會」並依託《詩帆》等刊物的詩人群得到了研究，《現代詩鈔》作為選本的意義也得到了較為集中的闡發。〔註90〕

孫望（1912～1990 年），原名自強，江蘇常熟人，1932 年考入金陵大學中文系。常任俠（1904～1996 年），安徽潁上人，1922 年到南京美專學習，1927 年加入北伐學生軍，1928 年回南京進入中央大學文學院學習。30 年代初，常任俠、孫望與汪銘竹、程千帆、沈祖棻等發起成立「土星筆會」，編輯出版《詩帆》刊物與「土星筆會叢書」，對《詩帆》出資發行出力最多的是汪銘竹與孫

〔註90〕關於這一詩人群體學界有不同的稱謂，如「詩帆」詩群、金陵詩人群、中國詩藝社、南方學院詩人群等。相關研究成果可參看：常任俠：《土星筆會和詩帆社》，《新文學史料》1993 年第 1 期；朱曉進：《在詩海裏，這裡也有一片帆——略論〈詩帆〉詩歌的成就》，《南京師大學報》1988 年第 3 期；汪亞明：《現代主義的本土化——論「詩帆」詩群》，《文學評論》2002 年第 6 期；羅振亞：《不該被歷史遺忘的先鋒群落——1940 年代「中國詩藝社」》，《北方論叢》2014 年第 6 期；段從學：《中國現代金陵詩人群述論》，《文藝爭鳴》2016 年第 7 期；解志熙：《暴風雨中的行吟——抗戰及 40 年代新詩潮敘論》（上、下），《解放軍藝術學院學報》2017 年 1～2 期；馬正鋒：《四個社團刊物和一個詩人群體——南方學院詩人群的詩路歷程》，《現代文學研究叢刊》2017 年第 3 期。
關於聞一多《現代詩鈔》的研究成果，可參看羅星昊：《聞一多〈現代詩鈔〉拾微》，《四川師院學報》1985 年第 1 期；易彬：《政治理性與美學理念的矛盾交織——對於聞一多編選〈現代詩鈔〉的辯詰》，《人文雜誌》2011 年第 2 期；陳璐：《敘述與確認：民國時期新詩選本研究》，武漢大學博士學位論文，2014 年；徐寧：《「以詩存史」與經典化選擇——聞一多〈現代詩抄〉研究》，陝西師範大學碩士學位論文，2018 年等。

望。「土星筆會」與《詩帆》詩人群多來自南京中央大學、金陵大學、南京美專。

「詩帆」詩人群多書寫都市風景與個人情懷，帶有較強的現代主義色彩，他們受葉賽寧、波德萊爾、果爾蒙及東方文學的影響，也借鑒戴望舒、何其芳等現代派詩人，創作中「多沾染這種丰采，不覺的漂浮著新感覺派的氣息」〔註91〕。常任俠發表於 1940 年 5 月《中蘇文化》6 卷 3 期的《五四運動與中國新詩的發展》，對他們的興趣與取向作了更加清楚的說明：

> 他們既不喜新月派的韻律的鎖鏈，也不喜現代派意象的瑣碎，
> 標舉新古典主義，力求詩藝的進步，對於現實的把握，黑暗面的剖
> 析，都市和田園都有描寫。他們汲取國內和國外的──尤其法國和
> 蘇聯──詩藝的精彩，來注射於中國新詩的新嬰中，以認真的態度，
> 意圖提倡中國新詩在世界詩壇的地位，並給標語化口號的淺薄惡習
> 以糾正。〔註92〕

這種新古典主義詩風確實在當時的詩海豎起了一片新的風帆，並與 1936 年 6 月創刊於北平的《小雅》形成了南北呼應之勢。關於《詩帆》，無論是土星筆會同人還是新詩界，評價都很高，常任俠就認為「在過去的新詩刊物中，延續得最久，而成績也最可觀的要推《詩帆》與《新詩月刊》」〔註93〕，當代學者也指出，該刊物的實際影響力其實很大，在當時引起了廣泛的注意，也有評論家指出了不足之處：「對社會現實關注不夠，詩作格局較小，又因過度求新而常落入專求『生僻』的窠臼。」〔註94〕

「七七事變」後，「土星筆會」同人相繼南遷到長沙，1938 年 3 月，常任俠、孫望同穆木天、力揚等左翼詩人合作成立「詩歌戰線社」，常任俠、孫望與力揚主持的《抗戰日報》副刊《詩歌戰線》面世，把抗戰詩歌推向一個新的高潮。他們大聲疾呼建立「詩歌戰線」，「以千萬個光亮的聲音向祖國，向人民，向自由，向神聖的抗戰，向春天的太陽，大聲地歌唱」〔註95〕。自此，該詩群

〔註91〕常任俠：《土星筆會和詩帆社》，《新文學史料》1993 年第 1 期。

〔註92〕常任俠：《五四運動與中國新詩的發展》，《常任俠文集》（第 6 卷），安徽教育出版社 2002 年版，第 404 頁。

〔註93〕同上。

〔註94〕馬正鋒：《四個社團刊物和一個詩人群體──南方學院詩人群的詩路歷程》，《現代文學研究叢刊》2017 年第 3 期。

〔註95〕常任俠、孫望、羅嵐、力揚等：《致抗戰詩歌的工作者》，《常任俠文集》（第 6 卷），安徽教育出版社 2002 年版，第 394 頁。

突破了以往詩歌創作封閉、狹小的格局，面向現實書寫時代，詩歌風格也更趨於多元化，現實主義的意味也變得突出。

1938 年 6 月，《中國詩藝社徵稿小箋》在《詩歌戰線》上刊出，「中國詩藝社」這個新的詩歌社團正式亮相，其成員有汪銘竹、李白鳳、孫望、常任俠、程千帆、戴望舒、施蟄存、徐遲、錢君匋等，不僅涵蓋了「土星筆會」同人，還有眾多不同風格、取向的詩人加盟。羅振亞特別指出，它是「從《詩帆》與《小雅》自然衍化過來的一個詩歌群落」。〔註96〕「中國詩藝社」成立後，編輯《中國詩藝》（1938 年 8 月創刊於湖南長沙）〔註97〕，出版了「中國詩藝社叢書」。

1948 年，孫望、汪銘竹和林詠泉發起成立「詩星火社」，社刊《詩星火》作為《和平日報》副刊，自 1948 年 7 月出至 9 月共五期。10 月，《詩星火》改作單行本出版一期後停刊。《詩星火》的集稿人，包括北京的馮至和李長之、上海的施蟄存、武漢的周熙良和南京的田園、汪銘竹和孫望。作者群仍然有汪銘竹、常任俠、沈祖棻、程千帆等《詩帆》詩人。〔註98〕

由以上簡述可以見出，「土星筆會」發展而來的這一南方詩人群，在新詩史上活動時間久，包容性強，藝術風格與詩學旨趣也能隨時代而調整，從而在中國現代文學史上留下了不可磨滅的印記。當代學者基本上認為該詩群屬於中國現代主義詩潮一脈，他們外承法國、俄蘇等現代主義詩歌風格，內接戴望舒、何其芳等現代派詩人，又延續了中國古典詩詞的意境，融貫古今中西自成一派，既「架起了一道從『現代詩派』通往『九葉詩派』的藝術橋樑」〔註99〕，又是一個「以現代主義本土化追求而走上正途的新詩流派」〔註100〕。

在這個詩群中，常任俠和孫望是其中的骨幹成員，特別是「從『土星筆會』的發軔，到詩群於無形中消散，常任俠一直是金陵詩群最熱心的組織者和推動者，也是創作數量最豐富的詩群核心成員」。〔註101〕「土星筆會」「詩歌戰線

〔註96〕羅振亞：《不該被歷史遺忘的先鋒群落——1940 年代「中國詩藝社」》，《北方論叢》2014 年第 6 期。

〔註97〕侯建主編：《中國詩歌大辭典》，作家出版社 1990 年版，第 1150 頁。

〔註98〕參見馬正鋒：《四個社團刊物和一個詩人群體——南方學院詩人群的詩路歷程》，《現代文學研究叢刊》2017 年第 3 期。

〔註99〕羅振亞：《不該被歷史遺忘的先鋒群落——1940 年代「中國詩藝社」》，《北方論叢》2014 年第 6 期。

〔註100〕汪亞明：《現代主義的本土化——論「詩帆」詩群》，《文學評論》2002 年第 6 期。

〔註101〕段從學：《中國現代金陵詩人群述論》，《文藝爭鳴》2016 年第 7 期。

社」「中國詩藝社」和「詩星火社」的發起，都有常任俠的貢獻，他還參與創辦《詩帆》《詩歌戰線》《中國詩藝》和《詩星火》等詩刊。出版了 3 部新詩集：「土星筆會叢書」之一的《勿忘草》（1935 年 2 月）、「中國詩藝社叢書」之一的《收穫期》（1939 年 12 月）、「百合文藝叢書」之四的《蒙古調》（1944 年 11 月）等。孫望也是詩社活動熱心的組織者，他出版了 2 部新詩集：「中國詩藝社叢書」之一的《小春集》（1942 年 1 月）、《煤礦夫》（1943 年 8 月），創作了長詩《城》（1942 年）等。

　　既然身為詩群成員，常任俠和孫望的詩歌創作、詩歌觀念就與詩群有著很大的一致性，他們早期的作品也是偏於書寫個人感懷，善於化用古典意象表達現代情緒與體現。但「七七事變」後，他們詩歌的意象和格局都變得壯大起來，並且也開始創作具有史詩品格的長詩，這也是與詩群的轉變一致的。他們在文章中也充分表達了他們對詩歌的見解：常任俠、孫望、力揚等發表的《致抗戰詩歌的工作者》，呼籲抗戰詩歌；常任俠《五四運動與中國新詩的發展》，鼓勵詩人在新時代裏鎔鑄中西，創造新的民族詩歌形式；常任俠《抗戰四年來的詩的創作》回顧抗戰期間的詩歌創作，對體現時代色彩的艾青等人的詩作尤其激賞。段從學認為，常任俠的新詩集中於「愛情詩、現代田園詩和抗戰史詩三個方面」，孫望的新詩則體現了「借用古典意象和典故來書寫現代歷史經驗的努力」，他們的新詩創作也都經歷了抗戰前後主題與風格的變化。〔註 102〕

　　以上內容對於我們理解《現代中國詩選》和《戰前中國新詩選》這兩個選本有著重要的作用，它們與孫望、常任俠乃至南方詩人群的詩風、取向顯然應該有著密切的關聯、較強的一致性。〔註 103〕《現代中國詩選》，孫望、常任俠選輯，1943 年重慶南方印書館出版，選入 36 位詩人的 50 首詩作；《戰前中國新詩選》，孫望編，成都綠洲出版社 1944 年出版，收入 50 位詩人的 71 首詩。後者集中選收「八一三」事變前的詩歌，前者則延伸到 40 年代。

　　《現代中國詩選》附有常任俠《抗戰四年來的詩創作》一文，作於 1941 年 6 月 2 日，原載《文藝月刊》1941 年第 11 期，該文對於 1937～1941 年的新詩創作情況作了較為全面的回顧。而孫望 1944 年 7 月 20 日為《戰前中國新詩選》所寫的「後記」提到該書「大體上是以民國二十六年八月十三日以前為限的」，即以 1937 年「八一三」事變為下限，但上限起自何時，他並沒有明

〔註 102〕同上。
〔註 103〕段從學《中國現代金陵詩人群述論》對此有專門論述，可參看。

說，而且他指出，「自五四運動起以至民國十四五年左右」的詩人詩作，因為已有《新詩年選》（一九一九年）《中國新文學大系‧詩集》等選本收錄，而「創造期的詩」，有《新月詩選》、哈羅德‧阿克頓（Harold Acton）與陳世驤合作編譯的英文本《現代中國詩選》（*Modern Chinese Poetry*）收錄，該選本都不再收入〔註 104〕。再根據所收詩人詩作來看，《戰前中國新詩選》編選的時間範圍大體為後期新月派到 1937 年 8 月，可以將它理解為一部 30 年代的新詩選本。也就是說，《戰前中國新詩選》與《現代中國詩選》實際是以 1937 年為界而區分，但兩部選本又可以銜接起來，分別反映了 1937 年之前、之後的詩歌創作與詩風。因此，這兩個選本為 20 世紀 30～40 年代的中國詩壇保存了珍貴的史料，也提供了選詩的參考，對於瞭解當時的新詩創作有著重要的意義，《戰前中國新詩選》出版後得到施蟄存的高度評價，認為它「較好地彰顯了 30 年代中國新詩發展的歷史軌跡與藝術水準」。〔註 105〕

不過，這兩部詩選與 30 年代大量出現的綜合性選本顯然不同，它們是更偏向於選家趣味的個性化選本，這首先表現為《戰前中國新詩選》不選初期白話詩與「創造期的詩」，雖然有解釋，但「不選」已經表明了取捨的態度，所選的，恰恰主要是現代主義詩歌；其次，孫望表示「我沒有定過什麼選詩原則，全出於主觀，所愛者就選，不合口胃的不選，所謂『從我所好』，如此而已」〔註 106〕，從選錄的詩人詩作更可以清楚地看出這一傾向：《戰前中國新詩選》收錄的詩人主要是「漢園三詩人」卞之琳、何其芳、李廣田，《小雅》詩群的吳奔星、李章伯，《詩帆》詩群的孫望、常任俠、汪銘竹、沈祖棻、呂亮耕、程千帆、滕剛，他們與方敬、金克木、林庚、施蟄存、南星、徐遲、戴望舒、羅念生、鷗外鷗、李金髮、李白鳳、李心若等，都是現代主義詩潮中人，此外有後期新月派的方瑋德、孫毓棠，立足現實主義但融合現代手法的艾青、臧克家、蘇金傘（「七月派」）、賈芝、劉廷芳等。

《現代中國詩選》所選詩人同樣有現代主義的徐遲、常任俠、覃子豪、汪銘竹、孫望、李廣田，融入現代手法的現實主義詩人艾青、袁水拍、廠民、賈芝、力揚、冀汸（七月派）等。

〔註 104〕 孫望：《初版後記》，《戰前中國新詩選》，江西人民出版社 1983 年版，第 129 頁。

〔註 105〕 徐祖白、孫原靖：《詩人學者孫望》，上海三聯書店 2011 年版，第 79 頁。

〔註 106〕 孫望：《重印題記》，《戰前中國新詩選》，江西人民出版社 1983 年版，第 1 頁。

　　當然，兩部詩選的出色之處在於它們不是完全的現代主義詩選，而是能夠接納現實主義、浪漫主義的詩作，同時兩部詩選充分注意到了1937年前後新詩風格、題材等方面發生的巨大變化，選錄時各有側重，實現了內在的承續與銜接。而兩部選本堅持的一貫原則，大體上是注重書寫個體情懷及個人對外界的感受體驗、追求詩歌的藝術技巧，即孫望、常任俠他們所追求的「新古典主義」。因此，選錄詩歌，有自由體，有後期新月派的格律體，還有在格律方面重新實驗、追求音樂性的「純詩」，有抒情詩，也有敘事詩，體現出較好的包容性。

　　具體來說，《戰前中國新詩選》所收的卞之琳的《半島》《尺八》，何其芳的《花環》《砌蟲》，李廣田《窗》、金克木《雨雪》等，都是洋溢著現代主義色彩的佳作。該選本還收入方瑋德、孫毓棠的作品，帶有新月派的浪漫抒懷的特點。《戰前中國新詩選》選入的臧克家《壯士心》、劉廷芳《五週年》，《現代中國詩選》選入的廠民《大熊星》《迎春花》《蒲公英》、力揚《霧季詩鈔》，都是帶有明顯的現實主義詩歌的風格，袁水拍擅寫政治諷刺詩的才能也在這時顯露出來，被選入後一部選本。孫望不因人選詩，他就注意到了劉廷芳的《五週年》，雖然劉廷芳寫詩極少，不為人所知，但孫望認為這首作品「非常完美，而且情感非常豐富」，「不特是首好詩，而且也是一幀色彩鮮明的好畫」〔註107〕。

　　雖然兩部詩選都以抒情詩為主，抗戰後期的史詩作品未能選入，但能在片段場景中勾勒人物和事件輪廓的敘事詩也進入了選家視野，臧克家的《壯士心》是典型的例子。就詩歌體式、語言而言，《戰前中國新詩選》選入了後期新月派的格律體作品，但也有艾青、臧克家這樣把自由體新詩推到新高度的詩人的作品如《大堰河——我的褓姆》《馬賽》《浪》《壯士心》，還有反撥自由體，注重音樂性、追求「純詩」境界的林庚《夜談》、羅念生《忽必烈汗》。

　　如果把兩部選本都收入的詩人並置比較，就能發現更深層的一些意味來，即它們可以反映出入選詩人在1937年前後的詩歌取向、風格及其變化軌跡。大體而言，進入兩部選本的詩人有艾青、徐遲、常任俠、汪銘竹、孫望、李廣田、賈芝、郭尼迪8位，他們被選入的作品在兩部選本中清晰地體現了詩人創作的變化及其與時代的關聯：

〔註107〕孫望：《初版後記》，《戰前中國新詩選》，江西人民出版社1983年版，第127頁。

	《戰前中國新詩選》	《現代中國詩選》
艾青	《大堰河——我的褓姆》《馬賽》《浪》	《樹》《橋》《獨木橋》
徐遲	《戀女的籬笆》《六幻想》	《中國的故鄉》《前方有了一個大勝利》
常任俠	《豐子的素描》《懺悔者之獻詞》《收穫期》	《原野》《冬天的樹》
汪銘竹	《春之風格》《春之風格次章》	《法蘭西與紅睡衣》《給蕭邦》《紀德與蝶》
孫望	《感舊》	《初夏》
李廣田	《窗》	《給愛星的人們》
賈芝	《布穀鳥》	《小播穀及其他》《水手和黃昏》
郭尼迪	《古鎮》	《向法蘭西召喚》

　　經過列表對比，可以做一些具體分析。徐遲早期屬於現代派，他與施蟄存有過交往，書寫現代人對都市的感覺、心理的聯想，《戰前中國新詩選》所選的《戀女的籬笆》《六幻想》就是這樣的作品；但在民族國家存亡之際，他轉向了對苦難現實的關注，寫下了《抒情的放逐》這樣的文章，轉向一種剛健質樸的現實主義詩風，《現代中國詩選》選入的《中國的故鄉》《前方有了一個大勝利》就是典型的例子。兩部選本清晰地展現了徐遲詩風的轉變。汪銘竹、孫望、常任俠、李廣田這樣具有現代詩風的詩人也是在歷史的轉捩點實現了類似的轉換，而賈芝、郭尼迪則延續了他們的現實主義詩風。汪銘竹、孫望、常任俠都是《詩帆》詩群的成員，汪銘竹的《春之風格》《春之風格次章》帶有明顯的新感覺派韻味，但是盧溝橋事變後所作《法蘭西與紅睡衣》《給蕭邦》《紀德與蝶》（均作於 1941 年，收入他的詩集《紀德與蝶》），「從現實出發，主題涉及抗戰的多個方面，格局明顯擴大」，這些作品的基調是「莊嚴、悲壯、剛健、昂揚」。〔註108〕常任俠的《豐子的素描》等作品，清麗恬淡，但後期作品轉為「壯闊宏亮」，孫望認為這才是他「本格的作風」〔註109〕。孫望早期的作品同樣喜愛書寫細膩的個人情懷，但 1941 年 5 月 5 日作於重慶的《初夏》（收入詩集《煤礦夫》），卻鮮明地展示了詩人開懷擁抱現實世界的體驗。

　　當然，現實主義、浪漫主義、現代主義這樣的風格與傾向，並不總是涇渭分明，它們可能在同一詩人身上、同一作品之中有著緊密融合的複雜表現，艾

〔註108〕馬正鋒：《汪銘竹和他的新詩》，《文藝爭鳴》2016 年第 1 期。
〔註109〕孫望：《初版後記》，《戰前中國新詩選》，江西人民出版社 1983 年版，第 126 頁。

青就是一個典型的例子。而孫望與常任俠對艾青也是格外看重，兩部詩選在有限的篇幅中選入的詩歌都高達 3 首之多，艾青是唯一的一位。不僅如此，他們在選本的「前言」、「後記」等文章中對艾青也有著濃墨重彩的評論，這也可以視為艾青經典化的重要一環。1932 年艾青被捕入獄，次年 1 月寫下了《大堰河──我的褓姆》這一現實主義的不朽名篇。但正如研究者所指出的，「艾青登上詩壇之初，就有現代主義和現實主義兩種評價聲音先後出現」，他「在現代派刊物《現代》和《新詩》上，發表了大量的象徵主義詩作，如《黎明》《巴黎》等。因此，其時的詩評家都將艾青歸入現代主義詩人之列」。此後「在抗戰爆發後民族情緒高漲的時代語境下，艾青的接受與闡釋開始走向單一，對其現實主義詩人的形象認知逐漸形成定見」〔註110〕事實上艾青作品中的象徵手法、憂鬱氣質則是一以貫之，只是從現實主義還是現代主義的角度去闡釋，則與歷史語境、現實需要、詩歌風潮等因素綜合形成的接受環境有關。

　　因此，這裡可以先來考察兩部選本所隱含的選家自覺的詩歌史意識：孫望在「後記」中明確地提到了「五四」至 1926 年左右、「創造期」兩個新詩發展階段〔註111〕，這說明他心目中對於當時新詩分期的主張是瞭解的，並且也基本認可；常任俠的《抗戰四年來的詩創作》〔註112〕應該與他的《新出的詩集、詩刊與詩人》《五四運動與中國新詩的發展》等文章聯繫起來，就可以發現他對詩壇現狀與詩歌史的關注。再擴展來看，《戰前中國新詩選》牽涉到的主要是 30 年代新詩詩體建設的探索，《現代中國詩選》則與三四十年代「民族形式」問題的論爭有關，因此，這兩個所富有的時代意味在於它們已經不僅僅是詩歌選本／文學選本，因為其中不僅關乎當時詩歌創作的諸多爭論，也涉及對中國新詩史、對「五四」以及新詩前途的設想等，而隱藏於其背後的，其實是對現代民族國家建構及其文化建設的多種想像，其間的分歧與論爭涵蓋民族化與現代化、民族主義、民間性與西方化等方面，這兩部選本由此成為折射時代思潮與心理的歷史文獻。

　　先來看 30 年代新詩詩體建設的探索。1935 年 11 月，梁宗岱在《大公報》「文藝副刊」開闢《詩特刊》，指出「我們似乎已經走到了一個分歧的路口。

〔註110〕　方長安、陳璐：《讀者對艾青詩人形象的塑造》，《福建論壇》2013 年第 3 期。
〔註111〕　孫望：《初版後記》，《戰前中國新詩選》，江西人民出版社 1983 年版，第 129 頁。
〔註112〕　常任俠《抗戰四年版來的詩創作》一文寫於 1941 年 6 月 2 日，發表於《文藝月刊》1941 年第 11 期，後收入他與孫望合編的《現代中國詩選》。

新詩底造就和前途將先決於我們底選擇和去就」，而建設中國新詩的途徑只有一條，就是「發見新音節和創造新格律」〔註113〕。對於新詩的清算，使得《詩特刊》吸引了一大批詩人如林庚、羅念生等，他們致力於在音節、格律方面開展實驗，創造具有音樂性的新格律體「純詩」〔註114〕。這樣的努力當然不是為了創造出西洋式的新詩，而是立足於漢語言文字根基的中國現代詩，它關乎中國新詩的未來發展。孫望評詩多用「清新」、「精巧」等字眼，而他選擇的林庚、羅念生、金克木等人的詩作，都帶有這方面的特點，可以看出他對此問題的重視。

但是，在孫望、常任俠那裏，詩歌情感的抒發更重於形式問題，因而他們對於韻腳、格律問題固然看重，但認為這些方面要圍繞詩情而展開，因此兩部選本都選入了大量的自由體新詩作品。孫望在收入戴望舒的作品時，就沒有選擇詩人的成名作《雨巷》，而是選擇了戴望舒在此後創作的《我的記憶》《秋》《前夜》《村姑》，它們分別出自《望舒草》和《我的記憶》這兩部詩集。〔註115〕而《我的記憶》與《雨巷》已經有了極大的不同，這源於詩人觀念的變化：在《論詩零札》中戴望舒認為「詩不能藉重音樂，它應該去了音樂的成分」，「詩的韻律不在字的抑揚頓挫上，而在詩的情緒的抑揚頓挫上，即在詩情的程度上」，「韻和整齊的字句會妨礙詩情，或使詩情成為畸形的」〔註116〕。詩人對詩歌音樂性的揚棄、對詩情的重視，使其詩作有了進一步的提升。孫望選擇他的這四首詩，是因為他認為這體現了戴望舒「從形式主義解放到自由主義的全部歷程」，可以得到「一種融和的美，完整而醇淨，自然而縝密」。〔註117〕常任俠所選詩篇，更是以自由體詩歌居多。而他的詩歌觀念，又與三四十年代關於民族形式問題的論爭有關。

1938年毛澤東提出了「民族形式」的問題，指出創造「中國老百姓所喜聞樂見的中國作風和中國氣派」的重要性〔註118〕。1940年《中國文化》創刊號刊載了毛澤東的《新民主主義論》，民族形式問題延伸到文化領域。關於「民

〔註113〕梁宗岱：《新詩底十字路口》，《大公報·文藝·詩特刊》，1935年11月8日。
〔註114〕張潔宇：《一場關於新詩格律的試驗與討論——梁宗岱與〈大公報·文藝·詩特刊〉》，《現代中文學刊》2011年第4期。
〔註115〕《我的記憶》和《秋》收入《望舒草》，《秋》原題作《秋天》。《我的記憶》再次收錄了這兩首詩，《秋天》改題為《秋》。
〔註116〕戴望舒：《望舒草》，現代書局1933年版，第112～113頁。
〔註117〕孫望：《戰前中國新詩選》，江西人民出版社1983年版，第126頁。
〔註118〕毛澤東：《中國共產黨在民族戰爭中的地位》，《毛澤東選集》（第2卷），人民出版社1991年版，第533～534頁。

族形式」的討論由此展開，從延安到重慶、香港、桂林、上海等地，並且從討論發展為論爭。論爭主要涉及兩個方面：一是對於「民族形式」的中心源泉的認定，二是對於「五四」新文學的評價，這兩個方面又是互為表裏的。當時向林冰對於「五四」新文藝持批評態度，認為「民族形式」應以「民間形式」為中心源泉，葛一虹進行了反駁。〔註119〕1941年抗日戰爭進入到最為艱苦的階段，此時中國知識界關於中國未來前途問題、新文化回顧與建設問題的討論也進入到一個高潮，同年7月25日《中蘇文化》9卷1期刊出「抗戰四週年紀念特刊」，同期設有「抗戰四年來之新文藝運動特輯」，發表了老舍、以群、艾青、盧前、葛一虹等人的理論文章及徐遲等人的作品，其中如艾青的《抗戰以來的中國新詩》、盧前《抗戰以來的中國詩歌》，與常任俠在《文藝月刊》發表的《抗戰四年來的詩創作》、胡風《四年讀詩小記》〔註120〕等文章，都有著對於新詩發展歷程的回顧、對當下詩歌創作的評論與反思，而這些探討又與「民族形式」問題的論爭纏繞到了一起。

艾青、胡風、常任俠是非常堅定地維護「五四」文學的歷史地位的，以其作為中國新文學的源頭。只是在這一共同的態度下，他們內在的觀念有著微妙的差異：艾青強調的是「五四」文學的革命性，胡風則側重於「五四」與時代精神的聯繫，論證他的主觀戰鬥精神理念；常任俠則大體贊同郭沫若在《民族形式商兌》（1940年6月）中對蕭三的反駁，不贊同以舊詩詞和民歌作為新文學發展的未來指向，他認為「這持論的最大毛病，即是割斷了五四以來的新詩發展歷史」。〔註121〕他在此之前發表的《五四運動與中國新詩的發展》（1940年5月5日《中蘇文化》），就是以1917年新文化運動作為「中國的新文藝的萌芽」。在他看來，詩情是首要的，詩歌的形式要為詩情表達服務，因而有韻無韻，對詩歌而言是次要的。〔註122〕從孫望、常任俠的文章中，可以發現他們一直堅持的詩歌理想就是現代「詩情」與精巧的藝術手法的結合。

出於對於「五四」的共同維護，艾青及「七月派」與孫望、常任俠之間有

〔註119〕「民族形式」問題的論爭可參看徐迺翔編：《文學的「民族形式」討論資料》，廣西人民出版社1986年版。

〔註120〕《四年版讀詩小記》是胡風為詩選《我是初來的》所作序言，寫於1942年8月21日。

〔註121〕常任俠：《抗戰四年版來的詩創作》，郭淑芬等編：《常任俠文集》（第6卷），安徽教育出版社2002年版，第408頁。

〔註122〕同上，第400～403頁。

了一定的共同取向。不過，孫望和常任俠對包括艾青在內的選錄對象採取了非常審慎的態度，他們的評論簡練而精闢，不是簡單地貼上現實主義或現代主義的標籤，也不把對象強行塞進自己的闡釋框架裏，這也恰恰是兩部選本值得肯定的地方。

常任俠回顧中國新詩史，認為初期白話詩介乎新舊之間，而新月派拘於韻腳格律，是對「舊形式的迷戀」，暗含的評斷就是以現代派的成就為高。在他看來，新詩刊物中「延續得最長久，而成績也最客觀的要推《詩帆》與《新詩月刊》」〔註123〕，這兩種刊物都是現代主義詩刊。而艾青對它們都很重視，因為「艾青深沉於法國詩藝的修養，以古典的手法，表現現代的事物，詩格清新而可愛」。在這一點上他們堪稱同道，這就可以理解孫望與常任俠的兩個選本選入艾青的詩作最多了。孫望從艾青的詩裏獲得「清俊新鮮的感覺」，〔註124〕常任俠讀到桂林出版的《詩》，將艾青的三首詩《樹》《橋》《獨木橋》全部選入，認為它們「藝術都很精到」，而艾青的《北方》等詩集則是「精緻的藝術作品」，而艾青的「憂鬱」與「憂傷」，是對時代現實的真實感受，因此他對艾青作出了一個最高評價：「為時代而痛苦者，便能歌唱出這時代的真的聲音，艾青正是這時代歌手中的代表」。〔註125〕「七月派」的蘇金傘、杜谷、魯藜、鄒荻帆、曾卓、冀汸也同樣得到他們的欣賞而得以入選。

艾青對於孫望、常任俠一派的詩風也報以肯定的評價，在選詩志趣上也有著共同之處。艾青欣賞「歌唱了民族革命的戰爭」的「播穀鳥」詩人賈芝，書寫現實的力揚、戴望舒、徐遲、施蟄存、方敬、呂亮耕、蘇金傘，「熱情的」常任俠、「深沉的」鄒荻帆……〔註126〕在編選《樸素的歌》時，他強調詩要為時代、人民而歌，也將力揚、常任俠、徐遲、賈芝、鄒荻帆、魯藜、戴望舒的作品收入其中〔註127〕。

因此，這兩部詩歌選本，有著重要的時代意義，它們所折射出來的，是時人對於中國文化融和創新問題的深層思考，是中國和中國文化往何處去的問

〔註123〕 同上，第403～404頁。
〔註124〕 孫望：《戰前中國新詩選》，江西人民出版社1983年版，第127頁。
〔註125〕 常任俠：《抗戰四年來的詩創作》，郭淑芬等編：《常任俠文集》（第6卷），安徽教育出版社2002年版，第408～416頁。
〔註126〕 艾青：《抗戰以來的中國新詩》，《中蘇文化》1941年9卷1期。
〔註127〕 艾青：《論抗戰以來的中國新詩——〈樸素的歌〉序》，《艾青全集》（第三卷），花山文藝出版社1991年版，第175～178頁。

題。常任俠的設想是，以「五四」為起點，繼承其時代精神，「新時代的詩人們，吸取世界詩藝的精華，並接受中華民族寶貴的遺產，來創造民族形式，伴著全世界的步馳，跑向前去，來建立起新中華輝煌的詩壇，這正是新時代詩人的任務了」〔註128〕這本身也是當時「民族形式」問題論爭的中心議題，在研究者看來，文藝「民族形式」運動意味著民族主義的文化訴求與民族國家的文化建構，是中國文學現代化道路的轉折點〔註129〕。論爭雖然結束，但是知識分子對中國國家前途和文化發展的思考卻沒有停止。

在這一問題上同樣作出了深刻思考並提出了自己的見解的，還有聞一多。聞一多所編的《現代詩鈔》與孫望、常任俠所編選本一樣，也是極具特色與眼光的個性化選本，但與其他選本不同，《現代詩鈔》在聞一多生前沒有出版，也「似未最後編定」〔註130〕，詩人遭遇暗殺後這部詩選才被收入《聞一多全集》第4卷，1948年由開明書店出版。因此，它在1948年以前可以說是一個「潛文本」，而且在此後很長一段時間內也沒有得到充分的重視與研究，專文論述的成果較少〔註131〕，因此，《現代詩鈔》的價值與意義還有待進一步探尋。

研究者認為，《現代詩鈔》的編選，源於1943年聞一多應英國學者白英（Robert Payne）之邀共同編選一部《中國新詩選》，後來因各種原因，這一英文選本由白英獨立完成，但聞一多也因此開始了新詩的編選工作〔註132〕。他曾專門提及此事：

> 不用講今天的我是以文學史家自居的，我並不是代表某一派的
> 詩人。唯其曾經一度寫過詩，所以現在有攬取這項工作的熱心，唯

〔註128〕 常任俠：《五四運動與中國新詩的發展》，郭淑芬等編：《常任俠文集》（第6卷），安徽教育出版社2002年版，405頁。

〔註129〕 石鳳珍：《文藝「民族形式」論爭研究》，中華書局2007年版，第13頁。

〔註130〕 出自《現代詩抄》的編者說明，聞一多：《現代詩抄》，《聞一多全集》（第1冊），湖北人民出版社1993年版，第326頁。

〔註131〕 這方面的論文有羅星昊：《聞一多〈現代詩鈔〉拾微》，《四川師院學報》1985年第1期；易彬：《政治理性與美學理念的矛盾交織——對於聞一多編選〈現代詩鈔〉的辯詰》，《人文雜誌》2011年第2期；陳璿：《敘述與確認：民國時期新詩選本研究》，武漢大學博士學位論文，2014年；徐寧：《「以詩存史」與經典化選擇——聞一多〈現代詩抄〉研究》，陝西師範大學碩士學位論文，2018年等。

〔註132〕 羅星昊：《聞一多〈現代詩鈔〉拾微》，《四川師院學報》1985年第1期；易彬：《政治理性與美學理念的矛盾交織——對於聞一多編選〈現代詩鈔〉的辯詰》，《人文雜誌》2011年第2期。

其現在不再寫詩了，所以有應付這工作的冷靜頭腦而不至於對某種詩有所偏愛或偏惡。我是在新詩之中，又在新詩之外，我想我是頗合乎選家的資格的。〔註133〕

聞一多把這個計劃中的選本稱為《新詩選》，據羅星昊考證，《新詩選》應該就是後來收入《聞一多全集》的《現代詩鈔》〔註134〕。字裏行間透露出聞一多滿滿的自信。這裡依據湖北人民出版社1993年出版的《聞一多全集》（第1冊）中收錄的《現代詩鈔》加以分析〔註135〕。從選篇來看，《現代詩鈔》選入65位詩人的191首詩，其中徐志摩最多，達13首，艾青、穆旦11首，陳夢家10首，聞一多、冰心各9首。參考陳璟及羅星昊、徐寧的研究成果，列出各流派選錄情況如下表〔註136〕：

詩派	入選詩人	入選詩作	作品基調
新月派	11	51	對生命和愛情的狂熱歌頌
初期自由詩派	2	8	對個性、自由的熱烈呼喊
七月派	12	21	對民族的深切憂慮和對理想的深情繫念
現代派	18	28	對社會絕望的自我呻吟低歎
學院派	5	25	對命運皈依與反抗的含淚悲歌
抗戰派	17	45	對正義戰爭和平的明朗歌唱

〔註133〕 聞一多：《致臧克家》，《聞一多全集》（第12冊），湖北人民出版社1993年版，第382頁。

〔註134〕 羅星昊：《聞一多〈現代詩鈔〉拾微》，《四川師院學報》，1985年第1期。《聞一多先生年譜》也提及聞一多編選「新詩選」一事，見季鎮淮：《聞一多先生年譜》，《聞一多》全集（第12冊），湖北人民出版社1993年版，第506頁。

〔註135〕 目前為止《聞一多全集》最重要的版本有兩個：一個是1948年開明書店版，共四冊，此後上海書店1949年據此影印、三聯書店1982年據此重印，2020年上海書店出版社根據三聯書店重印本，出版了簡體本共六冊。另一個是1993年湖北人民出版社出版的12冊《聞一多全集》（2004年第2次印刷）。兩個版本中《現代詩鈔》的編排存在一定的差異，湖北人民出版社版本的「編者說明」指出，《現代詩抄》是「根據先生的手抄稿編入」，「所有作家作品的編排順序均依原樣，未作任何更動」，只有少量歸併。見《聞一多全集》（第1冊），湖北人民出版社1993年版，「編者說明」頁及第326頁。故筆者以湖北人民出版社版本的《現代詩抄》為依據。

〔註136〕 參見陳璟：《敘述與確認：民國時期新詩選本研究》，武漢大學博士學位論文，2014年，第186頁；羅星昊：《聞一多〈現代詩鈔〉拾微》，《四川師院學報》1985年第1期；徐寧：《「以詩存史」與經典化選擇——聞一多〈現代詩抄〉研究》，陝西師範大學碩士學位論文，2018年。

這裡的編排頗耐人回味，表面看來，選本涵蓋了各個時期的重要新詩流派，應該是具有新詩史意識的綜合性選本。但實際情況並非如此，選本以流派為基本單位，新月派置於開端，選入詩作最多，就單個詩人而言也以徐志摩作品收錄最多，可見他對新月派的偏愛。聞一多實際是將「新月派」作品視為中國新詩真正的開端，這恐怕不僅僅在於他本身是新月派中人，更重要的是他是將「新月派」的詩學信念與詩作視為中國新詩打破傳統格局、創立自身美學風格的標誌。不能把他的這一編排理解為門戶之見。而「七月派」緊隨初期自由詩派之後，早於「七月派」的「現代派」卻在其後，「抗戰派」又置於「學院派」之後，「這樣的安排，各派詩風的差異使全書結構有一種鮮明的節奏性，而各派感情基調的遞變則貫起了全書的主旋律」〔註137〕，與一般的按新詩史線索所編的綜合性選本有了明顯差異。

《現代詩鈔》其實是一項系統的工程，有詩選，還有「新詩匯目」、「新詩過眼錄」、「待訪錄」〔註138〕，如果說《現代詩鈔》在當時是未能問世的「潛文本」，那麼詩選之外的三個部分，又是《現代詩鈔》的「潛文本」，它們與詩選相互呼應，共同構成了聞一多對中國新詩與新詩史的總體理解。有學者認為，在選詩方面《現代詩鈔》「稱得上是中國現代新詩三十年的首部完整詩選」，同時由於它側重第一個十年之後的詩歌，又「有意識地與朱自清《新文學大系詩集（1917～1927）》形成一個銜接，讓其在時間上有一個承上啟下的作用」〔註139〕。此外，他甚至還在選詩時對詩歌原作進行一定的修改調整〔註140〕，體現出強烈的主體意識。

不僅如此，就具體入選詩人詩篇來看，聞一多的個人愛好也是顯露無遺。初期白話詩人中他對於胡適、沈尹默、劉大白、周作人、魯迅等都不選，僅僅只選了他喜愛的郭沫若、冰心，這與他早年對兩人特別是對郭沫若的讚賞是一致的。作為一部個性化選本，聞一多的詩歌理念與趣味仍是一以貫之的，這主要表現在他對詩歌美質的堅持，而這種美質，從選篇來看，最重要的是詩情要

〔註137〕羅星昊：《聞一多〈現代詩鈔〉拾微》，《四川師院學報》1985年第1期。

〔註138〕聞一多：《現代詩抄》，《聞一多全集》（第1冊），湖北人民出版社1993年版，第338～346頁。

〔註139〕徐寧：《「以詩存史」與經典化選擇——聞一多〈現代詩抄〉研究》，陝西師範大學碩士學位論文，2018年。

〔註140〕參見徐寧《「以詩存史」與經典化選擇——聞一多〈現代詩抄〉研究》第二章第二節「詩人改詩——〈現代詩抄〉的校訂」。

真摯、豐富、濃烈，同時要有高超的藝術技巧。聞一多早年作為新月派詩人也是堅持這一點，由此出發，他格外欣賞同為「新月派」成員的徐志摩、朱湘、饒孟侃、孫大雨、方瑋德、饒孟侃、陳夢家，特別看重西南聯大學生創作的作品，也讚賞郭沫若、冰心、臧克家這樣的詩人。他自己早年提倡的「繪畫美、音樂美、建築美」的「三美」原則、對新詩格律的探索，對 40 年代的聞一多而言，這些外在的要求已經退居其次，因而自由體、格律體都可以選，浪漫派、現代派都能容納，不變的是對詩情的要求以及達到必要的藝術水準。聞一多早年曾批評汪靜之「本不配作詩，他偏要妄動手，所以弄出那樣粗劣的玩意兒來了」〔註 141〕，編選《現代詩鈔》時，他仍將其拒之門外。

但是，40 年代的聞一多與早年已有很大的不同。一方面由於他多年遠離新詩壇，對於新詩其實是有一定的隔膜的，選本中暴露出不少問題，如「抗戰派」是根據題材內容命名，「學院派」是按詩人及詩風而立，它們與「七月派」「現代派」等顯然不在一個邏輯層面上。不僅如此，選本對於西南聯大學生的作品選入不少，卻沒有選入馮至、李廣田等西南聯大教師的作品，這也是讓人費解的。對於田間的詩歌，聞一多的態度變化很大，剛接觸田間的詩歌時，他不無驚疑，但他「很快就滿懷激情地在一堂唐詩課上高聲朗誦、介紹了這一描繪解放區軍民英勇抗日鬥爭的詩篇」〔註 142〕。這種戰鬥的詩，在注重詩歌美質的聞一多看來，顯然「不是詩」，但因為它們歌唱戰鬥、展現現實，聞一多又予以了熱情的褒揚。不過落實到選本中，選錄田間的詩歌為 5 首，也不算多。有學者將其稱為聞一多「政治理性與美學理念的矛盾」。〔註 143〕因此，在他的選本中，除了「新月派」之外，「現代派」與「抗戰派」入選的詩人最多，或許這也是他的矛盾的體現：對「現代派」他應該是看重其在詩藝上的創新，對「抗戰派」他可能是側重其現實性。

這種矛盾表明，聞一多越來越注重於從詩歌中去尋找一種力量，作為改變現實的良方。於是他進入古典文學的世界，研究古籍不是為了鑽故紙堆，而是有著強烈的現實抱負。聞一多從神話歌謠、詩經楚辭、樂府到唐詩，一路下來，在中國文學史中上下求索，是為了給中國開一劑藥方，他在給臧克家的信中坦

〔註 141〕聞一多：《致聞家駟》，《聞一多全集》（第 12 冊），湖北人民出版社 1993 年版，第 162 頁。

〔註 142〕史集：《聞一多先生和新詩社》，《雲南師範學院學報》1987 年第 2 期。

〔註 143〕易彬：《政治理性與美學理念的矛盾交織——對於聞一多編選〈現代詩鈔〉的辯詰》，《人文雜誌》2011 年第 2 期。

陳了這一點：「你不知道我在故紙堆中所做的工作是什麼，它的目的何在⋯⋯近年來我在聯大的圈子裏聲音喊得很大，慢慢我要向圈子外喊去，因為經過十餘年故紙堆中的生活，我有了把握，看清了我們這民族，這文化的病症，我敢於開方了。方單的形式是什麼——一部文學史（詩的史），或一首詩（史的詩），我不知道，也許什麼也不是。」〔註144〕不僅如此，在一路南遷的歷程中，聞一多等教師與學生們攜手成立「國立長沙臨時大學湘、黔、滇旅行團」，行程達3000餘里，歷時68天來到昆明。師生們沿途廣泛開展抗日宣傳活動，進行社會調查和采風，採集了珍貴的植物和礦物標本，聞一多還興致勃勃地寫生。而在西南聯大的校園裏，各種熱鬧的文學活動、活躍的詩歌社團「詩歌社」等，多半都有聞一多的參與和指導。這些都表明此時的聞一多並不把詩歌看成是貴族的風花雪月，也不是封閉在書齋和象牙塔裏的玩意兒，詩歌是來自人民、來自大地的，是面向現實的。40年代的聞一多轉向了人民的立場，雖然在當時他對「人民」的理解還顯得比較模糊，但他熱烈的期待著一個新時代的到來，「這是一個需要鼓手的時代」〔註145〕，所以他對「時代的鼓手」田間、對艾青都給予了熱烈的肯定。特別是對於田間，他很清楚「這些都不算成功的詩，（據一位懂詩的朋友說，作者還有較成功的詩，可惜我沒見到。）」，但是聞一多又認為「它所成就的那點，卻是詩的先決條件——那便是生活欲，積極的，絕對的生活欲⋯⋯它只是一片沉著的鼓聲，鼓舞你愛，鼓動你恨，鼓勵你活著，用最高限度的熱與力活著，在這大地上」〔註146〕。在詩與非詩之間，聞一多在尋求著生活與藝術的平衡點。後來，聞一多還曾談到，「時間和讀者會無情地淘汰壞的作品⋯⋯我們設想我們的選本是一個治病的藥方，⋯⋯所以，我們與其去管詩人，叫他負責，我們不如好好地找到一個批評家，批評家不單可以給我們以好詩，而且可以給社會以好詩」。〔註147〕

　　因此，聞一多眼中的這個選本，不是限於抗戰時期，也不僅屬於新詩史，這是「二年〔千〕五百年全部文學名著選中一部分的整個《新詩選》。也不僅

〔註144〕聞一多：《致臧克家》，《聞一多全集》（第12冊），湖北人民出版社1993年版，第380頁。

〔註145〕聞一多：《時代的鼓手》，《聞一多全集》（第2冊），湖北人民出版社1993年版，第201頁。

〔註146〕同上。

〔註147〕聞一多：《詩與批評》，《聞一多全集》（第2冊），湖北人民出版社1993年版，第220頁。

是『選』而是選與譯」〔註148〕──也就是同時面向歷史和世界。從這個意義上講，聞一多編選《現代詩鈔》，其目的已經溢出了文學，與中國社會、文化相關聯：「我的歷史課題甚至伸到歷史以前，所以我研究了神話，我的文化課題超出了文化圈外，所以我又在研究以原始社會為對象的文化人類學。」〔註149〕

這部選本的編輯出版本身也透露出豐富的信息。《聞一多全集》（四冊）實際並不全，但當時的出版是有著現實考慮的。這套全集的編輯者署名朱自清、郭沫若、吳晗、葉聖陶，由開明書店印刷、發行。從這套全集的策劃與出版過程看，聞一多遇難後，是由清華大學校方組織了以朱自清為代表的委員會來整理其作品，中國共產黨對此表示了高度關注，以郭沫若、葉聖陶、開明書店等代表革命、民主的力量加入其中，背後實際有政治力量的博弈。有學者認為「開明版《聞一多全集》，它預示著1940年代末期絕大多數知識分子的政治選擇，標識著文學作品自由結集出版方式的結束」〔註150〕。因此，以《現代詩鈔》作為新詩選本第一階段的收尾是合適的。

由此可以說，《現代詩鈔》與孫望、常任俠等人所編選本一樣，不僅是體現選家趣味的個性化選本，同時還是折射時代心理、有著現實訴求的文化產品。在一定的意義上講，它的文化價值、現實意義或許更重於其作為文學選本的意義。作為一部未完成的、開放的詩歌選本，《現代詩鈔》仍召喚著研究者對其進行更為深入的研究。

綜上所述，1920～1948年為中國新詩選本的第一個發展階段。其中又大體可分為20世紀20年代、30年代、40年代三個更具體的時間段，分別是選本的草創期、多元發展期、個性化編選期。選本與新詩緊密聯繫在一起，草創期的選本主要是保存新詩文獻、維護新詩合法性及初步篩選；多元發展期，選本與新詩創作都異彩紛呈，選本的經典化功能凸顯出來，具有新詩史意味的選本大量出現；個人化編選期，新詩創作和編選環境發生了重大變化，選家開始更為注重表達自己的新詩理念。這一階段的變革是劇烈的，但無論是新詩創作還是編選，都取得了令人矚目的成績，新詩的經典化已經收穫了初步的成果。

〔註148〕聞一多：《致臧克家》，《聞一多全集》（第12冊），湖北人民出版社1993年版，第381頁。

〔註149〕同上。

〔註150〕邱雪松：《合流的抗爭與難料的宿命──開明版〈聞一多全集〉出版前後》，《現代中文學刊》2014年第4期。

第二章 在審美與政治之間的一體化選本

　　如果說 1948 年聞一多《現代詩鈔》的問世，意味著新詩選本第一階段的結束，那麼 1949 年出版的《文學作品選讀》（邵荃麟、葛琴合編）、「中國人民文藝叢書」（周揚主編），則標誌著一個新階段的開始。這一階段與前者最大的不同，就是此時的新詩編選是黨領導下的革命文藝事業的組成部分，正如眾多研究者所指出的，50～70 年代的中國文學特點為「一體化」〔註1〕，文學選本也是如此：民國時期由民間個體或同人所編的選本，這一階段基本消失在公眾的視野中，由於出版文化事業是在統一領導和統籌安排下進行，大量的新詩集被列入叢書中出版，此時的詩集出版就與此前有了很大不同，它們都是經過篩選、審定、乃至修改後才出版的，體現出秩序的整一性，服從於國家意志的需要，即使編選者是個人，但這些個體選家首先是黨的文藝方針政策的貫徹執行者。因此，從 1949 到 1978 年，新詩選本大體上呈現為三種形態：一是各種經過選擇而得以出版的選集，它們往往在叢書中亮相（如「中國人民文藝叢書」、「新文學選集」、中國現代作家選集等），大體分為延安文藝座談會前後的解放區文學、新中國文學、「五四」以來的新文學三個時期。這些選集、叢書完全

〔註1〕相關論述參見洪子誠、劉登翰：《中國當代新詩史》（修訂版），北京大學出版社 2005 年版；陳改玲：《重建新文學史秩序：1950～1957 年版現代作家選集的出版研究》，人民文學出版社 2006 年版；陳宗俊：《「十七年版」新詩選本與「人民詩歌」的構建》，南京師範大學博士學位論文，2014 年；徐勇：《選本編纂與八十年版代文學生產》，人民文學出版社 2017 年版；謝晃《中國新詩史略》，北京大學出版社 2018 年版等。

可以被看做是選本，與民國時期的選集、叢書有很大不同；二是緊貼時政、響應號召的選本，如革命詩選、工農兵詩選、抗美援朝詩選、反右詩選、批林批孔詩選、學大寨詩選等，其中的《紅旗歌謠》《小靳莊詩歌選》尤其引人注目；三是年度詩選，將《新詩年選》（一九一九年）開創的中國新詩年選的傳統延續了下去；四是富有新詩史意味的綜合性選本，最具代表性的就是臧克家編選的《中國新詩選（1919～1949）》。第一類和第四類選本將是本章研究的重點。

第一節　樹立典範：從解放區文藝到新中國的人民的文藝

中國共產黨對文藝工作和出版工作一直高度重視，早在抗日戰爭時期，根據地的文藝活動與文化出版事業就在黨的領導下迅速開展起來。在當時的邊區，人民群眾喜聞樂見的，是音樂、舞蹈以及具有綜合性的戲劇等樣式，它們得到了黨中央的大力支持：「內容反映人民情感意志，形式易演易懂的話劇與歌劇（這是熔戲劇、文學、音樂、跳舞，甚至美術於一爐的藝術形式，包括各種新舊形式與地方形式），已經證明是今天動員與教育群眾堅持抗戰，發展生產的有力武器，應該在各地方與部隊中普遍發展。」〔註2〕50年代以後的「一體化」在此時已經有了一定的表現：對作品的要求是描寫新人新事，站在革命的、人民的立場上，形式是民族的、大眾的，通俗易懂、宜於普及，作品要具有鼓動性和教育意義。

在這樣一種形勢下，當時革命文藝的傳播就有推行文藝教育與編選文藝叢書等途徑。早在抗戰時期，陝甘寧根據地普遍開設大學並實行新的學制，開設各類課程，而大學中原有的文藝類課程則順應形勢為抗戰服務。當時的華北聯合大學、「魯藝」、延安大學等均設有文學系，華北聯合大學與北方大學合併成立華北大學，在文藝課程方面「主要以培養為工農兵服務的文藝幹部為目的」〔註3〕，艾青為文藝教研室主任。在香港創辦的「持恒函授學校」，其實也具有這樣的性質與作用。

需要指出的是，學界對民國時期的文學教育、文學教材已有不少研究，但

〔註2〕《中共中央宣傳部關於執行黨的文藝政策的決定》，《解放日報》1943年11月8日。

〔註3〕鮑嶸：《學問與治理：中國大學知識現代性狀況報告（1949～1954）》，學林出版社2008年版，第78頁。

對於香港的持恒函授學校的文學教育活動關注較少，它也為文學選本的研究
提供了另一條思路，正如徐勇所指出的，「新中國成立前後，較早出現而又有
症候性的，是邵荃麟和周揚編選的選本。……這兩部選本的意義在於建立了權
威選本的模式。選家雖是個人，但其代表的毋寧說是其背後的意識形態色彩」。
這裡所說的周揚和邵荃麟編的選本，分別是周揚編《解放區短篇創作集》
（1946）和邵荃麟、葛琴合編的《創作小說選》（1947）與《文學作品選讀》
（1949 年 6 月），徐勇認為前者「建構了新中國成立後文學的新的秩序」，後
者則「建構了如何閱讀以及怎樣閱讀的閱讀引導機制」〔註4〕。與新詩編選有
關的《文學作品選讀》，正是持恒函授學校的教材。

　　根據現有資料可知，1947 年 10 月，南遷至香港的生活書店創辦了「持恒函
授學校」，1948 年 9 月停辦，共 2 期，學員達 2700 多人。持恒學校停辦後，繼
續通過「持恒之家」開展活動。生活書店辦這所學校是為了紀念鄒韜奮，其宗旨
是「輔導失學青年及有志上進青年繼續進修，並滿足各別之學習需要」〔註5〕，
所以本來想取名為韜奮函授學校，但考慮到國統區及海外學員，定名為持恒函
授學校，寓「持恒求真，精進不懈」之意。〔註6〕持恒函授學校與達德學院（1946
～1949 年）的教員均為進步學者與文化界人士。在當時艱苦的條件下，兩所
學校實際成為培養黨的後備幹部與革命人才的重要基地。

　　在持恒函授學校，徐伯昕為校務委員會主席，孫起孟任校長，程浩飛任總
務部主任，胡耐秋任教務部主任。這是一個「帶有實驗性的教學組織」，設專
修部和中學部，專修部有「文學作品選讀與習作」、「哲學概論」、「社會科學概
論」、「經濟學原理」、「中國通史」、「現代國際關係」、「中國經濟問題」、「會計
學」8 門學科。延聘的導師為邵荃麟、葛琴、胡繩、宋雲彬等；中學部設「國
文」、「英文」、「數學」、「常識」4 門學科，孟超、吳全衡、戴依南等任教〔註7〕。

〔註4〕徐勇：《十七年版時期選本出版與文學一體化進程》，《青海社會科學》2015 年
　　　　第 4 期。
〔註5〕孫起孟：《持恒函授學校緣起及簡章》，吳長翼、邱國忠編：《持恒紀念集》，中
　　　　國文史出版社 1997 年版，第 68 頁。
〔註6〕參見王仿子：《徐伯昕在香港生活書店的日子》，《出版史料》2005 年第 1 期；
　　　　藍真：《走上「為讀者服務」的道路》，《出版史料》2008 年第 3 期；孫起孟：
　　　　《以為青年版服務為樂事——懷念徐伯昕同志的一段往事》，《持恒紀念集》，
　　　　第 1 頁。
〔註7〕分別見孫起孟：《以為青年版服務為樂事——懷念徐伯昕同志的一段往事》《持
　　　　恒函授學校緣起及簡章》，吳長翼、邱國忠編：《持恒紀念集》，中國文史出版
　　　　社 1997 年版，第 1 頁、第 69 頁。

各學科講義都是自編，蠟版油印，「除編發教材，還應學友要求，附寄《土地法大綱》《新民主主義論》《在延安文藝座談會上的講話》和《群眾》《解放區小說選》等書刊」。學校還創辦校刊《持恒之友》，舉辦專題講座，主講人有郭沫若、胡愈之、胡繩、喬冠華、鄧初民等。〔註8〕

邵荃麟與葛琴就是持恒函授學校專修部的導師，他們合編的《文學作品選讀》就是為「文學作品選讀與習作」而編寫的教材。在這次合作之前，他們各自都編選過作品集，邵荃麟選注的《創作小說選》、葛琴選注的《散文選》《遊記選》，均屬於「中學略談文庫叢書」，由香港文化供應社1947年出版。這些選本與《文學作品選讀》一樣，都是作為教材教輔讀物，都是採用了選文加導讀的形式，因此，不僅在選篇，也在閱讀上給予讀者以指導，使讀者能接受選家的立場與觀念。

孫起孟指出，「各科教材由學校自編，不同於一般的課本」，其導向性是非常明顯的：「文學作品，選讀左翼作家和解放區的作品。」〔註9〕《文學作品選讀》正是這種有特色、有導向的教材，它分為上、下兩冊，每冊各選文12篇：

上　冊	下　冊
丁玲《新的信念》（小說）	魯迅《藥》（小說）
晉駝《結合》（小說）	〔俄〕A·柴霍甫《盒裏的人》（小說）
艾青《雪裏鑽》（詩）	〔蘇聯〕M·高爾基《二十六個和一個》（小說）
〔蘇聯〕江布爾《我的故鄉》（詩）	《普希金抒情詩選》（詩）
何其芳《夜歌》（詩）	茅盾《殘冬》（小說）
孫犁《荷花澱》（小說）	〔俄〕N·A·尼克拉索夫《地主》（詩）
艾蕪《石青嫂子》（小說）	〔法〕羅曼·羅蘭《精神獨立宣言》（散文）
牧野《兩種腳印》（小說）	〔法〕羅曼·羅蘭《向高爾基致敬》（散文）
魯迅《秋夜》（散文）	夏衍《包身工》（報告）
孔厥《一個女人翻身的故事》（報告）	魯迅《燈下漫筆》（雜文）
〔蘇聯〕土爾兄弟《隊長之妻》（速寫）	〔俄〕A·柴霍甫《求婚》（獨幕劇）
趙樹理《李家莊的變遷》（小說）	〔俄〕契里加夫《嚴加管束》（小說）

〔註8〕吳長翼：《記50年版前香港持恒函授學校》，《新文化史料》1998年第1期；鄭新：《鮮為人知的持恒函授學校》，吳長翼、邱國忠編：《持恒紀念集》，中國文史出版社1997年版，第13～14頁。

〔註9〕孫起孟：《以為青年版服務為樂事——懷念徐伯昕同志的一段往事》，吳長翼、邱國忠編：《持恒紀念集》，中國文史出版社1997年版，第3頁。

　　從選文來看，這套教材選收的國外作家以俄蘇為主，法國的羅曼‧羅蘭則是進步作家；國內所選正是「左翼作家和解放區的作品」，魯迅的作品選入最多。選文覆蓋了小說、詩歌、散文、報告、戲劇等各種體裁，以小說數量為最多。這些都體現出選家的傾向。

　　總體來看，這套教材確實有其特色所在：首先是選文標準。在第一階段三個月的學習結束時，邵荃麟、葛琴在總結中明確表示他們選文「特別著重於反映當前社會生活與社會鬥爭的、現實性較強的、思想上較進步的作品」，各家風格有所不同，但「在文藝思想上，大部分都是屬於新現實主義的範疇的」，而「新現實主義」正是當下「最進步的文藝思想」，它是「站在人民大眾的立場，用進步的世界觀，把握住歷史發展的動向，來反映和批判歷史與社會現實的文藝」〔註10〕。這裡所說的「新現實主義」，顯然是基於無產階級革命立場所理解的現實主義。因此，這就不難理解選文均出自左翼作家、進步作家或解放區作家筆下，它們顯然都是「新現實主義」的作品。

　　其次是輔助課文學習的閱讀引導機制，主要由作者簡介構成。這種機制在民國時期的很多教材中都有體現，但是徐勇認為該選本的閱讀引導機制有自己的特點與功能，他將其概括為三點：一是「對文學實用價值的肯定」，二是強調作品的社會意義，三是「階級分析法的閱讀運用」。〔註11〕也就是說，在教學中，教師強調的是文學作品對時代思想與精神的反映，而這種反映，又是同作家作品的階級性結合在一起的。因此文藝是「一種思想批判和鬥爭的武器」〔註12〕，青年學員可以藉此克服自己的小資產階級傾向與情緒。邵荃麟與葛琴重視文藝對人的感動力量和教育意義，但強調這種力量和意義必須是「有利於人民大眾的」──「這是對於作品評價的基本標準」〔註13〕。因此他們對於每篇選文的指導，基本上都是按照這樣的次序進行：先是「認識作品的主題」，判斷作家的思想及其正確與否；接下來是「他所反映的生活與人物是否現實」；然後是「看他表現的方法──結構、剪裁、描寫、言語等，是否

〔註10〕　編者：《給學友們的一封信》，荃麟、葛琴編：《文學作品選讀》（下冊），生活‧讀書‧新知上海聯合發行所 1949 年版，第 706～707 頁。

〔註11〕　徐勇：《十七年版時期選本出版與文學一體化進程》，《青海社會科學》2015 年第 4 期。

〔註12〕　編者：《給學友們的一封信》，荃麟、葛琴編：《文學作品選讀》（下冊），生活‧讀書‧新知上海聯合發行所 1949 年版，第 707 頁。

〔註13〕　同上，第 710 頁。

成功」〔註14〕。這種主題——內容——手法的分析模式，不僅影響到建國後的文學選本的編寫，也進入教學領域之中，對於新中國的語文教育產生了深遠的影響。

《文學作品選讀》對新詩的選擇與導讀也是按照這樣的思路來進行的。入選的中國詩歌有2首：艾青的《雪裏鑽》與何其芳的《夜歌》(三)。艾青與何其芳都是追求進步、奔赴延安的知識分子，屬於革命陣營，他們作品的入選是在情理之中。

「作者介紹」的導向性也是明顯的：艾青「因參加革命入獄」，「一九四○年去延安」，「他原先是個農民氣質頗強的抒情詩人，帶著農村的憂鬱感情，……到了寫《向太陽》時，這種感情驟然一變，充滿了新鮮，健壯，向光明呼喚的熱情。最近數年中，因為更深入了生活，詩的作風又起了變化，更樸實更人民化了」〔註15〕。何其芳早期創作「帶著唯美主義的傾向」，但抗戰開始「他的思想開始改變了」，對自己有了「坦白而痛切的反省」，但《夜歌》仍然沒有擺脫個人主義的傾向，後來「他又到延安去」，如今「他早已經是一個為工農兵的文藝戰士了」。〔註16〕編者顯然著意強化了「延安」的功能，也將詩人們走上革命道路的經歷塑造為青年們學習的典範。

當然，如果說這部教材僅僅是為了宣傳革命、強調思想立場，那它跟政治教材也就沒什麼區別。邵荃麟與葛琴的可貴之處在於，他們堅持把革命觀念的輸入與文藝以形象、情感動人的特點結合起來，並沒有把作品變成革命理論的圖解。因此，他們強調在選文時「同時注意到這些作品對於寫作學習上可能有較多幫助的」，在題材處理方面，寫作要有鮮明的主題，要進行剪裁、要具備形象性〔註17〕；在表現方面，要克服「概念化、避重就輕、蕪雜繁瑣、詞藻堆砌等等毛病」〔註18〕。正因為如此，編者敏銳地發現，「《吳滿有》是代表了他新的風格的詩，但這首詩並沒有寫得成功」，《文學作品選讀》也就沒有選。何以不成功，編者沒有解釋，但根據他們的文藝觀念不難推斷。例如對於《雪裏鑽》，他們在「內容分析」、「表現方法」中肯定其藝術上的成功，認為這首敘事詩是通過馬而讚頌

〔註14〕同上。
〔註15〕荃麟、葛琴編：《文學作品選讀》(上冊)，生活・讀書・新知上海聯合發行所1949年版，第94頁。
〔註16〕同上，第141～142頁。
〔註17〕同上，第707～715頁。
〔註18〕同上，第715頁。

了「英勇的戰鬥和戰鬥的性格」。經由這種文藝批評的實踐，他們提出了「形象化」這樣一個文藝理論中的重要問題：「形象化並不只是把我們所要寫的對象具體地或生動地描寫出來就算了，主要是把我們所要形象的本質（例如上述那種性格）東西，通過對象馬的描寫而表達出來」〔註19〕。《吳滿有》之所以不成功，應該是在「形象化」方面沒有做到位。由文藝批評而昇華出文藝理論，這種理論又對讀者的寫作能起到引導作用，這正是這部教材的一個重要特點。

相比之下，《文學作品選讀》對何其芳的處理更體現了其作為教材的特點：它選的何其芳《夜歌》（三）其實是作為「反面教材」選入的，這種現象在以經典化為目的的一般性文藝選本中顯然是不會出現的。教材指出，根據何其芳自己所寫的《後記》可以看出《夜歌》創作於抗戰爆發後他的思想開始發生轉變之時，但是還「沒有擺脫那種個人主義的傾向」〔註20〕。編者特意解釋了選擇這首詩的原因：他們從學員中感受到了「唯美主義」和「傷感主義」的不健康的傾向，因此，特地選這首詩並附上《後記》，就是為了讓「這樣一位從唯美主義和傷感主義的道路上走向革命的詩人」「現身說法」，而且這首詩是第三首，也是「比較健康的」。由此可以鼓勵青年們克服自己的不足，勇敢地走上革命道路。當然，編者也能辯證地肯定這種苦悶情緒產生的現實性及其真實性，對此表示同情，對於作品的表現方法，編者也欣賞其對話的結構、情感的真摯、言語的精練。〔註21〕

那麼這樣的教學效果如何呢？從回憶文章看，學員們基本上是按照導師們的設計思路來學習，實現了持恒學校的教學目的。學員馮廷傑、邱國忠事隔多年仍對持恒學校念念不忘〔註22〕，導師葛琴則回憶「從函校開始，我整天埋在同學們的稿件堆裏。同學們首先給我的印象，是他們坦直懇切的自白。他們說述自己的經歷、遭遇，說述愛好文藝的動機，對文藝的看法，打算怎麼向它加工努力等等，真情洋溢」。〔註23〕學員虹棉「特別愛聽她推薦的解放區文藝作品，……作品裏的人物故事，使我們越聽越嚮往，常常浸沉入解放區人民鬥

〔註19〕荃麟、葛琴編：《文學作品選讀》（上冊），生活·讀書·新知上海聯合發行所1949年版，第94～95頁。
〔註20〕同上，第142頁。
〔註21〕同上，第142～146頁。
〔註22〕馮廷傑：《我在「持恒」學習的片段回憶》、邱國忠：《香港持恒學友活動追記》，吳長翼、邱國忠編：《持恒紀念集》，中國文史出版社1997年版，第20～23頁。
〔註23〕葛琴：《我怎樣寫起小說來的》，香港《文藝生活》1948年第7期，轉引自吳長翼、邱國忠編：《持恒紀念集》，中國文史出版社1997年版，第41頁。

爭的遐想中」,「『習作指導』課,她讓我們自由命題,每月至少交習作一篇。批改作業,嚴肅認真,要求也很嚴格。」〔註24〕

導師不僅是學員們的學業教師,還是他們的人生導師。虹棉就注意到「葛琴老師教書育人,熱情幫助同學提高政治覺悟」,在葛琴的指引和幫助下,虹棉離開香港奔赴解放區〔註25〕。這就是持恒函授學校所提倡的精神:「提倡學習結合實際,指出學習的目的不僅在於認識世界,而且要求改造世界。」〔註26〕當時還有戴依南擔任國文科導師,徐豐村受教於戴依南,感受到「『持恒』給了我文化知識,給了我進步思想和精神力量」;林滿則發現「戴依南老師運用毛澤東思想,結合作家作品,啟發我提高思想認識」。〔註27〕

徐頤等人的想法與做法則更體現了學員的積極與主動:

> 我們之所以在一起研習文學,既不像有錢有閒階級的「消遣」,也不是立意要做一個「文學家」。我們是把文學的閱讀當做了生活教育的一部,把文學的習作當做了戰鬥武器的一種。一方面我們要在研究文學的過程中,增加對現實生活的瞭解,另一方面,我們也極願在長時間的學習鍛鍊中,能用我們的筆來保衛真理,闡明真理,向一切黑暗反動的勢力做持久的攻擊。
>
> 講義後面的附注給了我們很大的便利。我們的批評和檢討主要是從形式、內容、作者等方面找出值得學習或值得注意的要點。
>
> 我們的注意不僅集中在學校導師在講義後說明的幾點,同時更著重發掘作品中的含蘊,表現方法的技巧,和作者的世界觀。
>
> 我們規定每人每兩星期必須交習作一篇,訂在一起輪流閱讀。然後由大家選出一篇做這一次的研究對象……我們把集體批評的記錄留下,把那篇習作寄給學校,請導師批改。等批改之後的習作寄回的時候,我們還要作一次批評和檢討。〔註28〕

〔註24〕虹棉:《我的帶路人葛琴老師》,吳長翼、邱國忠編:《持恒紀念集》,中國文史出版社1997年版,第41～42頁。

〔註25〕同上,第42～43頁。

〔註26〕孫起孟:《以為青年版服務為樂事——懷念徐伯昕同志的一段往事》,吳長翼、邱國忠編:《持恒紀念集》,中國文史出版社1997年版,第3頁。

〔註27〕徐豐村:《甘霖與明燈》、林滿:《「持恒」指引我成長》,吳長翼、邱國忠編:《持恒紀念集》,中國文史出版社1997年版,第31～32頁、第51頁。

〔註28〕徐頤:《我們是怎樣在一起學習文學的》,吳長翼、邱國忠編:《持恒紀念集》,中國文史出版社1997年版,第155～156頁。

　　從這個意義上可以說，持恒函授學校圓滿地完成了自己的歷史使命，也為新中國的文學編選與文學教學，提供了重要的參考與啟發。

　　與這種教材式選本相映生輝並且在日後不斷擴大影響力的是文藝叢書，它其實是在零散的作家選集的基礎上發展起來的規模化運作。按照羅執廷的說法，最先出現的作家選集也是一個相當複雜的文化資本的運作過程〔註29〕。據他統計，最早的選集出現於 1925 年，最先出版選集的是張資平、郁達夫、郭沫若等人，民國時期出版了個人選集的作家約為 38 人，其中魯迅最多，為 53 種，郭沫若其次，為 20 種〔註30〕。在此基礎上大規模的文藝叢書也開始出現了，羅執廷列舉了 6 種：（1）1933 年上海天馬書店出版的新文學作家「自選集」叢書；（2）1933～1934 年上海樂華圖書公司出版的「自選集叢書」；（3）1936 年上海萬象書屋出版的《現代創作文庫》，1947 年，上海中央書店再版了這套文庫中的部分選集；（4）1936～1937 年上海仿古書店出版的《現代名人創作叢書》；（5）1936 年上海新興書店出版的《現代名人創作叢書》；（6）1937～1939 年上海全球書店推出的《現代十大名家代表作》（又名《當代名人創作叢書》），1946 年有改版本〔註31〕。

　　中國共產黨也很早就注意到了叢書所具有的巨大能量。以叢書的形式批量推出文藝作品，集中展示以延安為中心的解放區文藝的成就與規模，同時又表現出相當嚴整的秩序感和整一性，這是延安文藝產生全國影響並實現經典化的重要途徑，同時也是新詩編選的新變化。據王榮統計，這些文藝叢書包括「西北戰地服務團叢書」、「晉冀魯豫邊區文藝創作小叢書」、「詩建設叢書」、「新文藝叢書」、「魯藝創作叢書」、「解放文藝叢書」等近百種〔註32〕。其中最為重要的是周而復主編的「北方文叢」與周揚主編的「中國人民文藝叢書」。〔註33〕

　　抗日戰爭勝利後的 1946 年初，時任中共華南分局文委副書記的周而復策

〔註29〕羅執廷：《民國時期的新文學作家選集出版》，《現代中國文化與文學》2014 年第 2 期。

〔註30〕同上。

〔註31〕羅執廷：《民國時期的新文學作家選集出版》，《現代中國文化與文學》2014 年第 2 期。

〔註32〕王榮：《宣示與規定：1949 年前後延安文藝叢書的編纂刊行——以「北方文叢」與「中國人民文藝叢書」的編輯出版為例》，《陝西師範大學學報》2012 年第 3 期。

〔註33〕同上。

劃了「北方文叢」，同年 4 月開始出版〔註34〕。這套叢書包括「西北、華北、東北各個解放區的各類文藝作品，由周而復主編，用海洋書屋名義出版」，叢書分三輯，每輯 10 冊，在出版的書籍中附有書目預告〔註35〕。陳思廣指出，由於種種原因，「北方文叢」實際出版的書籍與預告是有差異的，預告出版的書籍有 40 種，「但實出 27 種，未出 6 種，未轉至《北方文叢》，而由其他出版社出版 7 種」。〔註36〕

「北方文叢」中的「北方」意指解放區〔註37〕，該叢書意在「把《延安文藝座談會上的講話》前後的發表和出版的文藝作品介紹給國民黨地區以及香港和南洋一帶廣大讀者」〔註38〕，「表現新的群眾的時代」〔註39〕。因此，這套叢書也可以視為選本，哪些作家的哪些作品可以入選，往往需要經過反覆推敲。正因為如此，「北方文叢」為「中國人民文藝叢書」做了很好的鋪墊，該叢書中的不少作品，後來也被直接列入「中國人民文藝叢書」。

這套叢書中的詩作不多，有艾青《吳滿有》、李季《王貴與李香香》，還可以加上被視為詩歌的說書詞《劉巧團圓》〔註40〕，延安文藝對於詩歌的理解與要求就充分呈現出來，即以民族的民間的形式歌唱解放區的新人新事，塑造新時代的新模範。這一點延續到建國後，成為對於新詩創作的具體要求。因此，當時湧現出了大批採用民間曲藝或歌謠形式、以口語入詩、通俗平易的格律體敘事詩。李季的《王貴與李香香》就是一個成功的範例，詩人採用陝北「信天遊」的體式，歌唱了解放區的新人典型「王貴」、「李香香」，從而成為解放區詩歌的一個標杆。本來是說書詞的《劉巧團圓》，也被視為詩歌作品。

〔註34〕 周而復：《〈北方文叢〉在香港》，吉少甫主編：《郭沫若與群益出版社》，百家出版社 2005 年版，第 245～248 頁。

〔註35〕 張學新：《周而復與「北方文叢」》，《新文學史料》2008 年第 4 期。

〔註36〕 陳思廣：《〈北方文叢〉全目略說》，《現代中國文化與文學》，2013 年第 1 期。

〔註37〕 周而復回憶說，「叢書取名『北方文叢』，是因為當時黨中央軍事委員會以及解放軍主力部隊都在西北、華北和東北，『三北』，實際上是代表解放區的稱謂。不言而喻，《北方文叢》即是《解放區文叢》」。周而復：《〈北方文叢〉在香港》，吉少甫主編：《郭沫若與群益出版社》，百家出版社 2005 年版，第 247 頁。

〔註38〕 同上，第 245 頁。

〔註39〕 周揚：《表現新的群眾的時代》，海洋書屋 1948 年版，第 59 頁。

〔註40〕 茅盾在《關於鼓詞》中稱其為「一種可以絃歌的敘事詩」，見《茅盾文藝雜論集》（下），上海文藝出版社 1981 年版，第 705 頁。周而復為《劉巧團圓》所作《後記》則稱其為「一首人民鬥爭勝利的抒情詩」，見韓起祥：《劉巧團圓》，海洋書屋 1947 年版，第 147 頁。

　　但是艾青顯得極為尷尬，畢竟他曾受到西方象徵主義的薰染，擅長的是抒寫個人情懷的抒情詩，詩作中發散出一種憂鬱的氣質。要轉到這樣一條創作道路上來，對他來說確實困難。雖然「皖南事變」後詩人即奔赴延安，力圖與自己的過去決裂，努力貫徹延安文藝座談會講話的精神，為此艾青親自下鄉，採訪新人典型吳滿有，用口語化的詩歌讚美他，並且還邊朗誦邊聽取主人公自己的意見。但是，遠在香港持恒函授學校的邵荃麟、葛琴認為《吳滿有》「這首詩並沒有寫得成功」〔註41〕，而延安文藝界的態度更耐人尋味。1943 年 3 月艾青發表了《吳滿有》，同年 12 月新華書店將其列入「大眾文藝小叢書」出版，1946 年列入「北方文叢」出版。凡此種種，似乎都表明這首詩得到了解放區的肯定。但是，在發表於 1946 年 9 月 28 日《延安日報》上的《讀了一首詩》中，時任中共中央宣傳部長的陸定一，他所肯定的「自從文藝座談會以來」的詩歌作品，卻是李季的《王貴與李香香》，而這首詩的發表時間比艾青的《吳滿有》晚了三年多〔註42〕。周而復主編的「北方文叢」收入《吳滿有》，但他也認為《王貴與李香香》「是中國土壤裏生長出來的奇花，是人民詩篇的第一座里程碑」。〔註43〕這就暗示著《吳滿有》這樣的作品，實際並不符合「人民文藝」的要求。此後，由於人物原型吳滿有的問題，這首詩基本上就消失了。

　　與之恰成對應的是，《王貴與李香香》《劉巧團圓》這樣的作品，被認為是人民文藝的典範之作，它們的成功之處何在？《吳滿有》《王貴與李香香》《劉巧團圓》《白毛女》等作品都有現實依據，但又都經過了虛構加工。單說深入生活、深入人民群眾、取材於現實，顯然是不足以說明問題的。不過，李季、韓起祥成功的原因至少有兩方面：一是將民間形式很好地融入到故事骨架之中，二是具備了自覺的人民意識。第一點對於艾青來說就難以做到，自由體詩歌對他來說是得心應手，因為他希望「把自己所感受到的世界不受拘束地表達出來」，但「為了接受中國詩的民族傳統，才竭力使自己的詩格律化」〔註44〕。勉強去做，作品就顯得生硬。他的《吳滿有》雖然是口語化的詩作，卻非民間

〔註41〕荃麟、葛琴編：《文學作品選讀》（上冊），生活・讀書・新知上海聯合發行所 1949 年版，第 94 頁。

〔註42〕《王貴與李香香》1946 年夏最初發表在《三邊報》上，原名《紅旗插在死羊灣》，後來改題為《太陽會從西邊出來嗎？──三邊民間革命故事》。同年 9 月 22～24 日，以《王貴與李香香》為題在《解放日報》連載。

〔註43〕周而復：《〈北方文叢〉在香港》，吉少甫主編：《郭沫若與群益出版社》，百家出版社 2005 年版，第 248 頁。

〔註44〕艾青《自序》，《艾青選集》，開明書店 1952 年版，第 9 頁。

形式，而這一點對李季、韓起祥來說卻不成問題。韓起祥本來就是民間藝人，李季也是從小受到民間文藝的耳濡目染，後來嘗試過多種民間的、古典的文藝創作形式如唱本、章回小說，以民歌形式創作《王貴與李香香》反而是在此之後〔註45〕。因此，陸定一對韓起祥和李季都作出了極高的評價：「在說書的方面，有韓起祥編的許多本子，顯出民間藝人驚人的天才」，《王貴與李香香》則是「用豐富的民間匯語來做詩，內容形式都好」。〔註46〕

就第二點而言，郭沫若為《王貴與李香香》所寫的序言指出這樣的作品正是「人民文藝」，它是「新的意識與新的形式的一個有機的存在」；不過，郭沫若強調「形式固然是重要的，但更重要的是人民意識」。〔註47〕這就對作家提出了思想改造的任務。這一點對包括艾青在內的許多來自城市、具有知識分子氣質的作家而言並不容易，而農民出身的李季，早年走上革命道路，奔赴延安併入黨，在邊區工作多年，具備人民意識自然在情理之中。作為舊藝人的韓起祥，是在延安縣政府的教育和幫助下，通過改造思想進入人民的陣營〔註48〕。因此，《王貴與李香香》《劉巧團圓》等作品既能入選「北方文叢」，又能夠順利進入「中國人民文藝叢書」的序列，也就水到渠成。

「中國人民文藝叢書」的編選緣起於40年代毛澤東對周揚所作的指示：在奪取全國勝利後展示解放區的文藝成就〔註49〕。這套叢書先後由新華書店、人民文學出版社出版發行，它與「北方文叢」之間的銜接性、一致性是明顯的：它們都是由黨在文藝工作方面的領導同志所策劃，意在展示宣傳解放區的文藝成就，將其中的精神樹立為文藝創作的指導思想。「北方文叢」中的不少書目直接進入「中國人民文藝叢書」就是一個證明。但是二者還是有所區別：首先在於「中國人民文藝叢書」堪稱解放區文藝最集中、最大規模、最為權威的亮相，其影響也就至為深遠；其次，前者的對象主要是國統區、港臺乃至海外讀者，目的是進行宣傳和統戰，後者的對象則是一切讀者，這實際上是要確立

〔註45〕李小為：《李季創作〈王貴與李香香〉前後——記李季在三邊生活之一》，王文金、李小為編：《李季研究資料》，陝西人民出版社1986年版，第49頁。
〔註46〕陸定一：《讀了一首詩》，《延安日報》1946年9月28日。
〔註47〕郭沫若：《〈王貴與李香香〉序一》，李季：《王貴與李香香》，生活‧讀書‧新知聯合發行所1949年版，第ii～iii頁。
〔註48〕參見《劉巧團圓》所附的《韓起祥小傳》，韓起祥口編、高敏夫記錄：《劉巧團圓》，東北書店1947年版，第62～63頁。
〔註49〕蕭玉：《中國人民文藝叢書：開啟文學新紀元》，《石家莊日報》2009年9月19日。

解放區文藝在全國——同時也是新中國——的領導地位。因此，它固然也有宣傳、傳播解放區文藝的目的與功能，但其實已經是要在奪取全國勝利後推行文藝方針政策設想的體現。1949 年 7 月，第一次文代會的與會代表收到的正是「中國人民文藝叢書」這份特別的禮物。

　　「中國人民文藝叢書」是人民的文藝，其地位自然至高無上，而且它繼承了自左翼文學、抗戰文藝、「北方文叢」等一脈相傳的紅色基因，其中的不少作品逐步被塑造成紅色經典。《王貴與李香香》就是一個極為突出的例子，從邊區的《三邊報》到中共中央的機關報《解放日報》，再加上編輯黎辛以「解清」的筆名發表的評論文章《從〈王貴與李香香〉談起》〔註50〕、中共中央宣傳部長陸定一的《讀了一首詩》，都極大地提升了這首詩的影響力。此後《東北日報》《冀東日報》等予以轉載，並應讀者的要求出版單行本，這些版本已經形成了一個極為可觀的系統：從 1946 年東北書店初版本到「北方文叢」、「中國人民文藝叢書」，再到新世紀以來的「百年百種優秀中國文學圖書」、「新文學碑林」等，還有「北方文叢」裏郭沫若、陸定一的序言、周而復的「後記」、周揚在第一次文代會上對它的表揚等，構成了一個動態的經典化歷程〔註51〕。

　　「中國人民文藝叢書」的編輯例言明確指出：「一、本叢書定名為《中國人民文藝叢書》，暫先選編解放區歷年來，特別是一九四二年延安文藝座談會以來各種優秀的與較好的文藝作品，給廣大讀者與一切關心新中國文藝前途的人民以閱讀與研究的方便。二、編輯標準，以每篇作品政治性與藝術性結合，內容與形式統一的程度來決定，特別重視被廣大群眾歡迎並對他們起了重大教育作品的作品。……五、本叢書以後擬繼續編選出版。」〔註52〕《編輯例言》裏包含的信息十分豐富，首先它賦予了自 1942 年以延安為核心的解放區文藝作為人民文藝的典範意義，這也是「新中國文藝」應有的樣態；其次，在編選上完全遵循了延安文藝座談會講話的精神，講求政治性與藝術性結合，內容與形式統一，並且還是「為工農兵」也即是為人民大眾而寫作的大眾化作品，能夠實現普及與提高相統一的目的；再次，統一的題頭、裝幀、例言、出版機構，彰顯著「新中國文藝」的集體性、統一性及其秩序；最後，這套書作為樣板，

〔註50〕解清（黎辛）：《從〈王貴與李香香〉談起》，《解放日報》1946 年 9 月 22 日。
〔註51〕王榮：《論〈王貴與李香香〉的版本變遷與文本修改》，《復旦學報》2007 年第
　　　　6 期。
〔註52〕《〈中國人民文藝叢書〉編輯例言》，李季：《王貴與李香香》，新華書店 1949
　　　　年版，第 1 頁。

它與新中國及其文化建設應是一起推進的，是可以繼續向前發展的。就最後一點而言，不僅「中國人民文藝叢書」後來的確在不斷重印或新增，還有建國以後推出的各類叢書與其構成了潛在的呼應。

「中國人民文藝叢書」最初由新華書店出版，1949 年共出 58 種：戲劇 25 種，小說 16 種，通訊報告 10 種，詩歌 5 種，說書詞 2 種。此後有修訂、增加或重印。詩歌作品是李季《王貴與李香香》、阮章競《圈套》、田間《趕車傳》、王希堅等人的《佃戶林》、民間創作的《東方紅》，說書詞是韓起祥的《劉巧團圓》和王尊三等的《晉察冀的小姑娘》。叢書中詩歌的比重很小，畢竟解放區的創作水平和群眾基礎更多地是在戲劇（包括戲曲、歌劇等）方面，它們也格外地受到重視和扶持。1950 年版的叢書增加的詩歌有李冰《趙巧兒》、阮章競《漳河水》。詩歌作品中《王貴與李香香》發行量最大：到 1950 年第 3 版時印數達到了 1 萬 5 千冊，1956 年第 10 次印刷時達到近 8 萬冊〔註 53〕，成為影響最大的解放區詩歌作品。

在這些作品中，《王貴與李香香》《趕車傳》《趙巧兒》《漳河水》《劉巧團圓》《晉察冀的小姑娘》是長篇敘事詩，《圈套》是阮章競與張志民的敘事詩合集，《佃戶林》收入了多位詩人的作品，如徐秋風《唱毛主席》、艾青《向世界宣布吧》、嚴辰《新婚》、王希堅《佃戶林》、柯仲平《拔掉敵人最後一條根》等，《東方紅》則是一部民間詩選。總體來看，它們以民歌體、民間曲藝形式的敘事詩為主。即使是抒情詩，大體上也是民歌體。這正是延安文藝精神的體現。

周揚對這套叢書傾注了極大的熱情，他在第一次文代會上的報告中讚許阮章競的《赤葉河》《圈套》反映了農村的反封建鬥爭及解放後的新面貌，《王貴與李香香》被他評為歷史題材方面的傑作〔註 54〕。周揚還對「工農兵群眾的文藝活動」〔註 55〕進行了回顧與讚揚，而文代會之後出版的《東方紅》詩選，恰恰就是這種文藝活動的標誌性成果。

不過，在這種集體大合唱中，仍有一些現象值得深入關注與分析。《佃戶

〔註 53〕 王榮：《論〈王貴與李香香〉的版本變遷與文本修改》，《復旦學報》2007 年第 6 期。

〔註 54〕 周揚：《新的人民的文藝》，中華全國文學藝術工作者代表大會宣傳處編：《中華全國文學藝術工作者代表大會紀念文集》，新華書店 1950 年版，第 70～76 頁。

〔註 55〕 同上，第 79～85 頁。

林》中收入了艾青的詩歌作品《向世界宣布吧》，雖然就主題、內容而言符合
延安文藝精神，但它卻是一個另類，因為它是一首自由體詩，不僅與該詩集中
的其他作品顯得格格不入，與叢書的其他作品相比也是如此。這首詩也沒有因
為被收入《佃戶林》就得到充分的關注。這與艾青在延安文藝界的地位及其自
我期許形成了極大的反差。艾青到延安以後，受到中央領導人的親切接見，他
也積極努力融入延安，擔任了「中華全國文藝界抗敵協會延安分會」的理事，
1941 年 11 月 5 日《詩刊》在延安創辦，艾青任主編。艾青真誠、積極地擁護
並實踐毛澤東在延安文藝座談會上的講話精神，寫出了大量的詩歌作品。他還
與周揚、蕭軍、何其芳等一起開展「魯藝」文學部系的工作。1945 年，他在
「邊區群英大會」上獲得「甲等模範文化工作者」稱號，抗戰勝利後擔任「華
北文藝工作團」團長。從這些方面看，艾青實際成為解放區詩歌界的領軍人物。
但是，他似乎沒有意識到延安文藝精神與他對詩歌的理解、堅持之間存在的分
歧。他的《吳滿有》雖然歌唱新人，卻是用自由體來寫；他的《向世界宣布吧》
依然如此。而他主編的《詩刊》創刊號上，頭版登載的居然是亞里士多德的《詩
學》。在《創刊詞》中，艾青開篇就講「詩是民主精神的煥發，是人類理性的
最高表現」〔註56〕，雖然他強調了中國新詩的革命傳統，但這裡首先呈現的，
無疑是來自西方的詩學話語。但是當時所需要的，一方面是民歌體的作品，另
一方面是中國古典與民間的傳統，這兩方面又是一體化的。艾青既與此背道而
馳，他的作品在遴選中的失落就是必然的。因此，《吳滿有》的消失、《向世界
宣布吧》混雜於《佃戶林》、周揚關於解放區文藝的報告沒有提及艾青作品，
都成為了意味深長的暗示。

　　此外，「中國人民文藝叢書」還具有重要的版本價值，如《王貴與李香香》
除「北方文叢」本具有初版本的性質與價值外，此後雖然還不斷修訂，但「中
國人民文藝叢書」版卻具有「定本」或「精校本」的意義。〔註57〕事實上，該
叢書中的不少作品在出版前後都經歷過修改，但卻不是所有作家都能成功，田
間雖然努力修改《趕車傳》，但由於種種原因，這部作品並不成功。

　　在「中國人民文藝叢書」之後，為了盡快進入社會主義建設高潮，後續又
有不少叢書推出，「文藝建設叢書」就是一例。從 1950 年到 1952 年，根據登

〔註56〕艾青：《創刊詞》，《詩刊》1941 年 11 月 5 日。
〔註57〕王榮：《論〈王貴與李香香〉的版本變遷與文本修改》，《復旦學報》2007 年第
　　　　6 期。

載的廣告，該叢書共出 30 種，涵蓋小說、詩歌、散文、文藝理論、說書、翻
譯作品〔註58〕。同樣是強調延安文藝座談會上的講話的劃時代意義，「文藝建
設叢書」更注重的是在「講話」精神指引下的作家在新中國取得的新成就以及
在新中國的環境下成長起來的青年作家與工農兵作者的創作實績，這與「中國
人民文藝叢書」已有不同，或者說它是「中國人民文藝叢書」的延續。如果說
「中國人民文藝叢書」是新中國成立前為文藝樹立的典範與標杆，「文藝建設叢
書」則是新中國文藝成就的一次集中檢閱。此時的普及已經有相當的群眾基礎，
因而更重要的是「提高」即推出「在思想上、藝術上比較完美的作品」〔註59〕，
作為未來文藝工作的指南。「文藝建設叢書」的詩歌作品同樣不多，只有 2 部：
柯仲平的《從延安到北京》、嚴辰的《戰鬥的旗》。柯仲平的這部作品可以算作
已成名作家取得的新成就，相對而言，嚴辰可算作成長起來的青年作家，《戰
鬥的旗》即是他為抗美援朝而創作的詩集。〔註60〕

　　大型叢書的推出，固然可以集中展示成果，但是需要創作的積澱、累積，
而且就編選與出版而言，也需要投入大量的人力、物力、財力，往往耗時良久。
在這種情況下，編選能夠及時、快捷採錄當下創作成果、吸收大量短篇或節選
作品的年度選本，就成為極有必要的事情。除了紀念建國十週年、三十週年各
地推出的文學選本等之外，最值得注意的就是由中國作家協會發起並於 1956
～1959 年出版的 4 部詩歌年選：《詩選》（1953.9～1955.12）、1956 年《詩選》、
1957 年《詩選》和 1958 年《詩選》〔註61〕。第一部詩選的「編選說明」明確
表示編選緣起是「為了集中地介紹文學短篇創作的新成果，以便更好地把它們
推廣到廣大讀者群眾中去，並便於文藝工作者的研究」〔註62〕，所選範圍是
1953 年 9 月第二次「文代會」以來「所發表的一些我們認為較好的作品」，是

〔註58〕 袁洪權：《「文藝建設叢書」的命運與共和國初期文學的場域——以丁玲 1952
　　　　年致廠民信考釋為中心》，《現代中文學刊》2016 年第 1 期。
〔註59〕 《編輯例言》，柯仲平：《從延安到北京》，三聯書店 1950 年版，第 1～2 頁。
〔註60〕 嚴辰：《自傳》，徐州師範學院《中國現代作家傳略》編輯組編：《中國現代作
　　　　家傳略》（上集），四川人民出版社 1981 年版，第 301 頁。
〔註61〕 《詩選》（1953.9～1955.12）、1956 年《詩選》由中國作家協會編選，人民文
　　　　學出版社 1956、1957 年出版；1957 年《詩選》是中國作家協會委託作家出版
　　　　社編選，1958 年《詩選》是《詩刊》編輯部編選，兩部選本由作家出版社分
　　　　別於 1958、1959 年出版。
〔註62〕 中國作家協會：《編選說明》，《詩選》（1953.9～1955.12），人民文學出版社 1956
　　　　年版，第 1 頁。

從 1953 年 9 月至 1955 年 12 月「全國各主要報刊發表的作品及各出版社出版的單行本中選出來的」。編選工作得到「各方面熱情的關懷和支持」,「總工會、青年團中央的宣教部門、全國各主要報刊、出版社、作家協會各地分會、許多省市文聯以及一部分作家都給我們送來了優秀的推薦目錄」〔註63〕。從這些敘述中,不難發現國家意志的執行、作協的地位及其編選的權威性。

據統計,四部詩選選入詩人分別為 114 人、107 人、126 人、143 人,詩歌分別為 152 首、124 首、164 首、232 首。從中可看出 1949～1952 年是詩人們的一個沉潛調整期,創作數量不多,此後則快速增長,特別是大躍進民歌運動之後,詩歌遍地開花,這從 1958 年選本的數據可以明顯見出。此外,從 4 部詩選來看,詩人作品入選篇數在 5 首以上的有 25 人,分別為郭沫若(23 首)、毛澤東(21 首)、朱德、陳毅、葉劍英(均為 10 首)、謝覺哉、田間(均為 9 首)、董必武、臧克家、郭小川、袁水拍、張永枚、李季(均為 7 首)、聞捷、顧工(均為 6 首)、徐遲、阮章競、沙鷗、嚴辰、嚴陣、傅仇、戈壁舟、梁上泉、方紀、邵燕祥(均為 5 首)。詩人在 4 部選本中入選次數最多為 4 次,有 13 人:郭沫若、臧克家、徐遲、郭小川、田間、袁水拍、聞捷、嚴陣、傅仇、戈壁舟、梁上泉、李冰、周綱,入選 2 次以上者共計 75 人。〔註64〕

根據這些數據,研究者提出了五個方面的觀點:一是解放區詩人更受重視和肯定;二是青年詩人、工農兵詩人成為主力;三是少數民族詩人的納入;四是「五四」詩人的消隱;五是一批「超級作者」的存在,起到了或隱或顯的特殊作用。〔註65〕這些方面,其實在 4 部詩選的序言中也得到了揭示。4 篇序言的作者分別是袁水拍、臧克家(1956、1957 年選本序言)、徐遲。這些序言當然都把對黨、對偉大領袖、對國家和人民的熱愛與歌頌放在第一位,強調詩人要體驗生活、歌唱現實、揭露與批判反動勢力與思想,不過它們也呈現出內在的差異。袁水拍的序言更強調「典型形象」的創造,而要創造這樣的形象,詩人就必須使自己高尚起來:「詩人既不能是一個隱身者,也不能是一個旁觀者,更不能是一個偽善者!詩人只能是一個革命者,一個共產主義的戰

〔註63〕同上。
〔註64〕陳宗俊:《「十七年」詩歌隊伍的分化與重組——以〈詩選〉(1953～1958)為例》,《安慶師範學院學報》2015 年第 3 期。另見陳宗俊:《「十七年」新詩選本與「人民詩歌」的構建》,南京師範大學博士學位論文,2014 年。
〔註65〕陳宗俊:《「十七年」詩歌隊伍的分化與重組——以〈詩選〉(1953～1958)為例》,《安慶師範學院學報》2015 年第 3 期。

士。」〔註66〕這些正是當時文藝界面臨的首要任務。臧克家在1956年選本的序言中則提出了對舊形式的利用、社會主義現實主義創作方法，這都是當時探討的熱點話題。但他更指出了「詩的意境不完美」的突出問題，形式上「缺乏像聞一多那樣在運用創造形式多樣化方面試驗的努力。散文詩很少見」，他認為「能運用舊形式的，不反對他用文言寫古體詩，寫新詩一定用現代語言」，郭沫若正是因為「抓住了『五四』的時代精神，寫出了那些輝煌的詩篇」〔註67〕。臧克家在遵循時代要求的前提下表達了個人的一些見解，如他對詩歌意境的重視、多方試驗、現代語言的強調，都是他所維護與理解的「五四」精神。這與袁水拍構成了一定的對立性，袁水拍突出的是典型形象，臧克家重視的是意境；袁水拍不滿的是不少作品的散文化，臧克家則期待著散文詩。

但是到1957年詩選序言中，臧克家話鋒一轉，他主編的《詩刊》創刊，毛澤東發表了18首詩詞作品，包括許多領導人和作家也寫作舊體詩詞，臧克家認為「毛主席用創作實踐，解決了新舊詩關係的問題」〔註68〕。但是接下來對詩壇的回顧就顯得浮泛得多，更多地是聯繫反右、蘇聯的偉大成就來描述。到了1958年徐遲的序言，在大躍進民歌的背景下展開，直接就宣稱「一種從內容到形式被普遍承認，喜聞樂見的詩風，已經出現了」，因為「新詩的發展，已經有了明確的方針，這便是在民歌和古典詩歌的基礎上發展的方針」，他對詩歌的民族形式問題的論爭抱有樂觀的態度，畢竟這是在「雙百」方針的指引下〔註69〕。凡此種種，都顯示出建國之後經過改造、洗禮與重組，新中國詩壇的秩序已基本上按照國家意志而構建完成。

第二節　選集編纂與「五四」以來新文學的遴選、定位與重塑

以上選本、叢書的推出，實際是以1942年延安文藝座談會上的講話為界，

〔註66〕 袁水拍：《序言》，中國作家協會編：《詩選》（1953.9～1955.12），人民文學出版社1956年版，第11～12頁。

〔註67〕 臧克家：《序言》，中國作家協會編：《詩選》（1956），人民文學出版社1957年版，第12～13頁。

〔註68〕 臧克家：《序言》，作家出版社編：《詩選》（1957），作家出版社1958年版，第1頁。

〔註69〕 徐遲：《序言》，《詩刊》編輯部編選：《詩選》（1958），作家出版社1959年版，第8頁。

將新文學分為了「五四」以來的新文學〔註70〕與 1942 年以來的新文學——後者可以稱為解放區文學、新中國的人民的文學等〔註71〕。這就涉及到一些無法迴避、必須解答的問題：「五四」以來的新文學的源頭在哪裏？它的性質是什麼？它與 1942 年以來的解放區文學是什麼樣的關係？這些問題集中到一點就是：如何理解與評價「五四」以來的新文學？1951 年出版的「新文學選集」、1952 年開始推出的中國現代作家選集等，是以選集的形式對這一問題所作的回答，它們與作為綜合性選本推出的《中國新詩選（1919～1949）》（臧克家編選，1956 年初版），共同完成了對「五四」以來新文學的遴選、定位與重塑。但是，這些選集的推出與「中國人民文藝叢書」相比，卻經歷了一個較長的過程：從中共領導人對「五四」以來新文學的評價到新文學學科地位的確立、新文學史著的編寫，選本的編選出版才成為現實。

對於「五四」以來新文學的評價，從來都不簡單。民國時期對於新文學的評價已有很多意見，而新文學是在舊營壘中衝殺出來的新事物，因而其自身的合法性焦慮也表現得格外突出，新文學的自我辯解、自我塑造與自我經典化也從未停止過。但是最終起到決定性作用、對「五四」以來新文學的定位、評價起到一錘定音作用的，還是毛澤東的論述。這也為新文學進入共和國初期體制化的教學與出版之中提供了條件。

早在 1922 年，胡適在寫作《五十年來中國之文學》時就對新文學予以辯解、回顧，強調了其革故鼎新的意義，當然胡適也在不斷的敘述中確立了自己作為新文學、新文化第一人的地位。1935～1936 年出版的「中國新文學大系」，更是新文學前所未有的自我經典化舉動，也取得了空前的成功。在此前後，經過新文化陣營內外不斷的敘述或爭辯，新文學的歷史逐漸被建構起來，文學史的敘述有胡適《五十年來中國之文學》《白話文學史》、陳子展《最近三十年中

〔註70〕「『五四』以來的新文學」在當時是一個很普遍的說法，但它的涵義與指向也是比較模糊的，一般是指「五四」至 1942 年或 1949 年為止的新文學，後者即通常所說的「現代文學」。但是在 50～70 年代的語境中，前一種說法（「五四」至 1942 年）影響也很大。而且在當時的語境中也有兩個不同的「五四」：一是 1917 年開始的「五四」新文化運動，以文學革命為先導；另一個是 1919 年爆發的「五四運動」。

〔註71〕這一時期的文學當然不是只有解放區文學，但它無疑是被推到了主導地位。此外，新中國雖然是 1949 年成立，但 1942～1949 年解放區的文藝觀念、文藝選本與叢書，實際已經在描繪新中國文藝的藍圖，並且「新中國」在不同的歷史語境下其涵義也是有所變化的。

國文學史》、王哲甫《中國新文學運動史》、錢基博《現代中國文學史》等。此外，新文學也進入課堂，特別是朱自清、沈從文、蘇雪林、廢名等在大學任教，開設新文學課程，進一步促進了新文學的傳播。

當然，在這種眾聲喧嘩的景象中，各家發出的聲音也不盡一致。對新文學的分期問題，各家就有不同意見，此外新文化陣營一方面強調自身的決絕態度、與傳統之間的斷裂，胡適、周作人就是盡力撇清「五四」新文學與晚清文學的關係；另一方面，在尋找歷史的依據時，胡適又梳理出了一條白話文學史的線索，以此表明文學革命淵源有自，強調白話文學的正統與正宗；周作人則是上溯到晚明公安派，以「言志」與「抒情」為中國文學此消彼長的兩大力量。但是如梁啟超、錢基博、盧前等人，更多地是主張文學革命是直接承繼晚清文學改良而來。郭紹虞的《中國文學批評史》從語言、文字的分合將新文學納入到中國文學變遷的大視野中。盧冀野、趙景深、朱自清等還把自己的文學史觀融入到了文學選本之中。

不僅如此，各家所理解和運用的「五四」也存在不同的指向。胡適認可「五四」，將其理解為中國的文藝復興，但這裡的「五四」是 1917 年發生的、作為新文化運動組成部分的「文學革命」，而不是 1919 年發生在北京的「五四運動」。1933 年，胡適在芝加哥大學的演講以《中國的文藝復興》為題出版，此後胡適在回憶當年往事時仍強調那是一個「從文學革命到文藝復興」的歷程，而稱「五四運動」為「一場不幸的政治干擾」。〔註72〕瞿秋白與之相反，他積極參加了「五四運動」，但批評「五四」文學革命是「鬼門關以外的戰爭」〔註73〕，造就的是資產階級的文學、歐化的文學，限於知識分子的範圍，是不徹底的。「革命文學」對於「文學革命」的清算，成為中國現代文學論爭的重要組成部分。

抗戰爆發後，「五四」新文學得到了知識界的維護，他們強調其與「五四運動」一樣具有革命性與進步意義。筆者在第一章已指出，艾青的《抗戰以來的中國新詩》、盧前的《抗戰以來的中國詩歌》、常任俠在《文藝月刊》發表的《抗戰四年來的詩創作》、胡風《四年讀詩小記》等文章，都有著對於新詩發展歷程的回顧，艾青、胡風、常任俠是非常堅定地維護「五四」文學的歷史地

〔註72〕胡適：《胡適口述自傳》，唐德剛譯注，歐陽哲生編：《胡適文集》（1），北京大學出版社 1998 年版，第 330 頁、第 352 頁。

〔註73〕瞿秋白：《鬼門關以外的戰爭》，《瞿秋白文集·文學編》（第三卷），人民文學出版社 1989 年版，第 137～138 頁。

位的，他們自覺地強調「五四」新文學是中國新文學的源頭，只不過艾青強調的是「五四」文學的革命性，胡風側重於「五四」與時代精神的聯繫，論證他的主觀戰鬥精神理念；常任俠以 1917 年新文化運動作為中國新文藝的萌芽。如此一來，曾經批判過「五四」新文學的「革命文學」，以及抗戰初期的新文學，都被合併為一個整體：「五四以來的新文學」，它以「五四」新文學（1917）為起點，一直延續到抗戰時期。

1940 年毛澤東在《新民主主義論》中，以政治、經濟為文化的依據，從中國政治、經濟變化的角度，以「五四運動」為切入點，強調它是徹底的反帝反封建的運動，因而「五四運動」以後的新文化是新民主主義的文化，在無產階級領導下建立起廣泛的統一戰線，這場文化革命經歷了四個時期：1919～1921 年、1921～1927 年、1927～1937 年、1937～1940 年，其發展的未來方向是社會主義文化〔註74〕。毛澤東為「五四」以來的新文學作了定位。《新民主主義論》《在延安文藝座談會上的講話》發表後，為中國新文學的發展指明了方向。但是，涉及到具體問題，文藝界內部仍存在分歧。特別是在「民族形式」問題的論爭中，涉及是以「五四」新文藝還是以民間形式作為民族形式中心源泉的激烈論爭。不僅如此，「北方文叢」、「中國人民文藝叢書」等叢書，是以1942 年延安講話作為界碑，將解放區文學推上了典範的地位，成為「新中國文藝」、「人民文藝」的代表性成果。在這種情況下，「五四」以來的新文學與1942 年以來的解放區文學儼然成為兩種文學的代名詞。情況變得更為複雜：如何評價「五四」新文學、「五四」以來的新文學以及它們與中國古典文學的關係？這個問題，不僅僅是文學史的問題，在當時更是政治問題，如何回答，事關重大。

在這一過程中，毛澤東《新民主主義論》成為文藝界回應這些問題的最重要依據。1949 年 7 月，郭沫若在第一次文代會上根據《新民主主義論》重申「五四」以來的新文藝是「無產階級領導的人民大眾反帝反封建的新民主主義的文藝」〔註75〕。只不過他對三十年來文藝戰線及其成就的論述略有調整，即劃分為「五四運動」到大革命、大革命到抗戰爆發、抗戰時期、抗戰後期到解

〔註74〕毛澤東：《新民主主義論》，《毛澤東選集》（第二卷），人民出版社 1991 年版，第 663～706 頁。

〔註75〕郭沫若：《為建設新中國的人民文藝而奮鬥》，中華全國文學藝術工作者代表大會宣傳處編：《中華全國文學藝術工作者代表大會紀念文集》，新華書店 1950 年版，第 36 頁。

放戰爭的幾個階段。郭沫若也強調了國統區作家和解放區作家在毛澤東的影響、指引下與人民大眾相結合，進一步突出了延安講話的意義。〔註76〕周揚的報告更明確地將 1942 年延安講話以來的「新的人民的文藝」稱為「偉大的開始」，他提出「五四」以來的文藝工作者以魯迅為代表，而延安文藝座談會上的講話則規定了新中國的文藝的方向，並且是唯一正確的方向。〔註77〕

郭沫若、周揚的報告實際體現出這樣的思路：新文藝運動與中國革命是一致的，新文藝的發展歷程是無產階級逐漸取得主動權、領導權以及新文藝不斷發展成長為成熟的革命文藝的歷程，1942 年以來的解放區文學是「五四」以來的新文學發展的更高階段。從這個意義上講，「五四」以來的新文學實際是作為革命文學被整體上納入「革命」的框架中予以塑造，它的必然走向就是解放區、新中國的人民的文學。這是對「五四」以來的新文學進行了一次逆向的重塑。

「五四」以來的新文學在革命的觀照下獲得了合法性，這在當時是有積極意義的：一方面，「五四」以來的新文學與 1942 年以來的新文學的確血脈相連；另一方面，即使在新中國成立後，對於「五四」以來新文學的偏見與誤解也依然存在。從這個意義上講，糾正種種偏見與誤解，給予「五四」以來的新文學以恰當的地位，是很有必要的。

在這種「革命」視閾中，現實主義是最為正確的方法與原則，從作家的政治立場、作品的思想主題出發來研究新文學，就成為普遍認可的思路。這種思路很快就在各種文藝政策、文學教學、文學編選與出版中得到了體現。

前文論及抗戰時期陝甘寧根據地就實行了新的學制，培養為工農兵服務的文藝骨幹力量。解放初這樣的思路被進一步強化，與此相對應的，是「新文學」/「現代文學」因其革命與現實意義而被迅速抬升，成為大學的必修課程、主幹課程。茅盾表示，「對於中國文學史，尤其是『五四』到現在的新文藝運動史，也應組織專家們從新的觀點來研究。這一切，都應當放在我們今後工作的日程上」〔註78〕。1949 年開始，蔡儀在華北大學講授中國新文學，張畢來在東北師範大學講授「新文學史」，王瑤在清華大學講「中國新文學史」。1949

〔註76〕同上，第 36～38 頁。
〔註77〕周揚：《新的人民的文藝》，中華全國文學藝術工作者代表大會宣傳處編：《中華全國文學藝術工作者代表大會紀念文集》，新華書店 1950 年版，第 69～70 頁。
〔註78〕茅盾：《一致的要求和期望》，《文藝報》第 1 卷第 1 期，1949 年 9 月 25 日。

年 6 月 5 日在北京召開了課程改革座談會，8 日華北高等教育委員會常務委員會第一次會議召開。10 月，《人民日報》發表社論《認真實施文法學院的新課程》，可見國家對教育改革的重視，也可見出此時課程設置的體制化進程。當然，此時的舉措，仍然還是宏觀指導、謹慎進行，並沒有強求一致。〔註 79〕

1950 年 1 月，教育部成立大學課程改革委員會，分文、法、理、工四學院，負責起草各門課程草案，中文系組長為周揚，另有成員李廣田、成仿吾、沙新等 16 人〔註 80〕。課程草案規定要「運用新觀點，新方法，講述自五四時代到現在的中國新文學的發展史，著重在各階段的文藝思想鬥爭和其發展狀況，以及散文、詩歌、戲劇、小說等著名作家和作品的評述」〔註 81〕。各小組負責草擬各科課程教學大綱，作為全國高校教學的參考。

根據李何林的說法，「中國新文學史」教學大綱由老舍、蔡儀、王瑤和他來擔任，實際情況是先由蔡儀、王瑤和張畢來各自起草了一份大綱，交換意見後他參照這三份草稿擬出一份大綱，討論後略加修改即通過〔註 82〕。這份大綱初稿發表於 1951 年 7 月《新建設》第 4 卷第 4 期，署「老舍、蔡儀、王瑤、李何林草擬」。1956 年大綱初稿審議通過，次年正式出版，國家層面的對新文學學科的設計規劃基本完成。

大綱初稿的「緒論」是整個新文學史研究、教學與教材編寫的總綱與指導思想，按照毛澤東《新民主主義論》的精神來設計，強調新文學是無產階級領導的新民主主義文學，突出馬列原則與毛澤東思想的指導意義，指出新文學是向著革命的目標不斷前進的文學。它把新文學分為五個發展階段：（1）1917～1921 年「五四前後」為「新文學的倡導時期」；（2）1921～1927 年是「新文學的擴展時期」；（3）1927～1937 年，這是「左聯」成立前後的十年；（4）1937～1942 年，由盧溝橋事變到延安文藝座談會上的講話；（5）1942～1949 年，由「講話」到第一次文代會召開。大綱初稿在總體思想政治立場的大前提下，對於文學史發展的實際還是作了較為辯證的處理。如新文學的第一階段是從

〔註 79〕 鮑嶸：《學問與治理：中國大學知識現代性狀況報告（1949～1954）》，學林出版社 2008 年版，第 94～97 頁。

〔註 80〕 同上，第 101～103 頁。

〔註 81〕 轉引自王瑤：《自序》，《中國新文學史稿》（上冊），開明書店 1951 年版，第 1 頁。

〔註 82〕 李何林：《〈中國新文學史〉教學大綱（初稿）》，《李何林全集》（第 4 卷），河北教育出版社 2003 年版，第 338 頁。

1917 年「文學革命」算起。第二階段雖然論及左翼文學與資產階級「新月派」鬥爭，但在該時期的詩歌部分，仍為「新月派」、「現代派」設立專節「技巧與意境」，沒有獨尊現實主義〔註 83〕。後來修訂並正式出版的《大綱》，雖然政治話語進一步強化，也突出了現代文學與古典文學的關係，將新文學時限設定為1919～1949 年，強調了現實主義的主導性，但在實際論述中，仍然還是較為尊重學科規律，指出了文學革命的意義，提到了現代文學與外國文學的關聯。正如黃修己所說，「它沒有某些新文學史中那麼突出的簡單和武斷的批評，儘管書中某些評價也不準確，但尚不至令人產生粗暴之感」〔註 84〕。

　　大綱初稿發表後 2 個月，王瑤的《中國新文學史稿》（上冊）問世，下冊於 1953 年出版。這部著作第一次系統地梳理了自「五四」至新中國成立時期的文學史，王瑤也憑藉其紮實的學術功底和卓越的史才，鑄就了中國現代文學學科的奠基之作。關於它的成就得失及其命運，學界已有相當的研究，此不贅述，這裡主要就其與新詩相關的內容展開論述。

　　學界論及該書，都會注意到《自序》所說的「本書是著者在清華大學講授『中國新文學史』一課程的講稿，一九四八年北京解放時，著者正在清華講授『中國文學史分期研究（漢魏六朝）』一課，同學就要求將課程內容改為『五四至現代』一段，次年校中添設『中國新文學史』一課，遂由著者擔任。兩年以來，隨教隨寫，粗成現在規模」〔註 85〕。

　　從這裡出現的幾個時間節點來看，王瑤在新文學史方面的積累、醞釀，恐怕早在 1949 年之前就已開始，特別是上冊，應該是對朱自清《中國新文學研究綱要》的繼承，這主要體現在以下幾個方面：一是對作為新文學起點的「五四」文學革命、對《新青年》所起歷史作用的高度肯定；二是認可胡適作為新文學開山的地位；三是先總論，再分論各類文體；四是對作品思想性與藝術性的重視；五是多引用作家自述或他人評述作為論斷。但王瑤為了跟上時代，努力學習《新民主主義論》《高等學校文法兩學院各系課程草案》，草擬教學大綱，又形成了著作中政治話語與學術話語纏雜的現象。表現在《中國新文學史稿》（上冊）中，就是背景介紹基本上照搬《新民主主義論》，概述中也強調作家

〔註83〕李何林：《〈中國新文學史〉教學大綱（初稿）》，《李何林全集》（第 4 卷），河北教育出版社 2003 年版，第 339～342 頁。
〔註84〕黃修己：《中國新文學史編纂史》，北京大學出版社 2007 年版，第 111 頁。
〔註85〕王瑤：《自序》，《中國新文學史稿》（上冊），開明書店 1951 年版，第 1 頁。

的政治立場、作品的思想傾向，但對具體作家作品評論分析時，他又能更多地傾向於文藝本身，這一點後來受到了嚴厲批評〔註86〕。反映在新詩上，王瑤的視野非常寬廣，他肯定了胡適的開創之功，對早期白話詩人也有中肯的評論，以「覺醒了的歌唱」涵蓋第一個十年的新詩，以「正視人生」、「反抗與憧憬」、「形式的追求」論述初期白話詩、創造社時期的郭沫若、蔣光慈、劉一聲等左翼詩人、新月派、象徵派等的創作；第二個十年則用「前夜的歌」概括，以「暴露與歌頌」、「技巧與意境」、「中國詩歌會」、「新的開始」分別論及後期創造社、左翼詩人、後期新月派、現代派、中國詩歌會、臧克家、艾青、田間等。這樣的劃分較為全面地兼顧了各類流派與風格，對他們的成就與不足也有精準的點評。王瑤認為：

> 如果在當時曾對讀者發生過一些良好影響，和起過相當作用的
> 作品，那就不只在內容上是進步的，詩也一定寫得比較算成功。必
> 須是一首詩，它才會發生詩的作用。〔註87〕

這不僅可以看作是王瑤的新詩觀，也是其文學觀念的表達。當時的新詩選本實際奠基於新詩史著之上，因而王瑤的著作在新詩編選中或隱或顯地起到了作用。

1951 年 7 月「中國新文學史」教學大綱發表，就是從這個月開始至 1952 年，開明書店出版了「新文學選集」叢書，這套叢書與「中國人民文藝叢書」一樣，都是新中國文藝工作的重頭戲，被納入 1951 年的全國出版工作規劃中。《進步青年》的廣告詞稱其為「新文學的紀程碑」〔註88〕。1952 年開始，人民文學出版社繼續出版該選集。在此之前，人民文學出版社自 1951 年 9 月就出版了一些新文學作品，1952～1957 年開始集中推出中國現代作家選集〔註89〕。

袁洪權指出，出版「新文學選集」的動議其實很早就已出現。1950 年 1 月 30 日，文化部編審委員會準備推出八種叢書，其中有「『五四』文藝」叢書。8 月 8 日《人民日報》登載文化部擬出版「七種文藝叢書」，其中「『五四』文

〔註86〕《〈中國新文學史稿（上冊）〉座談會記錄》，《文藝報》第 20 期，1952 年 10 月。

〔註87〕王瑤：《中國新文學史稿》（上冊），開明書店 1951 年版，第 213 頁。

〔註88〕《進步青年》，1951 年 8 月 1 日。

〔註89〕陳改玲：《重建新文學史秩序：1950～1957 年現代作家選集的出版研究》，人民文學出版社 2006 年版，第 66 頁。

藝」叢書改名為「新文學選集」叢書〔註90〕。不僅如此,「五四文藝叢書」的名字還出現在 1951 年 7 月發表的《〈中國新文學史〉教學大綱》初稿的《教員參考書舉要》中〔註91〕。

「新文學選集」的主編是茅盾,時任文化部長,具體編選工作由文化部「新文學選集編委會」承擔,可見其規格之高。根據當時的出版廣告,選集擬出 2 輯,每輯 12 種,共 24 種。實際出版 2 輯,每輯 11 種,《瞿秋白選集》和《田漢選集》因故未出〔註92〕。「編輯凡例」有這樣的說明:「一、此所謂新文學,指『五四』以來,現實主義的文學作品而言。如果作一個歷史的分析,可以說,現實主義是『五四』以來新文學的主流,而其中又包括著批判現實主義(也曾被稱為舊現實主義)和革命現實主義(也曾經被稱為新現實主義)這兩大類。新文學的歷史就是批判的現實主義到革命的現實主義的發展過程。一九四二年毛主席《在延安文藝座談會上的講話》發表以後,革命的現實主義文學便有了一個新的更大的發展,並建立了自己完整的理論體系和最高指導原則。二、現在這套叢書就打算依據這一歷史的發展過程,選輯『五四』以來具有時代意義的作品,以便青年讀者得以最經濟的時間和精力獲得新文學發展的初步的基本的知識。……這裡還有兩個問題須要加以說明。第一,這套叢書既然打算依據中國新文學的歷史發展的過程,選輯『五四』以來具有時代意義的作品,換言之,亦即企圖藉本叢書之助而使讀者能以比較經濟的時間和精力對於新文學的發展的過程獲得基本的初步的知識,因此,我們的選輯的對象主要是在一九四二年以前就已有重要作品出世的作家們。這一個範圍,當然不是絕對的,然而大體上是有這麼一個範圍;並且也在這一點上,和「人民文藝叢書」作了分工。」〔註93〕

這份「編輯凡例」對於理解「新文學選集」的意義至關重要。它透露出多方面的信息:首先,它強調「五四」以來新文學的主流是現實主義文學,它的

〔註90〕袁洪權:《開明版〈趙樹理選集〉梳考》,《文學評論》2013 年第 1 期。

〔註91〕李何林:《〈中國新文學史〉教學大綱(初稿)》,《李何林全集》(第 4 卷),河北教育出版社 2003 年版,第 346 頁。

〔註92〕實際出版的「新文學選集」第一輯為:《魯迅選集》《郁達夫選集》《聞一多選集》《朱自清選集》《許地山選集》《蔣光慈選集》《王魯彥選集》《柔石選集》《胡也頻選集》《洪靈菲選集》《殷夫選集》。第二輯:《郭沫若選集》《茅盾選集》《葉聖陶選集》《丁玲選集》《巴金選集》《老舍選集》《洪深選集》《艾青選集》《張天翼選集》《曹禺選集》《趙樹理選集》。

〔註93〕新文學選集編輯委員會:《編輯凡例》,《魯迅選集》(上冊),開明書店 1951 年版,第 5~6 頁。

發展歷史就是從批判現實主義到革命現實主義，以毛澤東的講話為分界線，這就對其總體性質與發展歷程進行了規定，也對其在文學史上進行了定位；其次，這套叢書要對青年讀者起到教育、引導作用，即要發揮「五四」以來新文學的革命傳統，對其進行宣傳和傳播；再次，這套叢書與「中國人民文藝叢書」有較為明確的分工，同時也實現了中國新文學的總體貫通，並且將「五四」以來的新文學順利地匯入到中國革命文藝的大潮中。在新中國成立前，雖然已有多種現代作家選集出現，但「新文學選集」是在國家意誌主導下第一次系統地梳理了新文學史的脈絡，建構了符合時代需要的新文學史。因此，這套選集的文學史意義、文獻價值與文化意味都值得關注。而且，無論是從作家的秩序位次、人選的敲定、序言的撰寫、體裁與篇目的選取、內容的斟酌，它都比「中國人民文藝叢書」更鮮明地體現出「選本」的意味。2015 年開明出版社特意重新出版了這套選集。

就作家陣容、裝幀設計等而言，這裡面其實已經暗示出豐富的信息。該叢書分兩輯，第一輯為「已故作家及烈士的作品」，實際出版 11 種；第二輯為「健在作家的作品」，也出版了 11 種。已故作家及烈士作品除《魯迅選集》書名外，其他選集書名都由郭沫若題寫，健在作家選集由本人題寫書名。每部選集有作家的照片、手跡、「編輯凡例」與序言。選集的作家名單可以清楚地看出排序：魯迅為第一輯作家首位，郭沫若為第二輯首位，他之後是茅盾、葉聖陶、丁玲等。郭沫若等人在當時均擔任黨政或文化部門的重要領導職位。《魯迅選集》有三冊，《郭沫若選集》有兩冊，其他作家均為一冊，體現了他們的地位。在作家陣容裏，魯迅、郭沫若、聞一多、朱自清等都屬於新文學第一個十年的作家；茅盾、巴金、丁玲、老舍、曹禺、蔣光慈、殷夫、艾青等是在第二個十年成名的。不僅如此，入選作家都屬於黨員或左翼作家、革命文藝家、烈士或民主戰士，自由主義作家、資產階級作家或所謂反動作家無一入選。這樣的陣容，體現了「編委會意圖建構以左翼文學為主導的『五四』新文學史的設想」〔註94〕。還有一位趙樹理，則是 1942 年以後成名的作家，本不在「選集」範圍之內，他的入選，帶有連接 1942 年前後新文學的作用〔註95〕。

〔註94〕陳改玲：《重建新文學史秩序：1950～1957 年現代作家選集的出版研究》，人民文學出版社 2006 年版，第 33 頁。

〔註95〕參見陳改玲：《重建新文學史秩序：1950～1957 年現代作家選集的出版研究》，人民文學出版社 2006 年版，第 48～57 頁；另見袁洪權：《開明版〈趙樹理選集〉梳考》，《文學評論》2013 年第 1 期。

「新文學選集」的篩選十分嚴格，要經歷多個環節把關。除《魯迅選集》和《瞿秋白選集》外，各選集由作家本人選擇或他人代選。與「中國人民文藝叢書」按作品來編排不同，「新文學選集」是依據作家來編選集，基本上每位作家都有不同體裁的作品入選，甚至文學批評類的文章也會收入，大體上也會涵蓋不同階段的創作，因而可以更為全面地展現作家的風貌與成就。但是這種選擇並不是完全依據作家本身的創作情況，而是要把作家重塑為時代所需要的形象，這體現在篇目的選擇、體裁的側重、選文的比例、選文所體現的作家的心路歷程與思想轉變等，因而大部分選集的重心都在作者後期的作品。此外作者小傳、選集序言也會對作家的形象與成長歷程進行概括，以引導讀者的閱讀。這正是香港持恒函授學校《文學作品選讀》思路的延伸。

「新文學選集」對待小傳與序言是十分慎重的，它們要起到對作家概括、定位的作用，要表現出作家從具有民主思想到轉變為革命家、民主主義戰士的成長道路；同時，作家走向現實主義的創作道路又是與這種革命道路是高度一致的。殷夫作為革命烈士，他的選集就極受重視。《殷夫選集》有兩篇序言，一篇是馮雪峰所作，是對左聯五烈士及其他烈士的緬懷與致敬；另一篇是丁玲的序，表達的是對這樣一位「年青」、「富有革命熱情」、「有力量」的革命詩人的敬意。〔註96〕這正體現了革命作家創作的意義：既是戰鬥的武器，也能教育民眾，還展現了未來的光明前景。而阿英所作《殷夫小傳》，則將詩人的創作道路緊密融入其成長戰鬥的歷程，展現了一位革命作家短暫而輝煌的一生。這樣的思路基本上體現在所有革命作家的序言與小傳中。

對於非黨員的民主主義戰士，小傳、序言的寫法就有所不同，會涉及到作家的內心矛盾、苦悶、局限，但仍然側重於作家的成長與戰鬥歷程，尤其偏重於作家最終深入人民、走向革命的人生選擇。李廣田對聞一多、朱自清著作的編選就體現了這一特點。他在序言中指出，「聞先生是詩人，是學者，是民主鬥士」，「聞先生的道路是曲折的，是充滿了矛盾，又終於克服了種種矛盾而向前邁進的」。這是一個總的基調與定位，他進而認為「從這樣一個選本中，雖然不能看到聞先生的全部成就，但從此也可以看出聞先生的轉變過程和發展方向」，他不是只做一個文藝家，而是獻身於民主事業，這才是「最壯麗的詩

〔註96〕丁玲：《序——讀了殷夫同志的詩》，新文學選集編輯委員會編：《殷夫選集》，開明書店1951年版，第17～18頁。

篇」、「最好的英雄形象」〔註97〕；李廣田在《朱自清選集》中選入相當多的雜論和批評文章，因為「從這一輯，可以看出朱先生的進步，可以看出他如何改造自己，堅定自己，並把自己的生命和用生命所創造的一切都獻給了人民」〔註98〕。

已故作家或烈士基本上都有歷史定論，小傳與序言的論述困難不大，但健在作家自己撰寫的序言就比較複雜。他們經歷了新舊兩個時代，但「新文學選集」卻是要輯錄「舊作」，如何看待「昨日之我」和「舊作」，成為每位健在作家要解決的問題。郭沫若的成就與地位自不待言，但他就覺得「自己來選自己的作品，實在是很困難的事。每篇東西在寫出或發表的當時，都好像是得意之作，但時過境遷，在今天看起來，可以說沒有一篇是能夠使自己滿意的」，因為他認為自己是個「即興詩人」〔註99〕。不過在序言裏，郭沫若強調了自己棄醫從文以及轉向革命的經歷，這又表現出對自己投身革命文藝的肯定，以此來重新確立所選舊作的價值。郭沫若對自己作品的不滿，自然有50年代的時代原因，但或許更多地是歷史上很多作家共有的「悔其少作」之心。相比之下，其他的很多作家更傾向於自我否定乃至批判，因為他們認為自己沒有同工農相結合，沒有深入人民，沒有克服自己的小資產階級情緒等。《田漢選集》未能出版，田漢後來是這樣解釋的：「當1950年新文學選集編輯委員會編選五四作品的時候，我雖也光榮地被指定搞一個選集，但我是十分惶恐的。我想——那樣的東西在日益提高的人民的文藝要求下，能拿得出去嗎？再加，有些作品的底稿和印本在我流離轉徙的生活中都散失了，這一編輯工作無形中就延擱下來了。」〔註100〕

作品散失顯然不是一個充分的理由，田漢在這裡的表態，更多地是對「舊日之我」和「舊作」的不滿意。詩人艾青也表示：「由於長期的流浪與監禁，也由於長期過的是自由生活，我對於中國社會的瞭解，和對於勞動人民的認識都是不夠深刻的。在我的詩裏，有時也寫到士兵和農民，但所出現的人物常常

〔註97〕 李廣田：《序》，新文學選集編輯委員會編：《聞一多選集》，開明書店1951年版，第7～25頁。

〔註98〕 李廣田：《序》，新文學選集編輯委員會編：《朱自清選集》，開明書店1951年版，第7頁。

〔註99〕 郭沫若：《自序》，新文學選集編輯委員會編：《郭沫若選集》（上冊），開明書店1952年版，第7頁。

〔註100〕 田漢：《〈田漢劇作選〉後記》，《田漢論創作》，上海文藝出版社1983年版，第151頁。

是有些知識分子氣質的，意念化了的。」〔註101〕

　　過去有種看法是認為 20 世紀 50～70 年代作家的批評與自我批評緣於外在的壓力，但如今看來，這裡面也有作家真誠地剖析自我、追求進步的一面。因此，對於健在作家而言，他們認為自己轉向革命、奔赴延安之後「才算真正看見了光明」〔註102〕。

　　基調與定位既然已經明確，體裁與篇目的選擇也就可以確定。就實際編選情況看，選家是在作家創作實際與時代需要之間尋找著平衡點或側重點。「新文學選集」中的篇目，依體裁或階段分輯，詩歌作品可以占到一輯篇幅的，可以視為詩人。但是這樣的情況不多，只有郭沫若、聞一多、朱自清、殷夫、艾青 5 人。實際情況顯然並非如此。胡也頻就出版過《也頻詩選》，但「他幾乎所有的詩篇都在為愛情而歌唱」〔註103〕，這樣的作品顯然不利於展現一個革命者的形象，因而丁玲在編選時就只選了他後期的小說而不選詩歌。再如蔣光慈，本來是作為一位左翼詩人而登上文壇的，但是黃藥眠在編選《蔣光慈選集》時，就只選小說而完全沒有選他的詩，雖然他說「因為限於篇幅，他的詩，只好都割愛了」，但可以看看黃藥眠的編選標準：「它必須反映若干基本的客觀的歷史真實，表現出當時的時代精神，在當時已發生了很大的影響，而在今天又還有教育意義的。此外是它在作者作風上有代表的意義的，或是它在某方面能說明作者的生平史蹟，帶有自敘傳性質，而有助於我們對他的瞭解的。」〔註104〕但其實蔣光慈的詩歌作品是滿足這些條件的，黃藥眠在序言中也論及蔣光慈的《哀中國》與《中國勞動歌》。或許在更深的層面，黃藥眠是要突出蔣光慈作為一位戰士的成長歷程以及他對革命、光明持有的堅定信念，但是從《新夢》到《哀中國》，蔣光慈是「從光明回到暗黑」，更多地是「悲哀傷感與失望了」〔註105〕。

　　李廣田在編選聞一多與朱自清的選集時，雖然選入了詩歌作品，但側重點

〔註101〕艾青：《自序》，新文學選集編輯委員會編：《艾青選集》，開明書店 1952 年版，第 9 頁。

〔註102〕同上，第 7 頁。

〔註103〕謝冕：《中國新詩史略》，北京大學出版社 2018 年版，第 140 頁。

〔註104〕黃藥眠：《序》，新文學選集編輯委員會編：《蔣光慈選集》，開明書店 2015 年版，第 23～25 頁。

〔註105〕阿英：《現代中國文學作家》，《阿英全集》（第 2 卷），安徽教育出版社 2003 年版，第 90 頁。

在兩位作家的雜文與學術文章，他明確表示「在文選中，較多地選取了後期的雜文，因為這些文字是富有戰鬥性的，是聞先生的一種鬥爭武器，是聞先生道路的終點，也就是最高點」〔註106〕，朱自清也是如此。在李廣田看來，這些雜論是他們後期的作品，也是他們人生的巔峰。因此，李廣田選了聞一多的詩歌有33首，但文章也多達25篇；選朱自清詩歌7首，散文與雜論各16篇。不僅如此，出於需要，李廣田甚至還刪改了聞一多《最後一次的講演》的部分文字。這種刪削、修改乃至重寫在當時也是十分常見的〔註107〕。修改舊作，被認為是緊跟時代步伐，「這一種寫作態度，儘量做到更使人民有益的態度，是值得我們頌揚的」。〔註108〕

就詩歌而言，從作家所處時代及發展看，郭沫若、朱自清、聞一多、殷夫、艾青構成了一條新詩史的脈絡；另一方面，他們的詩歌入選數量分別為46首、7首、33首、15首、46首，位次變成郭沫若、艾青、聞一多、殷夫、朱自清。這大體上反映出時代對詩人的評判依據：詩人的立場、傾向、作品影響力及實際水準等。郭沫若代表了第一個十年的新詩成就，朱自清、聞一多、殷夫代表了第二個十年，艾青則是這樣劃分自己的創作歷程的：「國民黨統治的白色恐怖時期；抗日戰爭時期初期；延安時期」〔註109〕。赴延安之前的作品收錄更多一些，代表了他在1937至1942年間的成就，因而艾青可以代表第三個十年的新詩成就。

不過，涉及到具體詩篇的選擇，選家還是頗費了一番工夫。聞一多的詩歌創作大體上以詩集《紅燭》《死水》分為前後兩期，李廣田所選兩部詩集的作品數量持平，這就能夠較全面的反映出詩人的創作歷程與成就〔註110〕。艾青在編選自己的詩集時收錄前期作品較多，也是因為他深感自己對於現實和勞

〔註106〕 李廣田：《序》，新文學選集編輯委員會編：《聞一多選集》，開明書店，1951
　　　　　年版，第7頁。
〔註107〕 陳改玲：《重建新文學史秩序：1950～1957年現代作家選集的出版研究》，人
　　　　　民文學出版社2006年版，第176～199頁。
〔註108〕 冷火：《新文學的光輝道路──介紹開明書店出版的「新文學選集」》，轉引自
　　　　　陳改玲：《重建新文學史秩序：1950～1957年現代作家選集的出版研究》，人
　　　　　民文學出版社2006年版，第189頁。
〔註109〕 艾青：《自序》，新文學選集編輯委員會編：《艾青選集》，開明書店1952年
　　　　　版，第7～8頁。
〔註110〕 陳改玲：《重建新文學史秩序：1950～1957年現代作家選集的出版研究》，人
　　　　　民文學出版社2006年版，第147～148頁。

動人民的認識不夠深刻，雖然也想努力表現新人，寫士兵和農民，但他自己也感覺寫得不成功〔註111〕。這很容易讓人聯想到他創作的《吳滿有》等詩篇，而這些作品都沒有選入其中。

　　郭沫若以詩成名，第一部詩集《女神》又被視為新詩的奠基之作，因此，著眼於作家的後期作品的思路在郭沫若這裡顯然行不通。郭沫若編選自己的詩歌，一方面覺得一無可取，另一方面他對舊作卻表現出不少的偏愛，但在挑選舊作時又表現得非常複雜。根據商金林的統計，選集中選詩46首：「選自詩集《女神》的10首；選自詩集《星空》的10首；選自詩集《前茅》的11首；選自詩集《恢復》的8首；選自詩集《戰聲集》的3首；選自詩集《蝴蜨集》的2首；選自日記《蘇聯紀行》的1首；選自『集外』的1首。」〔註112〕一方面《女神》在選集中份量極重，它是郭沫若的成名作，在新詩史、新文學史上有著崇高的地位，郭沫若的地位由此奠定；另一方面，《女神》入選的比例還是偏低，《天狗》《匪徒頌》等具有代表意義的作品沒有選入，這與時代環境的變化有關。此外《瓶》中的詩作表現出詩人的苦悶、矛盾，沒有選錄一首；《星空》《前茅》《恢復》克服了個人主義的局限，為時代而歌唱，選入的詩歌數量也極多。因此，「實際選輯自己的作品時，郭沫若強調了自己作為詩人、散文家和戲劇家的身份，努力塑形自己作為進步作家的身份」。〔註113〕

　　這裡面特別值得注意的是《鳳凰涅槃》，郭沫若在選集中把它放在首位，可見他對這首長詩的重視。這首詩如今已被視為新詩的經典之作，也是郭沫若詩歌的代表作之一。但是，方長安等學者通過統計卻發現，1949年以前收錄郭沫若詩歌的25個新詩選本，沒有一部選錄這首詩，包括朱自清主編的《中國新文學大系·詩集》。這其中的原因很複雜，既涉及選家趣味、眼光與編選標準，也有詩歌體裁、篇幅的問題，還與詩壇風氣、時代心理等相關。《鳳凰涅槃》在當時的新詩中屬於新異之作，被冷落也是必然。但是進入50年代，「對《鳳凰涅槃》的解讀突出了愛國的思想傾向和革命性的精神主旨」，詩人自己聲稱它意味著中國的再生，王瑤的《中國新文學史稿》也把它與「新生的

〔註111〕 艾青：《自序》，新文學選集編輯委員會編：《艾青選集》，開明書店1952年版，第8～9頁。
〔註112〕 商金林：《郭沫若建國初期對詩集〈女神〉的篩選》，《南京師範大學文學院學報》2011年第4期。
〔註113〕 袁洪權：袁洪權：《開明版〈郭沫若選集〉梳考》，《郭沫若學刊》2013年第4期。

中國和新生的民族」聯繫起來，因而《鳳凰涅槃》獲得了包括郭沫若本人在內的選家前所未有的重視〔註114〕。雖然這是一種有意的誤讀，但以這種方式而使得湮滅許久的傑作重獲新生，有其歷史的合理性，同時也是時代變遷背景下新詩經典化的新現象。〔註115〕

據陳改玲統計，人民文學出版社成立後，先期出版了一些現代作家作品的單行本，進而在1952年集中出版中國現代作家選集，1952年9月至1957年12月，共推出45位作家的選集45種。除「新文學選集」中的18位作家外，另收入27位作家〔註116〕。這一次的編選，既有對開明版「新文學選集」的承續，但也表現出一些新的特點。不僅如此，由於1952～1957年政治風雲的變幻不定，現代作家選集的出版也呈現出極為複雜的局面。這可以從兩個方面來看：一是編選範圍的擴大與變化不定，二是對入選作品的篩選與修改依然嚴格。

人民文學出版社的編選與出版，首先是以開明版「新文學選集」為參照與基礎，並且它與「新文學選集」一樣，都是以黨的文藝政策為依據，作家作品的思想傾向與政治立場仍為首要條件，但在此條件下又呈現出一定的靈活性。這一次的出版，不再像開明書店版那樣有統一的裝幀設計和體例，同時也擴大了入選作家的陣容，雖然仍以左翼作家為主，但進步作家的比例提高了，吳祖緗、冰心、葉聖陶、王魯彥、靳以、丁西林、馮至、吳祖光、王統照、豐子愷等都得以入選。「新文學選集」原定的24位作家中，除趙樹理、洪靈菲、郭沫若、許地山、瞿秋白、張天翼6位作家外，人民文學出版社都為他們出版了選集。

〔註114〕郭沫若在創作這首詩的時候就想到把鳳凰涅槃與中國重生聯繫起來，這種說法早已受到質疑，不少學者認為這應該是一種事後追認（包括郭沫若自己）的做法，也是一種（有意的）誤讀。除了時代的原因外，還有《女神》的修改與版本變遷等因素。可參見蔡震：《文學史閱讀中的〈女神〉版本及文本》，《郭沫若學刊》2013年第2期；余薔薇：《郭沫若新詩史地位形成中的〈女神〉版本錯位問題》，《文藝爭鳴》2014年第5期；咸立強：《建國後〈女神〉的文學史闡釋與現代新詩發展脈絡的重構》，《海南師大學報》2017年第6期；武楚璠：《〈女神〉版本研究的回顧與思考》，《郭沫若學刊》2019年第2期；魏建：《〈女神〉研究的三大教訓》，《首都師大學報》2019年第3期，等等。
〔註115〕方長安、仲雷：《〈鳳凰涅槃〉在民國選本和共和國選本中的沉浮》，《福建論壇》2016年第7期。
〔註116〕陳改玲：《重建新文學史秩序：1950～1957年現代作家選集的出版研究》，人民文學出版社2006年版，第66～67頁、第254～255頁。

　　1953 年 9～10 月，第二次文代會召開後，形勢有了進一步的變化。蘇聯的社會主義現實主義被奉為創作的最高準則，對於「五四」也有新的闡述，即將社會主義現實主義追溯到「五四」時期。被納入革命宏大敘事中的「五四」以來的新文學，地位得到了進一步的提升。這對於新文學選集的擴展倒是一件好事。「雙百」方針提出後，沈從文、戴望舒、廢名等也有選集出版，沈從文在建國前被批判為反動文人，戴望舒屬於所謂形式主義流派，廢名則始終在新文學主流之外。他們的選集得以出版，意味著在當時相對寬鬆的環境下文藝界對非主流作家的「發現」與「回收」〔註 117〕。

　　在「新文學選集」中選入詩作而可以視為詩人的作家不多，只有郭沫若、朱自清、聞一多、殷夫、艾青 5 人。到了現代作家選集出版時情況有了變化，朱自清、聞一多、殷夫、艾青仍然入選，另有新的詩人加入：馮至、臧克家、何其芳、戴望舒以及「湖畔派詩人」汪靜之、應修人、潘漠華等，詩人詩作的數量較「新文學選集」是大大地擴展了，甚至徐志摩的選集也被納入出版計劃。就作品而言，「新文學選集」中艾青詩歌有 46 首，人民文學出版社的《艾青詩選》則達到了 72 首。不僅如此，有的作家被收錄的作品體裁也擴展了，如「新文學選集」中《蔣光慈選集》只收小說，但是作為現代作家選集的《蔣光慈詩文選集》分了四輯，有三輯都是詩歌，一輯為小說。這樣的安排，對於展現作為革命詩人的蔣光慈是合理的。

　　不過，如果據此就認為當時的新文學編選是自由、開放的，那顯然不符合實際。當時的編選仍然十分嚴格，除了出版社、編輯、總編等，還有外部環境的壓力等。徐志摩的選集就歷經一波三折而終未能出版。陳改玲對這一事件進行了細緻的梳理和分析：《詩刊》1957 年第 2 期刊登了曾為「新月派」詩人陳夢家的文章《談談徐志摩的詩》，介紹了徐志摩的詩集《志摩的詩》《翡冷翠的一夜》《猛虎集》《雲遊》，陳夢家認為徐志摩追求個性自由、揭露舊社會，作品清新活潑，有對於民眾和勞工的同情等〔註 118〕。他在這裡盡力避免了所謂形式主義、資產階級的問題，而更多地將徐志摩納入到主流敘事所能包容的範圍內。這本是為人民文學出版社即將出版的《志摩詩選》所作的代序。但是「反右」開始後，這些辯解被人民文學出版社社長王任叔（巴人）所否定，「形式主義」「資產階級」的帽子又回到了徐志摩頭上。不過巴人表示他「並不完全

〔註 117〕　洪子誠：《1956 百花時代》，山東教育出版社 1998 年版，第 35 頁。
〔註 118〕　陳夢家：《談談徐志摩的詩》，《詩刊》1957 年第 2 期。

否定徐志摩在新詩上的一定的成就，並且也不反對出版社出版他的詩的選集。在徐志摩的四冊詩集裏，也有一些好詩。……他那表現資產階級的人道主義的詩，對今天的讀者說來，也不至於有害，同時，讀者也還可以從它們看出一些時代的影子」〔註119〕。然而，《志摩詩選》最後還是未能出版。〔註120〕

《戴望舒選集》於1957年4月出版，而艾青所作《望舒的詩》作為序言，與陳夢家的《談談徐志摩的詩》同時發表在當年《詩刊》第2期上。艾青也是小心翼翼地對戴望舒加以述評，他批評了戴望舒的「頹廢」、「傷感」、迴避「時代的洪流」、「虛無主義」以及從關注現實到避世虛無的反覆與搖擺，但他從現代口語這一點上肯定了戴望舒詩歌寫作「給人帶來了清新的感覺」，並且強調了抗戰爆發後戴望舒的奮起，從而將他的一生總結為「從純粹屬於個人的低聲的哀歎開始，幾經變革，終於發出戰鬥的呼號」，「望舒所走的道路，是中國的一個正直的、有很高的文化教養的知識分子的道路」〔註121〕。經過這樣的論證，戴望舒入選的合理性得以確立起來。但是到了1958年，形勢急轉直下，蔡師聖在《詩刊》第8期發表《略談戴望舒前期的詩》，對於艾青的觀點進行了否定，戴望舒又被貼上「反動」、「資產階級」等標籤，連帶艾青也遭到了批判。

《戴望舒選集》選入詩人早期的《望舒詩稿》作品23首，後期《災難的歲月》詩歌20首，看上去是前後期持平，但其實《望舒詩稿》初版本有作品59首，《災難的歲月》初版本只有25首詩歌，後期詩歌入選比例遠大於前期，目的還是凸顯作家們走上革命道路、成長為革命戰士的歷程與結果。在這一點，現代作家選集與「新文學選集」並沒有什麼不同〔註122〕。

不僅如此，入選的作家也受到區別對待。同為詩人，艾青與臧克家的待遇就是不一樣的：1955年1月人民文學出版社出版了《艾青詩選》，而在前一年即1954年1月，作為人民文學出版社副牌的作家出版社出版了《臧克家詩選》。前者分四輯，收入72首詩，其中包括4首長詩；後者沒有編次，只有37

〔註119〕巴人：《也談徐志摩的詩》，《詩刊》1957年第11期。
〔註120〕相關論述參考陳改玲：《重建新文學史秩序：1950～1957年版現代作家選集的出版研究》，人民文學出版社2006年版，第87～92頁；另參見袁洪權：《巴人與陳夢家的文字交鋒》，《中華讀書報》，2014年6月11日。
〔註121〕艾青：《望舒的詩》，《詩刊》1957年第2期。
〔註122〕陳改玲：《重建新文學史秩序：1950～1957年現代作家選集的出版研究》，人民文學出版社2006年版，第171～172頁。

首詩，其中長詩 1 首（《六機匠》）。臧克家後來對此表達了極度的不滿，他感覺自己「遭到作家出版社的冷遇，甚至可以說是侮辱。我寫了二十八年詩，只選了三十幾首」〔註123〕。結合時代背景其實很好理解：艾青是黨員作家，奔赴延安後成為解放區文藝界的重要代表；臧克家不是黨員，是從國統區來的作家。不一樣的身份與經歷，在當時就有了不同的命運。

但是到了 1956 年 11 月，人民文學出版社重新出版《臧克家詩選》，就與此前有了很大不同，臧克家的詩選得以再版並增訂，這顯然與當時「雙百」方針提出後的寬容氛圍有關。再版與初版相比，容量急劇擴大，選入詩歌多達 94 首，與初版簡直是天壤之別。臧克家在「序」中開篇就說：「這是我的『詩選』的一個增訂本，比起一九五四年出版的第一個版本來，它的內容是擴大了。」〔註124〕簡單的一句話，包含著很深的感慨。不過，無論是初版本還是再版本，《臧克家詩選》都是以他 1944 年出版的《十年詩選》為底本，同時在詩選中，《烙印》《罪惡的黑手》《泥土的歌》《生命的零度》4 部詩集選入的詩歌最多。從中可以見出臧克家對於自己早期詩集的珍愛，這是他詩歌生涯從出發到成熟的一段歷程，具有特別重要的意義，是他詩情勃發、詩藝精進的結晶。從 1954 年到 1982 年，《臧克家詩選》有四個不同的版本，但都是以《十年詩選》為底本。其中 1933 年出版的《烙印》（收入詩歌 22 首）又有著特別重要的地位。從 1954 年《臧克家詩選》看，《烙印》中詩歌入選最多、占《十年詩選》的比例最大、占整部詩選的比重也最高。該版本的《臧克家詩選》從《烙印》中選錄詩歌 10 首，占《烙印》的比例近一半，占詩選的比例超過 1/4，是選收詩歌最多的一本詩集，1956 年的版本在此基礎上又增加了 4 首。《烙印》是臧克家的第一部詩集，也是他的成名作，詩人對它有著特殊的感情。因此，雖然《烙印》及其他三部詩集都出版於建國之前，但是在《臧克家詩選》中佔了主導地位，也就是可以理解的了。

與臧克家的詩選實現擴展不同，不少詩人的選集出版時都是「縮水」的，有不少作品還進行了修改，並且這種縮水與修改還帶有詩人自覺的成分，不能完全視為外部的施壓。馮至在選錄自己的詩文時就深感自己的作品流於「狹窄的情感、個人的哀愁」，「自己的認識不夠」，沒能寫出反映現實、對人民有益

〔註123〕臧克家：《個人的感受》，《文藝報》1957 年 5 月 26 日。袁洪權的《〈臧克家詩選〉四種版本梳考》（《平頂山學院學報》2014 年第 3 期）對此有深入論述，可參看。

〔註124〕臧克家：《序》，《臧克家詩選》，人民文學出版社 1956 年版，第 1 頁。

的作品。至於被視為馮至詩歌創作巔峰的十四行詩，他更是一首都沒有選，因為他認為這些作品「受西方資產階級文藝影響很深，內容與形式都矯揉造作」〔註 125〕。

刪削作品相對還是容易，修改作品的難度就更大一些。「新文學選集」中《聞一多選集》就經過了李廣田的修改，而到了現代作家選集這裡，修改作品的情況仍很常見，這也是當時形勢的需要。專心做情詩的汪靜之的《蕙的風》1922 年由亞東圖書館出版，收詩 165 首，有朱自清、胡適、劉延陵所作序言及作者自序，當年這部詩集問世時還引發了一場論爭。時過境遷，1957 年人民文學出版社出版汪靜之的選集時，他首先想到的是「這些詩今天沒有再印的必要」，但因為要作為史料而留存，於是他按照「只剪枝，不接木」的原則進行了大刀闊斧的刪削，《蕙的風》裏的詩篇刪去了 2/3，只剩下 51 首。另外再把詩集《寂寞的國》刪去 1/3，剩 60 首，他把兩部經過刪削的詩集合為一冊，仍以《蕙的風》之名出版〔註 126〕。不僅如此，原書的序言全部被捨棄，代之以作者所寫的新序言，詩作的順序也重新做了編排。

其實汪靜之不僅是剪了枝，他還對舊作進行了修改，這一點更值得注意。修改的原因是《蕙的風》「多數是自由體，押韻很隨意」，「又因不懂國語，押了很多方言韻」，所以他既補韻，也改正了方言韻，另外有少量的刪補。這裡看似只涉及語言問題，其實背後涉及到時代對於新詩的看法與要求：汪靜之覺得自己的詩「思想淺薄，技巧拙劣」，因為他自己當初「錯誤地認為必須把學過的舊詩拋棄乾淨（事實上仍不免有一點影響），徹底向新詩特別是向翻譯詩學習」。〔註 127〕事實上，向民間學習、繼承傳統，正是文藝界貫徹國家意志而提出的要求，汪靜之否定自己的作品（特別是愛情詩），正是源於這一點。因此，他還對作品進行了修改，不僅要符合民族國家共同語的要求，還要向押韻的民歌體靠攏。

此外，即使是之前入選過「新文學選集」的作家，在人民文學出版社編選的過程中，作品也會面臨著調整、改換的可能，而這又往往與編選者的境遇是牽扯在一起的。與《蔣光慈選集》相比，《蔣光慈詩文選集》除了大量選錄詩作，對於小說部分的篇目也進行了調整，《衝出雲圍的月亮》被刪去。不僅如

〔註 125〕馮至：《序》，《馮至詩文選集》，人民文學出版社 1955 年版，第 1 頁。
〔註 126〕汪靜之：《自序》，《蕙的風》，人民文學出版社 1957 年版，第 1 頁。
〔註 127〕同上，第 1～3 頁。

此，在《蔣光慈選集》的編者黃藥眠被打成右派後，1960 年《蔣光慈詩文選集》第二次印刷，黃藥眠所寫的序言、小傳和年表都被捨棄，代之以孟超的前言。孟超從政治的角度猛烈批判黃藥眠對左翼文學的「歪曲和不屑一顧的態度」，指責他攻擊和貶低了蔣光慈作品的革命意義。〔註 128〕因此，表面上是選集的編選出版，其背後映像的正是時代風雲的變幻，其中的種種變化，都是時代大環境改變的表現。但客觀地講，「新文學選集」與現代作家選集的出版，仍然為「五四」以來新文學的經典化起到了積極的作用，這一點是值得肯定的。

第三節　《中國新詩選（1919～1949）》對中國現代新詩史的建構

　　1956 年 8 月，《中國新詩選（1919～1949）》問世。這部選本是由臧克家編選，中國青年出版社出版。這是新詩史上的一件大事，它是新中國歷史上最早、也是 1950～1970 年代發行最廣、影響最大的綜合性新詩選本，它對中國現代三十年新詩史的建構、對詩人詩作的重新排定，都產生了深遠的影響，也受到了當今研究者的重視。根據袁洪權的統計，《中國新詩選（1919～1949）》初版精裝本印數 20000 冊，再版時印數 25000 冊，到 1979 年 9 月第 5 次印刷時，總印數高達 142000 冊〔註 129〕。因此，它對中國現代新詩的傳播起到了巨大的作用。當然，這個選本的情況十分複雜，其序言《「五四」以來新詩發展的一個輪廓》就有四個版本，而選本也有 1956 年 8 月的初版、1957 年 3 月的再版、1979 年 9 月的三版這樣三個不同的版本，值得深入探討。需要指出的是，雖然第 3 版是在 1979 年 9 月出版，但與第 2 版相比，總體上沒有大的變化，而且從序言與編選情況看，仍然與初版、再版一樣，在遵循意識形態的前提下敘述新詩史、遴選詩人詩作，思路沒有發生根本性轉換，因而本節會把這些版本都納入考察的視野。

　　1950～1970 年代中國的文化出版事業是由國家掌控並分配資源與任務的，因而《中國新詩選（1919～1949）》的出版，是作為一項國家的任務而提出的，雖然編選者是臧克家，但該選本顯然首先必須體現國家意志。因而「臧

〔註 128〕　參見陳改玲：《重建新文學史秩序：1950～1957 年現代作家選集的出版研究》，人民文學出版社 2006 年版，第 161～164 頁。

〔註 129〕　袁洪權：《〈中國新詩選（1919～1949）〉的版本、編選與代序修訂》，《現代中文學刊》2014 年第 5 期。

克家」這個符號並不指向作為個人的臧克家，而是他的職務、身份以及他對國家意志的執行。這是當時幾乎所有選集與選本都具有的特點。當然我們也應該看到，在服從服務於國家需要的前提下，編選者也會有個人的一定空間，將自己對新詩史的理解、對詩人詩作的感受，或隱或顯地滲入到選本之中。

新中國成立後，對於「五四」至 1949 年 30 年來中國現代文學史的敘述與總結，成為國家賦予文學研究者的一項任務，而廣大人民希望瞭解並閱讀新文學的需求，也推動著新文學史研究與選本編纂。大尹是這樣介紹《中國新詩選（1919～1949）》的緣起的：「青年朋友對於詩歌有著強烈的愛好。解放以來，他們對詩歌的興趣與日俱增。他們不但喜歡現代的詩歌，也喜歡我國古典的以及『五四』以來的詩歌。因為廣大青年知識不足，時間有限，無法閱讀所有我國古典的和『五四』以來的優秀文學作品（包括詩歌），因而，他們迫切希望有經驗的文藝工作者，能把過去的（特別是『五四』以來的）小說、劇本、散文和詩歌，分別為他們編選幾本，使他們在有限時間內，初步瞭解這個時期創作的基本情況」〔註 130〕。但是就此事與一些作家商談時，「有的抽不出時間；有的覺得對過去的詩人和作品尚無定論，在取捨上非常為難，很難搞出一個完美無缺的選本」〔註 131〕。

大尹的這段話透露出的信息意味深長：一是編選該選本最初的人選並非臧克家，二是青年們的強烈渴求與實際操作上的困難形成了鮮明對比。在提及的兩點困難中，後一點或許才切中要害。也就是說，當時的新文學史與選本，不可能是僅僅描述新文學的歷史，更重要的是要進行重塑，將「五四」以來的新文學，塑造為以「五四」運動為起點、反帝反封建的新民主主義文學，並且最終發展為新中國的人民的文學，這樣才符合國家意志。王瑤的《中國新文學史稿》成為填補空白之作，但它所遭受的批評也正是時代氣候的反映。事實上臧克家在接手編選任務之前，對於其中的困難已經有了很深的體會。王瑤在《中國新文學史稿》（上冊）的序言中就提到，1950 年臧克家曾給他寫信表示：「教新文學史頗麻煩，因係創舉，無規可循，編講義，查原始材料，讀原著，出己見，真不是一件輕易的工作。」〔註 132〕可見當時臧克家對王瑤開創新文學史課程的艱難已有體認，而 1952 年 8 月 30 日召開的關於該書的座談會，臧克家也在出席名單中。

〔註 130〕大尹：《有關〈中國新詩選〉的幾件事》，《讀書月報》1956 年第 10 期。
〔註 131〕大尹：《有關〈中國新詩選〉的幾件事》，《讀書月報》1956 年第 10 期。
〔註 132〕王瑤：《自序》，《中國新文學史稿》（上冊），開明書店 1951 年版，第 2 頁。

這場座談會實際開成了一場批判會，這對他後來的編選工作必然產生影響。就臧克家本人的資歷而言，他也需要自覺地與國家意志保持一致：因為他不是共產黨員，解放前在國統區而非解放區，1949 年經由香港到達北平，先後任華北大學三部文學創作研究室研究員、《新華月報》「文藝欄」主編、人民出版社《新華月報》編輯室編審，1956 年在周恩來的關懷下調任中國作協書記處書記，1957 年開始任《詩刊》主編。〔註 133〕種種因素糅合在一起，臧克家變得十分敏感，前述《臧克家詩選》初版本引起他強烈的不滿就是一個顯著的例子。

因此，新詩的編選工作是一項十分艱巨的任務，根據大尹與臧克家的描述，這項工作花了一年多的時間才得以完成。而且在編選工作開始前，最重要的就是確立指導思想——編選的原則、宗旨與標準等，這些體現在臧克家所寫的「代序」——《「五四」以來新詩發展的一個輪廓》中，不過這篇長文本身的情況又是十分複雜的。這篇文章本來是他應《文藝學習》雜誌的邀請而寫，主要是為滿足當時青年讀者瞭解「五四」以來新文學成就的需要。該文完成於1954 年 11 月 14 日，分上、下兩部分發表於《文藝學習》1955 年第 2 期、第3 期，它本來是一篇論述新詩史的文章。

與其他的新文學史著述一樣，臧克家的文章也首先標舉了兩個原則：一是將新詩的歷史與發展進程描述為由「中國人民在共產主義思想影響之下以反帝反封建去取得民族的解放與自由這一基本要求所決定」，二是「內容決定形式」，因而新詩的思想內容、主題、立場遠比形式技巧重要，現實主義則成為最重要的原則與方法〔註 134〕。這兩點既成為臧克家敘述新詩史的總綱，也成為他編選新詩的指導思想。因此，他把中國新詩的起點設定為 1919 年，下限則為 1949 年，30 年的新詩史分為四個階段：1919～1921 年的新詩革命階段（「五四」運動前的「文學革命」也做了交代）；1921～1927 年「革命文學」時期的新詩；1927～1937 年革命深化時期的新詩；1937～1949 年抗戰與解放戰爭時期的新詩。這些階段的劃分顯然符合主流意見。

每一階段的詩人詩作據此加以評論，分為革命、進步與消極、反動兩類，即使是同一位詩人，也按照其思想發展脈絡進行二分式的論述。因此，第一階

〔註 133〕 馮光廉、劉增人編著：《臧克家研究資料》（上），知識產權出版社 2010 年版，第 6 頁。

〔註 134〕 臧克家：《「五四」以來新詩發展的一個輪廓》（上），《文藝學習》1955 年第2 期。

段的胡適成為「『五四』文學革命統一戰線中右翼代表」，秉承的是「資產階級唯心論」的「形式主義」。而魯迅則成為與胡適對立的光明一面的代表。臧克家寫作這篇文章前發生了全國性的批判胡適運動，他如此評價胡適不足為奇。受共產主義思想影響或追求進步的知識分子得到了肯定，如李大釗、劉大白、朱自清等，而冰心則是「資產階級思想占主要成分的詩人」。不僅如此，由於現實主義得到了最高的評價，臧克家也把郭沫若的浪漫主義傑作《女神》稱為「在整個現實主義文學的領域裏有著劃時代的意義」〔註135〕。這種改變當然是為了抬升《女神》的地位，但與郭沫若的「革命浪漫主義精神」〔註136〕的理論裂縫卻難以縫合，自相矛盾不可避免地出現了。

　　在後面階段的論述中，臧克家仍按既定思路，將「新月派」、「象徵派」、「現代派」打入反動陣營──它們在政治立場上是反動的資產階級，在詩歌領域也反動，因為它們是與現實主義對立的形式主義流派，而郭沫若、蔣光慈、聞一多、殷夫、艾青、田間、袁水拍、李季、阮章競等，則成為正面代表。不僅如此，就論述的篇幅及具體評論而言，臧克家最為認可的詩人是郭沫若、殷夫、艾青，他們既具有堅定的革命思想，藝術創作的成就也無可挑剔。因此，他們在後來的《中國新詩選（1919～1949）》中也就具有了格外突出的位置。

　　當然，如果臧克家的新詩史論述僅限於此，那它也就沒有什麼特色可言。事實上，時代固然可以對新詩史的敘述提出總體原則與要求，史家也可能是自覺地予以認同，但是在具體到對每位詩人每篇詩作的評論時，史家也仍然有很大的空間。臧克家的新詩史敘述，在宏大話語之外，也因其對詩歌的體察，不少論述也具有一定的價值與意義，當然也可能體現出他內心的矛盾。

　　這裡面最值得注意的就是他對待「新月派」、「象徵派」、「現代派」的態度。臧克家固然把它們列為反面典型，但是他花了大量的篇幅加以批判，也恰恰是因為他看到了這些流派在形式、技巧等方面的成就及影響。這三個流派被他全面否定，理由就是兩方面：政治立場反動，是資產階級思想；創作上講求形式主義、逃避現實、頹廢墮落，是反現實主義的。

　　臧克家的批判活力特別集中於「新月派」，這或許有兩個方面的原因：一是他與「新月派」頗有淵源，二是聞一多對他的幫助與影響是很大的。因此，

〔註135〕臧克家：《「五四」以來新詩發展的一個輪廓》（上），《文藝學習》1955年第2期。

〔註136〕同上。

臧克家才尤其需要與「新月派」劃清界限，也需要把聞一多從「新月派」陣營中區分出來。他首先以大段的文字批判了徐志摩和朱湘：「在他們政治思想和文藝思想上，一開始就表現了和無產階級思想和文藝觀的對立。他們和胡適的思想立場是一致的，把革命思想看作『過激』、『功利』；把帶革命性的詩歌看作『惡爛』的爛調，認作是標語派。他們在自己的詩創作上，宣露這種資產階級的個人主義的思想情感，把人們從階級鬥爭裏引開，使讀者們迴避眼前血淋淋的現實，趨向消極甚至反動方面去。」〔註137〕在他看來，雖然徐志摩等人在早期作品裏以資產階級立場而對現實有不滿，但他們終究站在了革命的對立面。臧克家由此對「新月派」進行了清算：「一方面以他們的『超階級』的其實是資產階級的思想和『藝術至上論』模糊人民的階級鬥爭意識，同時以『唯美主義』的形式誘導一般讀者墜入形式主義的泥坑。」〔註138〕在這篇文章中，「象徵派」、「現代派」也是有著同樣的罪狀。

臧克家進而指出聞一多與徐志摩、朱湘等人的差異，強調他「雖然曾經是『新月派』的一分子，但他的情況和徐志摩、朱湘等是不同的」，不同之處就在於聞一多的「愛國主義的精神」〔註139〕。臧克家憑藉著「愛國主義」這最重要的一點，將聞一多從「新月派」中分離出來，為確立聞一多在新詩史上的地位提供條件。

臧克家在評述具體詩人詩作時，在政治立場、思想、題材、內容的大框架之下，也會時時對詩作本身的藝術成就做出較為中肯的評價。雖然這些評價經常是打著大框架的旗號，但其實也多少溢出了大框架的束縛。例如在評價冰心時，臧克家雖然認為她的資產階級思想很濃厚，但也肯定了冰心小詩「經過了比較細密的具體的觀察，所以寫得比較細緻、樸素」，而對於革命的、進步的詩人，也能指出其創作之不足，如蔣光慈初期詩歌「作品的感動力量顯得較弱」，蒲風作品「藝術的錘鍊不夠」，柯仲平的詩歌存在多種調子的混合，感覺「不諧合」，長詩結構「不夠嚴密」，袁水拍的政治諷刺詩有些還流於「浮薄」〔註140〕，諸如此類，這些評論的確富有洞察力。

〔註137〕同上。

〔註138〕臧克家：《「五四」以來新詩發展的一個輪廓》（上），《文藝學習》1955年第2期。

〔註139〕同上。

〔註140〕臧克家：《「五四」以來新詩發展的一個輪廓》（上、下），《文藝學習》1955年第2～3期。

　　有一個細節值得注意：在論及 1942 年以來的解放區詩歌時，臧克家固然對其進行了讚揚，卻沒有像周揚或文學史著作那樣將其樹立為最高典範、中國文藝發展的方向，他更多地是用「新鮮」、「優秀」這樣的較為平實的字眼，而且在提到民歌體新詩時，也沒有像周揚那樣，把它宣揚為唯一的形式。這也可以視為一向提倡散文化創作的臧克家的保留意見，與他為 1956 年《詩選》所作序言形成了呼應：他在序言中提倡散文化的詩歌。或許也正是因為這一點，在他眼中，艾青「在抗戰初期收穫較大，成績最好」〔註 141〕。

　　這篇刊載在《文藝學習》上的文章，是以向青年介紹新文學的普及性讀物的面貌出現的。當它被收入《中國新詩選（1919～1949）》作為代序時，臧克家對其進行了很大的修改。在此以後，隨著《中國新詩選（1919～1949）》再版、三版，它的內容也與選篇一樣，經歷著一再的修改、刪削與替換，這些變化，又正是當時政治氣候與詩人心態變化的折射。下面列出的是三個版本的序言對各位詩人的評價情況〔註 142〕：

	1956 年初版本	1957 年再版本	1979 年三版本
胡適	刪除胡適沒有反帝反封建作品的表述，增加對於《嘗試集》的批判	與初版本相同	對胡適有所肯定
馮至	未提	未提	增加對馮至的評價，肯定他是一位有正義感的知識分子，詩作有自己的風格
徐志摩	仍然批判	一方面批判，一方面也肯定他在藝術表現方面有自己的風格	與再版本相同
朱湘	仍然批判	刪去	刪去
聞一多	增加：聞一多的愛國主義詩作；對新格律的提倡與實驗；以生命所作的反抗	與初版本相同	刪去「愛國主義」的說法
臧克家	新增詩人，對其詩作的成績與不足進行了評述	與初版本相同	與初版本相同

〔註 141〕臧克家：《「五四」以來新詩發展的一個輪廓》（下），《文藝學習》1955 年第 3 期。

〔註 142〕袁洪權對此有深入細緻的分析，可參看。袁洪權：《〈中國新詩選（1919～1949）〉的版本、編選與代序修訂》，《現代中文學刊》2014 年第 5 期。

艾青	與原文的論述一致	與初版本相同	「收穫較大,成績最好」改為「收穫較大,成績優良」
卞之琳	新增詩人,作為「新月派」成員被批判,肯定他抗戰後奔赴解放區寫的《慰勞信集》	與初版本相同	進一步肯定
魯藜	刪去	刪去	刪去
政治諷刺詩	把「其實離『諷刺』的原意已經很遠」的表述改為「不是一般涵義的『諷刺』」	與初版本相同	與初版本相同
袁水拍	刪去「流於浮薄」,增加對其作品的評述,肯定《馬凡陀的山歌》的意義	與初版本相同	刪去袁水拍的名字及對他的評述,僅保留「發生了較大影響的,有《馬凡陀的山歌》,……」

　　由於文字改換的地方很多,不能一一列舉,上表所示,是其中主要的一些修改。這三篇序言對應的是三個版本的詩選,它們之間的變動情況,袁洪權做了非常細緻的列表分析,現引用如下〔註143〕:

姓名	1956年版入選詩作	篇數	1957年版入選詩作	篇數	1979年版入選詩作	篇數	變化情況	備註
郭沫若	《立在地球邊上放號》《地球,我的母親!》《鳳凰涅槃》《爐中煤》《黃浦江口》《天上的街市》《上海的清晨》《詩的宣言》《站立在英雄城的彼岸》	9	《立在地球邊上放號》《地球,我的母親!》《鳳凰涅槃》《爐中煤》《黃浦江口》《天上的街市》《上海的清晨》《詩的宣言》《站立在英雄城的彼岸》	9	《立在地球邊上放號》《地球,我的母親!》《鳳凰涅槃》《晨安》《爐中煤》《黃浦江口》《天上的街市》《上海的清晨》《詩的宣言》	9	《晨安》替換《站立在英雄城的彼岸》	總數未變
康白情	《草兒在前》《朝氣》《和平的春裏》《別少年中國》	4	《草兒在前》《朝氣》《和平的春裏》《別少年中國》	4	《草兒在前》《和平的春裏》《別少年中國》	3	刪《朝氣》	總數減少

〔註143〕袁洪權:《〈中國新詩選(1919~1949)〉的版本、編選與代序修訂》,《現代中文學刊》2014年第5期。

冰心	《繁星》（一二、三、四）《春水》（一、二、三）	2	《繁星》（一二、三、四）《春水》（一、二、三）	2	《繁星》（一二、三、四）《春水》（一、二、三）	2	未變	總數未變
聞一多	《靜夜》《發現》《一句話》《荒村》《洗衣歌》	5	《靜夜》《發現》《一句話》《荒村》《洗衣歌》	5	《靜夜》《發現》《一句話》《荒村》《洗衣歌》《死水》	6	增《死水》	總數增加
劉大白	《賣布謠》《田主來》《成虎不死》《春意》	4	《賣布謠》《田主來》《成虎不死》《春意》	4	《賣布謠》《成虎不死》《春意》	3	刪《田主來》	總數減少
朱自清	《送韓伯畫往俄國》《小艙中的現代》《贈A.S.》	3	《送韓伯畫往俄國》《小艙中的現代》《贈A.S.》	3	《送韓伯畫往俄國》《小艙中的現代》《贈A.S.》	3	未變	總數未變
蔣光慈	《鄉情》《寫給母親》《我應當歸去》《中國勞動歌》	4	《鄉情》《寫給母親》《我應當歸去》《中國勞動歌》	4	《哀中國》《寫給母親》《中國勞動歌》	3	刪《鄉情》《我應當歸去》，增《哀中國》	總數減少
劉復	《餓》《一個小農家的暮》《麵包與鹽》	3	《餓》《一個小農家的暮》《麵包與鹽》	3	《相隔一層紙》《一個小農家的暮》《麵包與鹽》	3	《相隔一層紙》替換《餓》	總數未變
馮至	《蠶馬》《「晚報」》	2	《蠶馬》《「晚報」》	2	《蠶馬》《「晚報」》《那時》	3	增《那時》	總數增加
柯仲平	《告同志》《延安與中國青年》《悼人民藝術家張寒輝同志》《拔掉人民敵人一條根》	4	《告同志》《延安與中國青年》《悼人民藝術家張寒輝同志》《拔掉人民敵人一條根》	4	《延安與中國青年》《悼人民藝術家張寒輝同志》	2	刪《告同志》《拔掉人民敵人一條根》	總數減少
戴望舒	《獄中題壁》《我用殘損的手掌》	2	《獄中題壁》《我用殘損的手掌》	2	《獄中題壁》《我用殘損的手掌》《雨巷》	3	增《雨巷》	總數增加
殷夫	《別了，哥哥》《血字》《一九二九年五月一日》《該死的死去吧！》《議決》	5	《別了，哥哥》《血字》《一九二九年五月一日》《該死的死去吧！》《議決》	5	《別了，哥哥》《血字》《一九二九年五月一日》《該死的死去吧！》	4	刪《議決》	總數減少

卞之琳	《給一位刺車的姑娘》《給西北的青年開荒者》	2	《給一位刺車的姑娘》《給西北的青年開荒者》	2	《遠行》《給一位刺車的姑娘》《給西北的青年開荒者》	3	增《遠行》	總數增加
臧克家	《老馬》《老哥哥》《罪惡的黑手》《春鳥》	4	《老馬》《老哥哥》《罪惡的黑手》《春鳥》	4	《老馬》《罪惡的黑手》《春鳥》《生命的零度》	4	《生命的零度》替換《老哥哥》	總數未變
蒲風	《茫茫夜》《咆哮》《我迎著風狂和雨暴》《母親》	4	《茫茫夜》《咆哮》《我迎著風狂和雨暴》《母親》	4	《茫茫夜》《咆哮》《我迎著風狂和雨暴》《母親》	4	未變	總數未變
蕭三	《瓦西慶樂》《禮物》《送毛主席飛重慶》	3	《瓦西慶樂》《禮物》《送毛主席飛重慶》	3	《瓦西慶樂》《送毛主席飛重慶》	2	刪《禮物》	總數減少
田間	《給戰鬥者》《兒童節》《曲陽營》《山中》《遠望莫斯科城》	5	《給戰鬥者》《兒童節》《曲陽營》《山中》《遠望莫斯科城》	5	《給戰鬥者》《假使我們不去打仗》《曲陽營》《山中》	4	刪《兒童節》《遠望莫斯科城》，增《假使我們不去打仗》	總數減少
何其芳	《一個泥水匠的故事》《黎明》《我為少男少女們歌唱》《生活是多麼廣闊》	4	《一個泥水匠的故事》《黎明》《我為少男少女們歌唱》《生活是多麼廣闊》	4	《一個泥水匠的故事》《我為少男少女們歌唱》《生活是多麼廣闊》	3	刪《黎明》	總數減少
艾青	《大堰河——我的保姆》《雪落在中國的土地上》《手推車》《乞丐》《吹號者》《樹》《黎明的通知》	7	《大堰河——我的保姆》《雪落在中國的土地上》《手推車》《乞丐》《吹號者》《樹》《黎明的通知》	7	《大堰河——我的保姆》《雪落在中國的土地上》《手推車》《吹號者》《黎明的通知》	5	刪《乞丐》《樹》	總數減少
力揚	《射虎者及其家族》	1	《射虎者及其家族》	1	《射虎者及其家族》	1	未變	總數減少
袁水拍	《寄給頓河上的向日葵》《發票貼在印花上》《大膽老面皮》《在一個黎明》	4	《寄給頓河上的向日葵》《發票貼在印花上》《大膽老面皮》《在一個黎明》	4	——	0	刪《寄給頓河上的向日葵》《發票貼在印花上》《大膽老面皮》《在一個黎明》	不再入選

嚴辰	《早晨》《塔》《路》	3	《早晨》《塔》《路》	3	《早晨》《塔》	2	刪《路》	總數減少
李季	《報信姑娘》《三邊人》《只因為我是一個青年團員》	3	《報信姑娘》《三邊人》《只因為我是一個青年團員》	3	《報信姑娘》《三邊人》《只因為我是一個青年團員》	3	未變	總數未變
王希堅	《佃戶林》《被霸佔的田地》	2	《佃戶林》《被霸佔的田地》	2	——	0	刪《佃戶林》《被霸佔的田地》	不再入選
阮章競	《送別》《「漳河水」小曲：(漳河小曲，自由歌，漳河謠，牧羊小曲）》	2	《送別》《「漳河水」小曲：(漳河小曲，自由歌，漳河謠，牧羊小曲）》	2	《送別》《「漳河水」小曲：(漳河小曲，自由歌，漳河謠，牧羊小曲）》	2	未變	總數未變
張志民	《死不著》	1	《死不著》	1	《死不著》	1	未變	總數未變
徐志摩	——	—	《大帥》(戰歌之一)、《再別康橋》	2	《大帥》(戰歌之一)、《再別康橋》	2	未變	新增詩人
王統照	——	—	——	—	《這時代》《她的生命》《雪萊墓上》	3	增《這時代》《她的生命》《雪萊墓上》	新增詩人
1956 年 8 月版		92	1957 年 3 月版	94	1979 年 9 月版	82		

　　就序言而論，初版本對《「五四」以來新詩發展的一個輪廓》原稿有多處改動，主要有以下幾個方面：

　　一、最突出的是對「新月派」的評述，對徐志摩、朱湘這樣的核心人物仍然否定，還增加卞之琳、陳夢家、林徽因、方瑋德等成員名字，加以批評。但是臧克家花了極大的篇幅強調了聞一多的愛國主義詩作、聞一多對新格律詩的提倡與實驗，以及他為國家而獻出生命的壯舉。這就使聞一多與「新月派」徹底撇清了關係：不僅是政治立場，還有對於詩藝的理解與追求。

　　二、增加對臧克家自己的評述。《「五四」以來新詩發展的一個輪廓》原稿中，臧克家沒有提及自己。但是要編一個反映新詩史的選本，他顯然還是認為自己在詩歌史上佔有一席之地。臧克家是把自己放在 1927 年之後的階段，更具體地說是以 1933 年《烙印》出版為標誌而登上新詩壇，也就是把自己視為30 年代的詩人。他認為自己的作品取材於現實，嚴肅對待生活，手法樸素，

因而有其積極意義。臧克家特別提到了自己的第一部詩集《烙印》和第二部詩集《罪惡的黑手》，表現出對自己早期作品的看重。應該說臧克家對自己在新詩史上的定位、對自己創作特點與成就的闡釋是符合實際情況的。但是他也以誠摯的語氣做了自我批評，指出作品還存在不足，抗戰後的不及抗戰前的精練，這是由於自己沒有和革命鬥爭、現實生活緊密地結合，沒有克服自己的小資產階級思想情感。這種自我批評，不能完全看作是外部的壓力，應該也是作家對自己的思想世界的真誠解剖，當然也不排除面對新的時代與形勢時臧克家內心的矛盾、彷徨與痛苦。

三、對胡適依然是全面否定，但是刪除胡適沒有反帝反封建作品這類浮泛的表述，增加對於《嘗試集》的批判，使其論述建立在作品分析的基礎上。

四、刪去魯藜等詩人的名字。臧克家對於七月派詩人是較為欣賞的，原稿中稱讚魯藜、天藍、綠原等詩人的作品對於抗戰現實的表現、作品的新鮮。但是初版本代序中這些名字都消失了，這應該與胡風案有關，他們的詩作當然也不可能入選。

據此，新詩編選的標準問題也就樹立起來。按照大尹的說法，詩人要選「有進步影響的」，詩歌要選「思想性較強的」〔註 144〕，這兩條標準是編選時首先要考慮的。此外，臧克家提到

> 中國青年出版社為了幫助青年讀者豐富文學知識，瞭解五四以來中國新詩發展和成就的概況，委託我編了這部詩選。因為它是以一般青年讀者為對象，需要照顧青年們的閱讀能力，也要適當照顧他們的購買能力，因此出版社希望選入的作品數量不要過多，盡可能選得集中些。〔註 145〕

1956 年 8 月，《中國新詩選（1919～1949）》由中國青年出版社正式出版，定價 1.7 元，選入 26 位詩人的 92 首詩歌。這些方面可以說是滿足了出版社所提出的要求。選文定篇還透露出以下信息：

一、就詩人而言，按入選數量來看，有 4 首以上的詩人依次是：郭沫若（9首）、艾青（7 首）、聞一多（5 首）、殷夫（5 首）、田間（5 首）、康白情（4首）、劉大白（4 首）、蔣光慈（4 首）、柯仲平（4 首）、臧克家（4 首）、蒲風（4

〔註 144〕 大尹：《有關〈中國新詩選〉的幾件事》，《讀書月報》1956 年第 10 期。
〔註 145〕 臧克家：《關於編選工作的幾點說明》，《中國新詩選（1919～1949）》，中國青年出版社 1956 年版，第 312 頁。

首）、何其芳（4 首）、袁水拍（4 首）。這個序列也意味著他們在臧克家心目中的地位，特別是入選 5 首以上的郭沫若、艾青、聞一多、殷夫、田間，無疑是這個選本中最重要的一個方陣。他們都是有重大影響的詩人，郭沫若是參加革命活動的元老，又是中國新詩／新文學的一面旗幟，艾青、田間是解放區詩人，殷夫是革命烈士，聞一多是在國統區努力抗爭的民主人士。位列選本的其他詩人絕大多數也可以歸入這幾類。在這種情況下，胡適、徐志摩、朱湘、李金髮等詩人是不可能被選入的。而被認為資產階級思想占主要成分的冰心，她的《繁星》《春水》能夠入選，是因為臧克家肯定其細密具體的觀察與細緻樸素的書寫。

同時，郭沫若、聞一多、殷夫、艾青、田間五位詩人，也成為臧克家串起新詩史的五個樞紐，再加上有 4 首詩歌入選的作家，他們共同勾畫出新詩史的圖景：郭沫若、劉大白、康白情等代表 1919～1921 年第一個階段即初期白話詩的成就，作為開篇詩人，郭沫若被置於中國新詩開創者的地位，他同時又是第一個階段最重要的詩人，還是跨越到第二個階段的代表性詩人；郭沫若、蔣光慈、聞一多等代表 1921～1927 年第二個階段即革命新詩的成就；殷夫、臧克家、蒲風等代表 1927～1937 年第三個階段即革命深化時期新詩的成就；艾青、田間、柯仲平、何其芳、袁水拍等代表 1937～1949 年第四個階段即抗戰與解放戰爭時期新詩的成就，其中前四位是解放區詩人，袁水拍是作為國統區詩人的代表而出現。其中最重要的五位詩人——郭沫若、聞一多、殷夫、艾青與田間又可以分為四組，分別代表了新詩史四個階段的最高成就，即第一階段以郭沫若為最重要的詩人，第二階段是聞一多，第三階段是殷夫，第四階段是艾青與田間。按照當時對新文學史的塑造，解放區文學的成就應該最高，因此，第四階段臧克家是選擇了艾青與田間這樣的解放區詩人來壓軸。

二、就詩作而言，所選詩篇也主要著眼於思想意義。大尹提到，「同一詩人，從他的思想發展來說，從他的詩歌創作來說，寫過些好詩，也寫過些壞詩，有感情健康的，也有感情不太健康的，有思想性強的，也有思想性較弱的，但在當時，可能那些感情不太健康、思想性較弱的詩，倒起過一些影響，被人稱道過，現在編選時，也就沒有選入」〔註146〕。因此，所選詩篇主要是詩人們嚮往革命或走上革命道路的作品。基於這樣的考慮，戴望舒的《雨巷》《我的記憶》、聞一多的《死水》、蔣光慈的《哀中國》就沒有選入，選的是戴望舒的《獄中題壁》《我用殘損的手掌》、聞一多的《荒村》《洗衣歌》、蔣光慈的《寫

〔註146〕大尹：《有關〈中國新詩選〉的幾件事》，《讀書月報》1956 年第 10 期。

給母親》《中國勞動歌》等。

詩選中份量最重、地位最高的無疑是郭沫若的作品。臧克家把郭沫若排在第一位，選入詩歌也是最多。收入的《立在地球邊上放號》《地球，我的母親！》《鳳凰涅槃》《爐中煤》《黃浦江口》這些詩作都是出自《女神》，《天上的市街》選自《星空》，《上海的清晨》選自《前茅》，《詩的宣言》選自《恢復》，創作於 1945 年的《站立在英雄城的彼岸》選自《蘇聯紀行》。臧克家這樣的安排還是較為辯證合理的，這些詩作普遍具有較大的影響力和較高的藝術水準，同時也基本涵蓋了郭沫若的詩歌創作歷程，從而比較清晰地展現出郭沫若的詩歌成就，甚至也能暗示出他所走的革命道路。

不過，臧克家也沒有平均分布，而是做到了重點突出、相對集中，選自《女神》的詩歌有 5 首，這具有兩個方面的意義：一是凸顯出《女神》在新詩史上無可替代的重要地位，標誌著新詩在開創期所能達到的高度；二是《女神》對於郭沫若的意義，它是郭沫若早期作品的代表，也是郭沫若新詩創作最高成就的體現。這表明臧克家的編選是有眼光的。

在郭沫若入選的詩作中，最值得注意的是《鳳凰涅槃》。有研究者統計發現，民國時期選錄郭沫若詩歌的重要新詩選本都沒有收錄這首長詩，直到臧克家編選《中國新詩選（1919～1949）》才第一次收入，這與郭沫若自己編選《郭沫若選集》實現了一致：郭沫若選入了自己的這首詩。臧克家認為郭沫若的早期作品具有「叛逆的反抗的精神，和對於祖國未來的新生的渴望」〔註 147〕，可以把它理解為《鳳凰涅槃》入選的首要原因。這種看法與郭沫若本人及學術界的解讀是一致的，臧克家選本與《郭沫若選集》遙相呼應，進一步促成了《鳳凰涅槃》的經典化。

但是，過多強調革命性與思想意義，也會產生一些問題。在選擇朱自清的詩作時，臧克家挑選了 3 首：《送韓伯畫往俄國》《小艙中的現代》《贈 A.S.》。除第 2 首是對現實的反映，另 2 首都是表達對於蘇俄的嚮往。但是最能代表朱自清詩歌創作成就與精神面貌的《毀滅》卻沒有選入，顯然是一個遺憾。

對於革命烈士殷夫的作品，臧克家也是有所選擇的。他認為殷夫初期的詩作表現出「黑暗的社會中一個青春生命的苦悶、追求以及對於愛情和光明的天真渴慕」，但是 1929 年以後的作品就不一樣了，「他的每個詩句就是一聲有力

〔註147〕臧克家：《「五四」以來新詩發展的一個輪廓》，劉福春主編：《中國新詩總系》（第 10 卷），人民文學出版社 2010 年版，第 40 頁。

的戰叫，在它的裏面沖湧著貫徹著作為一個無產階級鬥士所具有的那種充沛熱情、樂觀主義精神和堅強無比的意志力量」。因此，臧克家所選的殷夫的 5 首詩，都是作於 1929 年以後，這是為了更好地塑造出一位無產階級戰士的形象，殷夫是「首先作為戰士而後才作為詩人的」，當然這樣的作品也浸透了他的真情實感，有著感人的力量〔註 148〕。

艾青有 5 首詩入選，僅次於郭沫若，在臧克家的眼中，「在抗戰初期收穫較大，成績最好的是艾青」〔註 149〕。臧克家選擇了他寫於抗戰前的成名作《大堰河——我的保姆》，其他 6 首則全部寫於盧溝橋事變之後，其中《黎明的通知》寫於艾青奔赴解放區之後。這些作品顯然是可以展現艾青詩歌創作的風貌與成就的。

在臧克家的敘述中，田間是僅次於艾青的解放區詩人，臧克家引用了聞一多對田間的「擂鼓詩人」的評價，對田間是很重視的。臧克家認為他的作品「發揮了詩的武器作用」，同時他的詩歌形式也是創造性的，但他也委婉地指出這「對於民族詩歌傳統和一般讀者的習慣說來，是一個嶄新的東西，對於中國語言的法則和人民『喜聞樂見』的民族形式是有著距離的」〔註 150〕。從田間在選本中所佔的地位看，臧克家對他創造的這種詩歌形式是認可的。但文藝作品要具備人民群眾「喜聞樂見」的「民族形式」，這是當時的政治要求，田間的作品顯然還不能完全符合這個要求，臧克家選入他的作品是有一定的風險的。臧克家顯然是在政治的縫隙中為自己的審美趣味尋找空間。

同為解放區詩人的還有何其芳，但是在奔赴解放區之前，何其芳的作品被認為具有濃厚的小資產階級情調，臧克家只選入他進入解放區之後創作的四首詩。

袁水拍被臧克家列為國統區詩人的代表，他對國統區詩歌的評價也比最初有了很大的提高。臧克家看重國統區的政治諷刺詩，在評述這類作品時，初版本代序特意把國統區政治諷刺詩「其實離『諷刺』的原意已經很遠」〔註 151〕的評價改為「不是一般涵義的『諷刺』」，刪去袁水拍部分作品「流於浮薄」的

〔註 148〕同上，第 46 頁。
〔註 149〕臧克家：《「五四」以來新詩發展的一個輪廓》，劉福春主編：《中國新詩總系》（第 10 卷），人民文學出版社 2010 年版，第 51 頁。
〔註 150〕同上，第 52 頁。
〔註 151〕臧克家：《「五四」以來新詩發展的一個輪廓》（下），《文藝學習》1955 年第 3 期。

批評，肯定他有著「革命的立場」，他的諷刺詩有著現實性、鬥爭性、通俗性，「在爭取民主的鬥爭中發生了相當大的影響」，而《馬凡陀的山歌》是更為成熟的作品，它的政治性加強了，也更加樸實，也就更受群眾歡迎〔註 152〕。因此，臧克家選入了袁水拍的 4 首詩作，表示出對他的肯定。

　　三、最值得注意的仍然是臧克家對待「新月派」、「象徵派」、「現代派」的態度，代序的批判與最初的《「五四」以來新詩發展的一個輪廓》完全一致。否定了「新月派」，臧克家還要盡力把聞一多搶救出來，把他與「新月派」分離開來，劃清界限。他選入聞一多的 5 首詩，使其成為自己構建的中國新詩史上最重要的詩人之一。初版本代序與《「五四」以來新詩發展的一個輪廓》相比有兩點變化：一是進一步強調了聞一多的「強烈的愛國主義情感」，二是增加了對他在詩藝上的實驗與追求的評述〔註 153〕。但是矛盾之處也由此產生：臧克家指出了聞一多愛國詩篇存在的不足，後者最好的作品是努力進行新格律探索與實驗的作品如《死水》，而這種探索與實驗也是徐志摩、朱湘明確贊許並也嘗試過的，要強行將聞一多的實驗從「新月派」中剝離，顯然不合理。而且諸如《死水》一類作品既然比他的一般性的愛國詩作（如《洗衣歌》）成就更高，又為何不選？即使是如前所述，是所謂「感情不太健康、思想性較弱的詩」〔註 154〕，但這樣的理由太過牽強。

　　臧克家把聞一多列入最重要的詩人之列，或許也為自己找準了位置。選本中他選入了自己的 4 首詩歌，屬於僅次於第一方陣的陣營。他這麼做或許出於以下原因：他既是聞一多的學生，同時對自己的作品也有自信。結合序言，臧克家所選 4 首詩中的《老馬》和《老哥哥》選自詩集《烙印》，《罪惡的黑手》選自同名詩集，《春鳥》出自《泥土的歌》。前兩首正是臧克家自己「比較熟習的農民的生活」，在他的作品中也占主要地位，《罪惡的黑手》有著「對黑暗現實、帝國主義侵略的憤慨」，《春鳥》「表現了作者對革命的嚮往」等〔註 155〕。

　　把這些入選詩作與臧克家詩集進行比較，可以看出臧克家對自己創作道路的理解、對自己作品的態度。《烙印》是臧克家的第一部詩集，也是他的成

〔註 152〕臧克家：《「五四」以來新詩發展的一個輪廓》，劉福春主編：《中國新詩總系》
　　　　　（第 10 卷），人民文學出版社 2010 年版，第 54～55 頁。
〔註 153〕同上，第 45 頁。
〔註 154〕大尹：《有關〈中國新詩選〉的幾件事》，《讀書月報》1956 年第 10 期。
〔註 155〕臧克家：《「五四」以來新詩發展的一個輪廓》，劉福春主編：《中國新詩總系》
　　　　　（第 10 卷），人民文學出版社 2010 年版，第 47 頁。

名作，得到了文壇前輩特別是聞一多的大力褒揚，臧克家對這部詩集也極為珍視，甚至可以說是他最為偏愛的一部。《罪惡的黑手》則體現他「在外形上想脫開過分的拘謹漸漸向博大雄健處走」〔註156〕，《泥土的歌》是從詩人「深心裏發出來的一種最真摯的聲音」〔註157〕。因此，4首詩歌全部出自臧克家自己珍愛的詩集，同時也展現出了詩人對自己風格、成就及創作歷程的理解。不僅如此，在臧克家的自選詩集《十年詩選》（1944年）以及1954、1956、1978、1986年四個版本的《臧克家詩選》中，這三部詩集和《運河》中的作品入選最多、比例最高，可見臧克家對自己創作的理解與評價。而且四個版本的《臧克家詩選》在選詩方面基本上都是在《十年詩選》的基礎上進行，後者所體現出的對這些詩集的偏愛，在四個版本中都得到了體現甚至是不斷增強。因此，袁洪權認為，不同版本的《臧克家詩選》「底本都來自《十年詩選》」，《十年詩選》才是臧克家詩選「真正意義上的第一個版本」〔註158〕。其實臧克家在編選《中國新詩選（1919～1949）》時，對於自己詩歌的選錄，依據的底本同樣也是《十年詩選》。《老馬》《老哥哥》《罪惡的黑手》《春鳥》在《十年詩選》及四個版本的《臧克家詩選》中都是全部入選、一次不落，於此可見一斑。

　　不過，臧克家雖然偏愛這些詩集，但在具體選篇時，仍然有著一些顧慮。出自同名詩集的《烙印》《生活》就是例證。《烙印》《生活》都入選過《十年詩選》，但是在《中國新詩選（1919～1949）》的三個版本及1954、1956年的《臧克家詩選》中都落選了，直到1978年的《臧克家詩選》中才得以選入。《生活》更是遲至1986年才進入他的詩選中。雖然聞一多對這類詩作給予了很高的評價〔註159〕，但臧克家沒有收入它們的原因「也許就是其中某些詩句的情感基調過於灰暗」〔註160〕，不符合時代的要求。臧克家捨棄這些詩篇，直至新時期才選入，或許也暗示出他在50年代編選時內心的不捨與矛盾吧。

　　再來看他對徐志摩和戴望舒的態度。「新月派」、「象徵派」和「現代派」都

〔註156〕臧克家：《序（罪惡的黑手）》，劉增人編：《臧克家序跋選》，青島出版社1989年版，第6頁。

〔註157〕臧克家：《當中隔一段戰爭（〈泥土的歌〉星群出版公司1946年版序）》，劉增人編：《臧克家序跋選》，青島出版社1989年版，第30頁。

〔註158〕袁洪權：《〈臧克家詩選〉四種版本梳考》，《平頂山學院學報》2014年第3期。

〔註159〕聞一多：《〈烙印〉序》，馮光廉、劉增人編：《臧克家研究資料》（上），知識產權出版社2010年版，第383頁。

〔註160〕陳宗俊：《論「十七年版」臧克家的詩歌選本批評》，《東嶽論叢》2015年第5期。

遭到了臧克家的全面否定，因而徐志摩、朱湘、李金髮等人的作品一概不選，但是「新月派」的卞之琳和「現代派」的戴望舒都有 2 首詩入選。《「五四」以來新詩發展的一個輪廓》在作為《中國新詩選（1919～1949）》代序時，涉及到徐志摩、朱湘的文字沒有任何修改。不僅如此，大尹在談及編選時還專門提到：

> 像「新月派」詩人徐志摩、朱湘等人的詩，經再三考慮，才決定不入選：雖然從整個詩歌發展來看，他們曾起過一些影響，並且，他們也有個別的詩還不能算是壞詩（如徐志摩的《大帥》《一張油紙》等詩還有著反戰思想以及對勞動者的同情等），但從整個「新月派」以及徐志摩、朱湘等人的詩所起的消極作用來看，不選也不是什麼缺點。〔註 161〕

如此辯解其實沒有必要，因為代序已經說得很清楚，再來反覆申說，反而有種此地無銀的效果。這也恰恰折射出「新月派」在臧克家心中的份量以及他在取捨時的矛盾，也說明他對「新月派」「象徵派」「現代派」並非一視同仁：三個版本的選本，李金髮始終未能入選，這也是能說明問題的。

因此，卞之琳和戴望舒的入選很耐人尋味，臧克家選擇的是卞之琳的《給一位刺車的姑娘》《給西北的青年開荒者》，都出自他抗戰時期的《慰勞信集》；戴望舒的詩選的是《獄中題壁》《我用殘損的手掌》，均為抗戰時期的作品。這或許可以用前面提及的理由來辯解，即詩人們的作品有好詩，也有壞詩，但產生過影響的壞詩是不能選入的。因此，卞之琳的《斷章》、戴望舒的《我的記憶》《雨巷》（臧克家在代序中嚴厲批評了它們）都沒有被選入，而他們各自入選的 2 首詩，恰恰表明他們與過去消極頹廢、只追求形式美的自我決裂，轉而投身抗戰的洪流，讚美人民、面向現實、英勇抗爭，這應該是他們得以入選的理由。

1956 年的初版本，選入 26 位詩人的 92 首詩，作為一部綜合性選本，確實選得相對集中，但篇幅還是偏小了些，也過多地囿於思想政治方面，有讀者來信提出了不滿：「是不是可以把編選的範圍再放大些？」更具體的意見則指出詩人詩作太少、內容狹小、寫景詩不多、沒有愛情詩，特別是「新月派」的作品可以選〔註 162〕。這些意見對臧克家形成了一定的壓力並很快在第 2 版顯示了出來。

〔註 161〕大尹：《有關〈中國新詩選〉的幾件事》，《讀書月報》1956 年第 10 期。
〔註 162〕參見袁洪權：《〈中國新詩選（1919～1949）〉的版本、編選與代序修訂》，《現代中文學刊》2014 年第 5 期。

1957 年 3 月《中國新詩選（1919～1949）》再版，選入 27 位詩人的 94 首詩作。在「再版後記」中，臧克家提及「『中國新詩選』出版還不到半年，從它的銷路上看來，廣大讀者是很需要這樣的選本的」，可見臧克家對這個選本的效應還是深感欣慰。同時他也回應了讀者「是不是可以把編選的範圍再放大些」的意見，他表示這樣只能再出一個選本，而且應該由人民文學出版社來完成〔註163〕。

「再版後記」注明寫於 1956 年 11 月 28 日，那麼這一版的詩選應該在此以前已經修訂完成。最值得注意的是加入了徐志摩，選入了他的 2 首詩：《大帥（戰歌之一）》和《再別康橋》。臧克家提到「加入了徐志摩的兩首詩。在『代序』裏，對於徐志摩的評論也本著我的原意進行了修改」〔註164〕。陳子善認為，臧克家在初版本代序中對徐志摩的評價「未必符合他的『原意』」，但他在第二版代序中仍然指出徐志摩是資產階級詩人，所以「他的『原意』是有限度的」。儘管如此，第二版選入徐志摩，是 1949 年後徐志摩的詩歌作品首次「正式與內地讀者見面」，意義非凡。〔註165〕

那麼，臧克家的「原意」到底是什麼呢？這可以從 1934 年 3 月 27 日他所寫的《論新詩》一文看出。臧克家以《嘗試集》為第一期的代表，認為這一期的作品還沒有擺脫舊詩詞的束縛；「第二期給了新詩另一途徑的是徐志摩，也可以說新詩到了這一期才有了更多的希望，他的影響大到造成了一個潮流。然而憑良心說，他的這種影響壞的方面多過好的」，就是說徐志摩的詩歌內容上只是「閒情──愛和風花雪月」，同時又過分講求形式，因而他「對新詩的功績是不甚值得歌頌的」〔註166〕。承認徐志摩對新詩的貢獻及其影響力，但又不認可這種與自己相異的旨趣，進而否定徐志摩，這應該是臧克家的原意。因此，他在再版代序中對徐志摩的評述就與初版本有了很大不同，他完全刪去了對朱湘的評述，對徐志摩的評述文字有所增加和改動。論及徐志摩時，臧克家雖然仍指出他是站在資產階級立場上的「反動」詩人，批判的文字一仍其舊，

〔註163〕臧克家：《再版後記》，《中國新詩選（1919～1949）》，中國青年出版社 1957年版，第 318 頁。

〔註164〕臧克家：《再版後記》，《中國新詩選（1919～1949）》，中國青年出版社 1957年版，第 318 頁。

〔註165〕陳子善：《「原意」》，《不日記二集》，山東畫報出版社 2015 年版，第 81～82頁。

〔註166〕臧克家：《論新詩》，《臧克家全集》（第 9 卷），時代文藝出版社 2002 年版，第 3～4 頁。

但不再全盤否定。他一方面突出了徐志摩思想的複雜與矛盾，有著對於社會的不滿，認為「我們應該肯定他那些具有現實意義的作品，同時要批判那些反動、消極、感傷氣味濃重的東西」〔註 167〕；另一方面從詩藝上肯定他的作品「在藝術表現方面是有他自己的風格的。他追求形式的完美。他的詩，語句比較清新，韻律也比較諧和。他的表現形式對於他要表現的內容，大致是適合的。在今天，這一點還是值得我們借鏡的」〔註 168〕。

這段評價，從思想政治立場和詩歌創作兩方面為徐志摩作了一定的辯解，不像初版本代序那樣完全否定和批判徐志摩，倒是與臧克家 30 年代的觀點基本一致，可以視為他的原意的再次表達。不過，初版本不選徐志摩而在再版本選入，與當時政治環境的回暖有關，「雙百方針」的提出是一個顯著標誌。上文論及中國現代作家選集的出版，在 1956～1957 年出現了一個相對寬鬆的氛圍，不少過去被否定的作家也被納入出版規劃中，其中就包括徐志摩。這裡需要指出，《中國新詩選（1919～1949）》的第一版是 1956 年 8 月正式出版，其中「關於編選工作的幾點說明」由臧克家所作，落款時間為 1956 年 6 月。雖然「雙百方針」是當年 4 月提出，但按照編選與出版流程而言，臧克家此時應該是按原有的思路編好了選本，即使碰到「雙百方針」提出，也來不及再改。第二版按《再版後記》標注的 1956 年 11 月來算，有充分的時間來調整。此外還可以聯繫《詩刊》的動向來看。1957 年 1 月《詩刊》創辦，臧克家任主編，這是中國級別最高的詩歌刊物。作為國家級詩刊，它的評論可以視為時代的風向標。2 月《詩刊》就發表了艾青的《望舒的詩》和陳夢家《談談徐志摩的詩》，對戴望舒和徐志摩從詩藝的角度進行了肯定。這顯然也能在很大程度上代表著主編臧克家的態度以及官方意願。臧克家選擇的徐志摩的《大帥（戰歌之一）》和《再別康橋》，也分別對應著表現現實、反對軍閥與藝術表現兩個方面，是非常有眼光的。特別是《再別康橋》的入選，意味著與政治評價的一定程度的剝離。

這個選本推出之後，入選的許多詩人包括編者臧克家自己，都被捲入了政治風暴之中。進入新時期，中國青年出版社推出了這部詩選的第三個版本，1979 年 9 月出版，選入 26 位詩人的 82 首詩歌。臧克家表示，「事隔二十二

〔註 167〕臧克家：《「五四」以來中國新詩發展的一個輪廓（代序）》，《中國新詩選（1919～1949）》，中國青年出版社 1957 年版，第 14 頁。
〔註 168〕同上。

年，為了讀者的需要，這個選本有了重新出版的機會，基本上還是原來的樣子，但也作了一些新的調整」〔註169〕。簡單平靜的語句背後，包含著許多深意。袁洪權認為，「臧克家在修訂過程中，一方面實現了政治的『突破』，注重詩人的藝術探索與建構」，「一方面還是有所『拘囿』，增刪之間體現出「困惑」與「搖擺性」〔註170〕。這樣的總結是十分準確的。

根據第三版後記所注明的時間——1979年2月1日，可以知道在此之前臧克家已經把第三版編好，這個時間點顯得很微妙。「文革」結束了，新時期的撥亂反正使文藝界迎來了春天，在這種背景下，僅依據階級出身、思想立場就把作家一棍子打死的做法受到了否定和糾正。但是，思想文化戰線上的情況十分複雜，平反的工作推進艱難，此時的春天乍暖還寒。而且像臧克家這些剛從浩劫中走出來的知識分子，也不可能迅速擺脫心理陰影。因此，「基本上還是原來的樣子」，或許也正是臧克家真實心態的折射，但新的形勢與氣象，畢竟也帶來了「新的調整」，呈現出極度矛盾、複雜的局面。

第三版與前兩版相比，最重要的是對於政治條框的部分的突破。但剛從動亂走出來的臧克家，在評述與編選時還是首先遵照政治化的思維模式，先論詩人的政治立場與思想觀念，再論及其詩藝。他仍然在政治與藝術之間搖擺不定。

首先需要注意的是胡適。臧克家對他的評價的變化是最大的。之前臧克家對胡適不論是為人還是作詩都是完全否定，此時他雖然仍視胡適為右翼的代表，還添加上「與人民為敵」這樣的說法，不過他也認為「談用白話寫詩，不能丟開胡適」，「就詩而論，在『五四』時代，胡適還是有他的一份貢獻的」〔註171〕，其貢獻就在於他首倡白話詩並出版了第一部新詩集《嘗試集》，《談新詩》也提出了對於新詩的意見。臧克家對於這種嘗試期的不成熟表示了一定的寬容，也認為胡適「寫得自然活潑。因此可以說，他在『五四』時期對新詩的創建與發展，是有一定作用和影響的」〔註172〕。這種評價雖然仍是政治優先原則，但也用藝術方面的成績來有意地沖淡政治色彩。其實以白話寫詩、追求自

〔註169〕臧克家：《新版後記》，《中國新詩選（1919～1949）》，中國青年出版社1979年版，第336頁。
〔註170〕袁洪權：《〈中國新詩選（1919～1949）〉的版本、編選與代序修訂》，《現代中文學刊》2014年第5期。
〔註171〕臧克家：《「五四」以來中國新詩發展的一個輪廓（代序）》，《中國新詩選（1919～1949）》，中國青年出版社1979年版，第3頁。
〔註172〕同上，第4頁。

然活潑、注重自由體，臧克家在詩藝方面正有這樣的傾向，因而對於胡適的評價能有較大的變化。

在選錄詩作時，臧克家更為注重對詩人創作的全面把握，補進一些早期的詩作或是藝術成就更高的作品。第三版中，郭沫若仍是入選詩作最多的詩人，體現了其不可動搖的地位，但臧克家用《晨安》替換了《站立在英雄城的彼岸》，這樣選入的郭沫若作品均為其早期所作，體現出其鮮明風格。對於聞一多，臧克家刪去愛國主義精神的論述，更加聚焦於詩作的藝術方面，增加了最有特色的《死水》，使聞一多的詩作增加到 6 首，位列第二。對於冰心，把「資產階級思想占主要成分」的論斷改為「小資產階級」，這就緩和了不少。對於卞之琳，增加他的早期作品《遠行》，使卞之琳的詩歌脈絡更顯完整。對於戴望舒，增加了其成名作《雨巷》，在照搬以前代序的批判文字之後，他又強調「戴望舒的表現藝術是很高的，像《雨巷》一詩的旋律是鏗鏘動人的。值得我們學習借鑒，提高自己的表現技巧」〔註173〕。對於馮至，之前的兩版代序都沒有論及，第三版則增選了他的《那時》，認為這首詩「深刻表達出馮至向左轉的思想歷程」，與代序增加的評述文字——馮至對光明的嚮往與詩作的成就——恰好一致。〔註174〕

但是，由於總體上的思維模式未變，因而這個版本存在的問題與自相矛盾之處仍然很多。雖然對胡適的評價有了很大變化，但是臧克家仍然沒有選入胡適的詩歌。對於袁水拍，臧克家把代序中的評論文字幾乎全部刪除，而詩作更是全刪。這與袁水拍的政治問題有關，因為他在「文革」時擔任過文化部副部長的職務，「文革」結束後受到審查。臧克家刪去他，表現出一種一以貫之的政治敏感性。

如果說抹去袁水拍在新詩史上的痕跡還情有可原，臧克家對待王希堅和艾青的態度就很有問題了。他把王希堅入選的詩作全部刪除；對於艾青，原來的評價是「在抗戰初期收穫較大，成績最好的是艾青」，他把「成績最好」改為「成績優良」〔註175〕，評價降低，而且刪去了他的《乞丐》和《樹》2 首詩，總數為 5 首，排在郭沫若、聞一多之後，位列第三。這或許是因為王希堅

〔註173〕 臧克家：《「五四」以來中國新詩發展的一個輪廓（代序）》，《中國新詩選（1919～1949）》，中國青年出版社 1979 年版，第 6～24 頁。

〔註174〕 袁洪權：《〈中國新詩選（1919～1949）〉的版本、編選與代序修訂》，《現代中文學刊》2014 年第 5 期。

〔註175〕 臧克家：《「五四」以來中國新詩發展的一個輪廓（代序）》，《中國新詩選（1919～1949）》，中國青年出版社 1979 年版，第 27 頁。

與艾青都曾被打為右派，為他們平凡的組織結論是在 1979 年 2 月正式宣布，但臧克家這個版本的詩選後記注明寫作時間為 1979 年 2 月 1 日，也就是說在此之前詩選已經編好，未有組織結論之前，臧克家刪去王希堅，降低艾青的地位，應該是為了規避政治風險。但是，臧克家也遭受過迫害，他與王希堅又有不錯的私交，而艾青則從 1978 年回歸詩壇，開始發表作品，臧克家仍做出這樣的處理，說明他始終如履薄冰。而他大力拔高王統照的文學史地位，甚至宣稱「他的詩堪入第一流」，在第三版中增加王統照，選入他的 3 首詩《這時代》《她的生命》《雪萊墓上》，種種不合理的安排，都能體現出私誼在起作用；而他為自己選入 4 首詩，也是有意要提高自己的地位，難免有個人私心在作怪〔註176〕。對於「新月派」、「象徵派」、「現代派」的總體態度，臧克家也沒有太大的變化，這也說明在政治因素之外，他本人對於這些流派的詩學觀念、詩歌旨趣並不認同。

　　總之，從四篇文章、三種詩選可以見出 20 世紀 50～70 年代強大的政治語境對選家所形成的巨大壓力以及選家在應對內外壓力時的抉擇與矛盾。臧克家所編的選本正是一個縮影，他始終在政治與藝術之間搖擺，隨政治氛圍的變化而有所變化，但他畢竟也能對詩藝有著一份堅持。過濾掉濃厚的政治話語，他所梳理的新詩史脈絡、他對新詩史上代表性人物與作品的評述、對詩人詩作的選擇，仍然還是有眼光的，這個選本有其歷史的合理性，即使在今天看來也有其價值，只是由於種種因素的牽制，難免帶來種種缺憾與不足。1979 年的第三版，帶有非常明顯的混雜、矛盾的特點，這也正是一個過渡階段、過渡時代的表徵。1979 年對於思想文化界而言是一個承上啟下的時代，但是臧克家的這個選本，由於在年初即已編好，因而更多地還是「承上」而非「啟下」，因而大體上可以與前兩個選本劃歸為一個階段。真正堪稱「啟下」的，要等到 1979 年 6 月北京大學、北京師範大學、北京師範學院共同主編的《新詩選》與 1980 年 3 月《詩刊》社編選的《詩選》的出版〔註177〕。不僅如此，臧克家最為糾結的「新月派」、「象徵派」、「現代派」，在 80 年代以後開始得到越來越高的評價，甚至得以出版專門的選集，充分體現出時代的發展變化。

〔註176〕 參見袁洪權：《〈中國新詩選（1919～1949）〉的版本、編選與代序修訂》，《現代中文學刊》2014 年第 5 期。

〔註177〕 《新詩選》共三冊，上海教育出版社 1979 年 6 月、11 月、12 月出版。《詩選》共三冊，人民文學出版社 1980 年 3 月、1981 年 2 月、1981 年 5 月出版。

第三章　回歸審美與追求現代性的新詩選本

　　新詩編選的第三階段可以自新時期算起，到 20 世紀結束時為止：1979 年
6 月北京大學、北京師範大學、北京師範學院共同主編的《新詩選》與 1980 年
3 月詩刊社編選的《詩選》開始出版，意味著一個破冰時刻的來臨，呈現出新
時期詩選的新面貌，同時也是對 60 年中國新詩的回顧、對中國新詩史的再度
重塑。出版於 2000 年 1 月的《新詩三百首》（牛漢、謝冕主編，3 冊），則是
在回望百年中國文學的大背景下對中國新詩所進行的世紀總結，可看作第三
階段富有代表性的收官之作。這個階段具有這樣一些特點：首先是 20 世紀七
八十年代之交新詩創作、編選開始向審美回歸，具有新詩史意識的綜合性選本
最值得注意；其次，80 年代初流派選本迅速崛起，特別是 1985 年前後具有現
代意味的詩歌選本達到一個高潮，體現出文藝界和社會對現代性的渴望；最
後，90 年代的市場經濟大潮與社會轉型使文學（包括詩歌）回落到相對邊緣
的位置，但也使詩歌省卻了外界的攪擾，有機會回歸自身，同時 90 年代中期
也開啟了對百年中國文學的總結，20 世紀的中國詩歌得到盤點、評選與回顧，
新詩史敘述的多元化特點開始顯現。

第一節　新詩編選向審美回歸

　　「文革」結束以後，在 1978、1979 年間，新詩編選一度出現了極為繁榮
的局面。根據徐勇的統計，1978 年出版的文學選本涵蓋了各類體裁，還涉及

外國文學，十分豐富而多樣：小說選本 21 部，散文選本 7 部，報告文學集 5 部，詩歌選本 16 部，綜合性選本 1 部，外國文學選本 5 部〔註1〕。即使單就詩歌而言，成績也是十分可觀，筆者對 1958、1959、1978、1979 這四年中國大陸出版的詩集（個人詩集或多人合集）、選本、長詩、詩論集（單篇詩論、詩論專輯專號除外）進行了統計，得出如下數據：〔註2〕

年　份	詩　集	選　本	長　詩	詩論集
1958 年	36	7	11	9
1959 年	42	9	12	14
1978 年	19	16	6	5
1979 年	20	18	2	2

可以發現，1958～1959 年出版的詩集、長詩、詩論集數量遠高於 1978～1979 年，而後者出版的選本則多於前者。造成這一現象的原因或許在於，1958～1959 年是「十七年」間新詩創作最活躍的時期，1958 年的大躍進，全國興起了搜集民歌、創作新民歌的熱潮，1959 年是建國 10 週年，各地推出的選本開始出現，直至 1962 年還有出版，此時詩人們的創作熱情也是極為高漲，共同促成了詩集、長詩的繁榮。同時圍繞新詩發展方向、新民歌問題的討論也十分熱烈，導致詩論的繁榮。而 1978 年是撥亂反正、思想解放的關鍵時期，1979 年是建國三十週年，國家、詩人和民眾從「文革」中走出來的時間還不長，特別是要擺脫思想上的束縛還有一個過程，因而創作與詩論十分匱乏，但是選本大量出現，一方面是有「十七年」時期選本的再版、以往的詩歌創作作為基礎，另一方面選本為控訴「四人幫」與「文革」提供了宣洩的出口，而歌頌新的時代與建國 30 週年也成為主旋律，因而這兩年的選本出版數量超過了前一時期。

詩歌編選的這一面貌是與社會、時代的變化緊密相聯的，1976～1979 年中國的政局發生了劇烈的震盪與變革，給文學帶來的影響也是非常深遠的，很多重大的事件值得關注：

1976 年 1 月，《人民文學》《詩刊》復刊；

1977 年 12 月，《人民文學》編輯部組織文藝界人士座談會，清算「文藝黑線專政論」；

〔註 1〕參見徐勇：《選本編纂與八十年代文學生產》第一章第二節「七八十年代社會轉型與選本出版的繁榮」，人民文學出版社 2017 年版。
〔註 2〕根據劉福春主編《中國新詩總系》（第 10 卷）統計。

　　1978 年 5 月～6 月，中國文聯第三屆全國委員會第三次擴大會議召開，中國文聯、中國作協與《文藝報》恢復工作，中國文聯主席郭沫若在名為《衷心的祝願》的書面講話中強調「這是粉碎『四人幫』以後，文藝界召開的第一個全國性的會議，是文藝界承前啟後、撥亂反正、具有重大歷史意義的一次會議」〔註 3〕。這次會議也是對「新時期文藝」的命名：《中國文聯第三次全國委員會第三次擴大會議的決議》用到了「新時期文藝工作」的表述；

　　1978 年 12 月 18 日～22 日，具有轉折意義的十一屆三中全會召開。《中國共產黨十一屆中央委員會第三次全體會議公報》明確提出工作重點從 1979 年「轉移到社會主義現代化建設上來」；〔註 4〕

　　1979 年 1 月 2 日，中國文聯舉行迎新茶話會，胡耀邦、黃鎮等領導人出席，此次會議明確宣布不存在「文藝黑線專政」。1 月 14 日～20 日，《詩刊》編輯部在北京召開全國詩歌創作座談會，胡耀邦、胡喬木、周揚等到會講話，提出平反冤假錯案、落實政策；

　　1979 年 10 月 30 日至 11 月 16 日，第四次文代會召開，正式開啟了全面的由極左路線干預到回歸文藝的歷程，在新中國文藝發展史上有著重大的意義。鄧小平代表中共中央和國務院向大會所作的《祝辭》，批判了林彪與「四人幫」的罪行，徹底否定「黑線專政論」，重申「雙百方針」，肯定文藝工作者所取得的成就，強調文藝工作要為四個現代化的目標服務，為文藝工作的健康發展指明了方向。

　　中國迎來了撥亂反正、改革開放的新時代，詩歌創作回歸文學本位、審美本位也就成為必然。文學界重談「形象思維」的重要性，詩壇格局也發生了重大變化，兩大詩人群體在此時成為詩壇的主力軍：一是眾多被打倒的詩人重新拿起了筆，以詩歌表達內心的感懷，他們後來被稱為「歸來者」詩群：最先引人注目的就是艾青，他於 1978 年 4 月發表詩歌《紅旗》，1979 年 1 月號《人民文學》刊出他的長詩《光的讚歌》，1980 年 5 月艾青的詩集《歸來的歌》出版。大體而言，「歸來者」詩群有因胡風案而受牽連的「七月」派詩人如綠原、牛漢、曾卓等，有被錯劃為「右派」的詩人如艾青、公木、公劉、白樺、流沙河、邵燕祥、昌耀等，有遠離時代主潮而沉默的詩人如「九葉派」等。「歸來

〔註 3〕楊揚主編：《中國新文學大系‧史料索引卷一》（1976～2000），上海文藝出版社 2009 年版，第 1046 頁。

〔註 4〕本書編寫組編：《十一屆三中全會以來歷次黨代會、中央全會報告公報決議決定》（上），中國方正出版社 2008 年版，第 12～14 頁。

者」絕大多數生於 20 世紀初至 30 年代，他們是在「五四」新詩的影響下成長的，當他們歸來時，首先是接續上「五四」新詩的傳統。

另一個詩群就是在 20 世紀 50 年代出生、成長的青年詩人，他們經歷了上山下鄉、「文革」的動盪歲月，雖然缺少公開發表作品的機會，但是他們以自己的詩篇表達著內心的苦悶、迷茫與思索。這些詩人如雷抒雁、曲有源、舒婷、葉文福、傅天琳等，日後逐漸成長為詩壇的中堅，但其中又可分為繼承主流傳統與開創新路的兩大群體——後者基本上就是後來被稱為「朦朧詩人」的群體。

詩歌觀念與詩壇格局發生了重大變化，但是創作的繁榮需要積累，及時反映這一面貌的選本更是需要一個較長的過程，因此最初選本收錄的多為舊作或急就章，選本繁榮的背後其實是藝術本身的匱乏、當下創作的貧弱。不僅如此，1978～1979 年的社會秩序還處在一個新舊交替的不穩定狀態，思想禁錮的解除也不可能一蹴而就，何況當時各方面的爭論也空前激烈。春天雖然已經到來，但是這兩年仍是一個乍暖還寒的氣候。此時的選本恰恰成為時代的晴雨表，如《天安門詩抄》《天安門詩文集》《天安門詩詞三百首》《十月的風》《火的讚歌》《永恆的懷念（紀念毛主席詩歌選）》《山西詩歌選》《春的聲音——湖北省 1949～1979 年詩歌選》《江蘇詩選（1949～1979）》等，大致分為兩方面：一是控訴「四人幫」，懷念毛主席、周總理；二是對新時代的讚頌。這些作品的政治意味、社會意義顯然遠大於藝術成就。

另一些選本顯得較為特殊，但也富有格外的意義，如 1979 年 5 月上海文藝出版社編選並出版的《重放的鮮花》，這是一部「平反」作品選，因為收入的作品先前都被打成「毒草」。《重放的鮮花》第 1 版印數達 10 萬冊，影響極大。它是一部綜合性的選本，絕大部分是小說，流沙河的《草木篇》是唯一入選的詩作，但也正因為如此，它為新詩編選的變革戳開了一個口子，透出新的亮光。「編者」表示，書中收錄的都是 20 多年前的作品，在反右擴大化和「文革」期間遭到批判和禁錮。如今重新出版，不僅是因為它們已經被平反，還因為編者「仍舊強烈地感到它們的時代氣息和現實意義」，也就是說這些「干預生活」和愛情題材的作品，首先有著「積極的社會意義」；但是編者也強調這些作品「也有一定的藝術質量」，尤其是如果「不把藝術問題和政治問題混同起來」，它們就有存在的價值。〔註 5〕因此，這個選本的意義在於，首先它與上

〔註 5〕編者：《前言》，本社編：《重放的鮮花》，上海文藝出版社 1979 年版，第 i～ii 頁。

述控訴、讚美的選本一樣，首先重在社會意義、政治意味，從而擁有了合法性；其次，在肯定政治正確性的前提下，文藝作品的藝術性得到了尊重，這又是它與上述選本不太一樣的地方，正體現出思想解放進程中文藝觀念變革的過渡性特徵。

具有過渡性正是這一時期選本的重要特點，率先體現這一特點的主要是由各個高校組織編纂的現代文學作品選，編選者與 50～70 年代一樣不是個人，這也是一種過渡性的表現。這些作品選在「文革」結束前就已經出現，如 1972 年廣西民族學院中文系現代文學教學組編選的《現代文學作品選》、1973 年南京師範學院中文系現代文學教研組編的《現代文學作品選》等，它們主要是為教學服務，基本上屬於內部編印的資料，很少公開出版。〔註 6〕1978 年以後，當代文學作品選也開始出現，如黃岡師專中文系、安徽師大中文系、南京大學中文系編的當代作品選等。這是根據新的形勢而做出的安排，華南師範學院等十六所高等院校編的《中國當代文學作品選講》的「編後」（1979 年 6 月）對此有說明：「根據教育部制訂的高等院校中文專業現代文學教學大綱的要求，當代文學（即新中國建立以來的文學）將作為一門新的專業課程獨立設置」〔註 7〕，為配合教學需要，就編寫了這本作品選。

隨著教學秩序和高考的恢復，大量出現的文學作品選得到了公開出版的機會，其中新詩選本中最先出現的一部權威選本是《新詩選》（三冊）。這是一套中國現代新詩選本，北京大學、北京師範大學、北京師範學院三校聯合主編，北京師範學院中文系中國現代文學教研室負責編選，參編人員為李泱、易新鼎、謝昌詠、王曉勤、王清波等，上海教育出版社 1979 年 6 月、11 月、12 月出版，印數高達 5.7 萬冊。《新詩選》是三校合編的「中國現代文學史參考資料」中的一種，其他幾種是《文學運動史料選》《短篇小說選》《散文選》《獨幕劇選》。編選這套資料是為了配合中國現代文學的教學。

「中國現代文學史參考資料」的重要性、權威性從它的「說明」可以看出來：它是「在教育部領導下編選的」，初稿完成後教育部委託編選組召集學者審稿，而審稿人員名單中就有當年因《中國新文學史稿》而受到批判的王瑤，還有田仲濟、吳奔星、樊駿、徐迺翔、嚴家炎、陸耀東、黃曼君等學者，「說

〔註 6〕公開出版的作品選有少量，如北京大學中文系編的《中國現代文學作品選》，1975 年由北京大學出版社出版。

〔註 7〕編者：《編後》，十六所高等院校編：《中國當代文學作品選講》，廣西人民出版社 1980 年版，第 772 頁。

明」中還提到「在編選過程中，還得到周揚、夏衍、馮乃超、陳荒煤、吳伯蕭、李何林、唐弢、吳組緗等同志的熱情關懷和幫助」〔註8〕。因此，這部新詩選其實是在官方的支持下重新開展新詩教學、重塑新詩史並公開面世的成果，帶有著撥亂反正、正本清源的重大意義。

這本新詩選的「說明」寫於 1979 年 1 月，可見最晚在 1979 年 1 月，這本新詩選已經編完，不妨把它與時間間隔不大的臧克家主編的《中國新詩選》第三版（1979 年 9 月出版，「後記」的寫作時間為 1979 年 2 月）進行對比分析，或許會有更多的發現。臧克家曾在第二版、第三版的「後記」中針對讀者提出的擴大編選範圍的意見，表示這樣的工作應該由人民文學出版社或別的機構來完成，而上海教育出版社恰恰就完成了這樣一個任務。從編選的情況看確實是極大地擴大了範圍，也顯得更為包容，三冊選本共選入了 191 位詩人的 981 首詩歌，還附有「民歌選」，共選入 197 首民歌，總計 1178 首作品，規模不可謂不大。

作為在 1979 年出現的新詩選本，它們都帶有時代的印記，自身的過渡性是十分明顯的。不論是個人名義還是集體面貌，選家的主體性並不突出。這兩個選本都是將政治原則置於首位，《新詩選》的「說明」論及編選原則、範圍時提到：一、所選作品為「新民主主義革命時期創作的屬於新文學範疇的新詩」；二、「主要選取新詩發展史上重要詩人的代表作品，和其他有一定影響的作品。革命烈士的新詩和民歌，也酌量選入」〔註9〕。

第一條表述其實就是重新回到了「十七年」時期甚至更早的延安時期毛澤東對新民主主義文化的論斷。第二條表述中特別提及「革命烈士的新詩」，顯然是有政治因素的考慮，而民歌被選入是臧克家的選本所沒有的，這又體現出 1958 年新民歌運動的影響。

《新詩選》以李大釗居首，緊接著是周恩來、魯迅、郭沫若，他們是革命烈士、領袖、革命作家，然後才是胡適、沈尹默、劉半農等初期白話詩人，這樣的編排不難見出其中的用意。革命烈士或革命家的詩歌還有方志敏、葉挺、

〔註8〕北京師範學院中文系中國現代文學教研室：《說明》，北京大學、北京師範大學、北京師範學院中文系中國現代文學教研室主編：《新詩選》（第一冊），上海教育出版社 1979 年版，第 2 頁。

〔註9〕北京師範學院中文系中國現代文學教研室：《說明》，北京大學、北京師範大學、北京師範學院中文系中國現代文學教研室主編：《新詩選》（第一冊），上海教育出版社 1979 年版，第 1 頁。

陳然、黃藥眠、胡也頻、楊靖宇、陳輝等人的作品。入選的詩人中，也是郭沫若的作品選錄最多，選詩在 10 首以上的詩人依次為郭沫若（41 首）、殷夫（30 首）、聞一多（27 首）、臧克家（24 首）、艾青（20 首）、田間（18 首）、朱自清（16 首）、陳輝（16 首）、劉大白（14 首）、蒲風（14 首）、嚴辰（14 首）、王統照（13 首）、馮至（12 首）、何其芳（12 首）、王亞平（11 首）、蔣光慈（10 首）、朱湘（10 首）。

郭沫若在臧克家編的《中國新詩選（1919～1949）》與這部《新詩選》中都居於首要地位，凸顯出繼魯迅之後的這位新文學旗手同時又是國家領導人的詩人的地位，這在當時的新詩選本中是普遍現象。此外，左翼作家、進步作家也構成了入選詩人的主體。可以發現，郭沫若、殷夫、聞一多、艾青、臧克家這幾位作家，構成了這部選本建構的新詩史的幾個樞紐：郭沫若不僅在入選詩人中排在第一位，入選詩作也是最多，所選詩作從他的成名作《女神》開始，一直到 1945 年所作《進步贊》。這樣的編排意味著郭沫若不僅可以代表新詩第一個十年即初期的成就，同時也代表了整個中國現代新詩三十年的成就，是一個富有統攝力的作家。這一時期的詩人還突出了劉大白、朱自清、王統照等；殷夫、聞一多大體代表了第二個十年的成就，還有田間、蒲風、陳輝、蔣光慈、朱湘等；艾青、臧克家的創作跨越了 30～40 年代，艾青入選的詩作雖然沒有臧克家多，但是他排在臧克家的前面，而且像《大堰河——我的保姆》《向太陽》《雪裏鑽》這樣的長詩都是完整收錄，臧克家則沒有長詩入選，可見在選家心目中艾青的地位更為重要。他們成為代表第三個十年新詩成就的主要代表，此外有馮至、何其芳、王亞平、嚴辰等。這樣一個脈絡與臧克家所編選本也是大體一致的。

但是，如果認為這部《新詩選》就是臧克家選本的翻版與放大，顯然是不合適的。作為新時期重起爐灶編選的本子，這部選集已經呈現出了多種新的特質，儘管其中仍存在著不少矛盾、雜糅之處：首先最值得注意的是選入了胡適的 6 首詩、周作人的 3 首詩。雖然選本的第五條「說明」是這樣說的：「根據歷史唯物主義的原則，考慮了教學的實際需要，對於資產階級詩歌流派的作品，也少量選入，以供參考。對於胡適、周作人這種作者，則選的是他們從新文學陣營分化出去之前的作品。」〔註10〕「資產階級」這樣的概念仍在使用，

〔註10〕北京師範學院中文系中國現代文學教研室：《說明》，北京大學、北京師範大學、北京師範學院中文系中國現代文學教研室主編：《新詩選》（第一冊），上海教育出版社 1979 年版，第 1～2 頁。

但編選者選入了胡適、周作人的作品，卻是自 50 年代以來最大的突破，臧克家在三個版本的選本中從未提及周作人，更不用說選詩了，選本的第三版對胡適的批判語氣已經減弱，但臧克家也自始至終沒有選入胡適的詩歌，政治上的束縛在他的選本中終究牢不可破。

不僅如此，《新詩選》在編選方面做到了最大的包容，被臧克家完全抹去的朱湘，這套選本選入 10 首詩，可見編選者對他的重視。「新月派」的其他詩人卞之琳、陳夢家、林徽音（因）、方瑋德等都有詩篇入選。還有三類在臧克家選本以及當時的新詩史敘述中完全「消失」的詩人群也「歸來」了：第一類是與胡適、周作人一樣都被徹底否定的象徵派、現代派詩人如梁宗岱、李金髮等，第二類是因「胡風案」而受牽連的「七月派」詩人如公木、鄒荻帆、蘇金傘等，第三類是遠離了當時詩歌主潮因而被遺忘的詩人們，其中有 30 年代探索新格律詩的林庚、羅念生等，也有日後被稱為「九葉派」的穆旦、杜運燮等。《新詩選》做到了不因人廢詩，也不以詩廢人。對於新中國成立前後成長起來的青年詩人如嚴辰、張志民、李瑛等，選本也給他們留下了位置，意味著新詩史的脈絡在繼續延伸。

在篇目上，《新詩選》也顧及到新詩種類的多樣性與詩人創作的全面性，就前者而言，雖以短詩、抒情詩為主，但也選入了經典的長詩作品如朱自清《毀滅》、孫毓棠《寶馬》、馮至《北遊》、力揚《射虎者及其家族》、艾青《向太陽》等，而《寶馬》《射虎者及其家族》以及馮至的《蠶馬》、朱湘的《王嬌》等都是傑出的敘事詩。此外，選本雖然也收錄了民歌體的作品如阮章競、李季、王希堅、王老九等的詩歌、歌詞類作品（如楊靖宇《抗日聯軍第一路軍歌》《中朝民族聯合抗日歌》、李兆麟《第三路軍成立紀念歌》、公木《中國人民解放軍進行曲》等）以及大量的民歌，但也突破性地選錄了馮至的十四行詩，兼顧了中國傳統與西方資源，也兼顧了現實主義、浪漫主義與現代主義等不同風格的作品。

這套選本除了一篇簡短的「說明」之外，完全沒有以往選本的「導論」。編選者的立場看似模糊不清，其實是潛在地表明了編選者的態度：雖然讀者缺少了編選者的引導，但是 50～70 年代的引導，其實多是居高臨下的指令。現在要做的，是真正回到作品本身，放棄對讀者的「指導」，讓讀者自己去評判。選入的詩歌看上去很蕪雜，但它們既然能夠入選，恰恰表明了編選者對它們的認可乃至於「平反」的態度，這就打破了 50～70 年代的新詩史建構模式，意味著新詩史應該將胡適、周作人、象徵派、現代派、「七月派」、「九葉派」、十

四行詩等納入自己的框架內，新詩史應該重寫。

因此，作為選本，《新詩選》的確帶有模糊、雜糅的問題，革命烈士與「資產階級」作家、民歌與十四行詩、現實主義與浪漫主義、現代主義等的雜糅十分明顯，但這種模糊、雜糅或許正是它的價值：在一個新舊交替的過渡時代，這樣一個過渡性選本，恰恰以其「兼容並包」的姿態，打破了一體化的格局，彰顯出「包容」與「突破」的雙重意義，從而為新詩編選、新詩史建構開創出一片新的天地。新詩史的傳統既然是豐富而多元的，那麼當下的新詩創作該往何處去，答案就蘊含其中了。回顧歷史其實也是指向現實，從一定的意義上講，《新詩選》也有為當下新詩創作提供參考的重要意義。

《新詩選》代表了新時期以來對建國前 30 年（中國現代）新詩史的回顧與反思，從而起到變革新詩觀念與重塑新詩史的作用，而《詩刊》社編選的三冊《詩選》，則指向了建國後 30 年的新詩——中國當代新詩，兩部選本對於 60 年來的新詩史有了一個較全面的梳理，同時對當時的新詩創作無疑也有一定的指導作用。這套《詩選》由人民文學出版社出版，帶有為建國三十週年獻禮的意味，分別於 1980 年 3 月、1981 年 2 月、5 月出版，印數分別為 4 萬冊、2.5 萬冊、2 萬冊，同樣是一個權威且影響極大的選本。

與《新詩選》一樣，《詩選》也是以《詩刊》社的集體名義署名，也沒有「導論」，只有一篇以「詩刊編輯部」名義登載的簡短的「編選說明」（時間為 1979 年 7 月），連編選緣由都說得很含糊：「在廣大詩歌作者、各地文聯和報刊編輯部的熱情支持下，我們編出了這本詩選。」重點說明的其實是「編選體例」：這套選本實際所收作品時限是自 1949 年 10 月至 1979 年 3 月，此外「篇幅所限，三百行以上的長詩沒有選入，除《天安門詩選》部分包括若干舊體詩外，舊體詩、兒童詩、歌詞、民歌一律未選」〔註 11〕。因此，《詩選》的規模比《新詩選》要小很多，但也相對謹嚴一些，共收入 229 位詩人的 502 首詩，除郭沫若外沒有一位詩人的作品入選超過 10 首。

儘管如此，《詩選》與《新詩選》一樣仍是一個過渡性選本。以往的新詩選本基本上不會選入舊體詩詞，但由於「天安門詩選」中有舊體詩，所以書名定為《詩選》是合適的，而且「天安門詩選」因其特殊的意義被安排在第一冊卷首，有著宣告新時代到來的用意。詩人的排序則打破一貫的時間順序，以作

〔註 11〕《詩刊》編輯部：《編選說明》，《詩刊》社編：《詩選》（第 1 冊），人民文學出版社 1980 年版，第 1 頁。

家姓氏筆劃為序，如此一來就不用顧忌座次和先後問題了。不過這樣做不便於讀者把握詩歌史的脈絡。從入選篇數看，依次為郭沫若（12 首）、阮章競（9 首）、聞捷（9 首）、李瑛（9 首）、艾青（7 首）、田間（7 首）、李季（7 首）、張志民（7 首）、郭小川（6 首）、公劉（6 首）等。雖然郭沫若在 50 年代以後的詩作水平比不上他的早期作品，但仍有 12 首詩入選，數量最多，這樣的編排，顯然仍是要突出郭沫若的地位。《詩選》宣稱不選民歌，但是依然選入了習久蘭、黃聲孝（笑）、王老九的民歌體作品。

《詩選》的這些問題，與《詩刊》的處境及其自身的矛盾態度有關，在形勢、政策依然較為纏雜的 1979 年初，《詩刊》在努力革新的同時又顧慮重重，「作為一種國家刊物，《詩刊》一方面似乎要代表這個國家的詩歌藝術水準，無論是它的自我定位還是公眾期待；另一方面，正因為是國家刊物，它必定是主旋律的，代表主流意識形態和公共精神的，同時是方方面面必須照顧周全的。不難看出，《詩刊》創辦以來保持著兩重性，面臨著公共性與獨創性的諸多矛盾」〔註12〕。

儘管如此，這部選本還是顯示出它獨特的意義。首先，入選詩人可以分為四個緊密銜接的群體：一是「五四」時期的詩人如郭沫若、汪靜之等；二是三四十年代成名的詩人如艾青、臧克家、力揚、公木、鄒荻帆、卞之琳、馮至、何其芳、田間、柯仲平、光未然、蘇金傘、李廣田、徐遲、蔡其矯等；三是 50 年代前後成長起來的詩人，如管樺、白樺、嚴陣、張志民、聞捷、公劉、邵燕祥、流沙河、周良沛、賀敬之、柯岩、李瑛等；四是「文革」後嶄露頭角的青年詩人如雷抒雁、葉文福、李小雨、李松濤等。

四類詩人群還是為我們勾勒出了《詩刊》心目中的建國 30 年新詩史線索：這條線索就是「五四」以來追求革命與進步的現實主義主潮。郭沫若的詩歌雖然是浪漫主義的，但被認為是革命的浪漫主義，而汪靜之的《血液銀行》同樣充滿了革命的激情。卞之琳的《十三陵水庫工地》（二首）、馮至的《韓波砍柴》《黃河二題》《人皮鼓》等也是如此。

在詩人陣容上，第二、三類詩人占多數，可見《詩刊》社是把「歸來者」放到當代 30 年新詩主力軍的地位上，這樣的安排，顯然是帶有為他們平反的意味，而接續主潮的第四類詩人正在詩壇發出自己的聲音。因此，《詩刊》也

〔註12〕王光明等：《2004 年的詩：印象與評說（代前言）》，王光明編選：《2004 中國詩歌年選》，花城出版社 2005 年版，第 3 頁。

是要把這一主潮設定為指引青年詩人創作的方向。

其次，《詩選》把舊體詩、兒童詩、歌詞、民歌等排除在外，也不收 300
行以上的長詩，收錄的作品絕大多數為較短小的抒情詩，這樣的編排，在形式
上確立了 80 年代以來新詩編選的規則，更重要的是詩歌觀念的扭轉——相比
於《新詩選》的包容與雜糅，《詩選》非常清楚地扭轉了新民歌運動以來的方
向，接上了「五四」至 30 年代的詩歌觀念，即重視詩歌的抒情性及體式的自
由。這樣做，既重塑了建國 30 年來的新詩史，也對 80 年代的新詩創作與編選
產生了重要影響。在此以後，敘事詩、民歌及民歌體作品漸漸退出了新詩選家
的視野，而篇幅問題也限制了長詩入選的空間。

以《新詩選》《詩選》為代表的選本是七八十年代之交特殊時代的產物，
當時新詩創作亟待走出困境，但首先需要的是解放思想，因而新詩史的梳理就
起到了這方面的作用。80 年代新的思想方向確立以後，詩人與詩歌愛好者更
需要的就是能夠為自己創作與閱讀提供直接參考的作品了，因而進入 80 年代
以後，側重於新詩史的綜合性選本處於一個相對沈寂的狀態，而對當下新詩創
作具有直接指導和參考意義的流派詩選開始大量興起。

第二節　流派詩選的興起

1979 年，中國迎來改革開放的春天，詩歌則是這個春天裏最動人的歌聲。
文學在此時呈現出極其興盛繁榮的景象，文學思潮的論爭也開始達到高潮，這
也就是日後屢屢為人所提及與懷念的「80 年代」景象。新詩的「80 年代」景
象，在 1980 年就已經顯現端倪：1 月《福建文藝》第 1 期選出舒婷的 5 首詩
作題為《心歌集》，組織討論，由此引發了曠日持久的論爭；4 月南寧會議召
開，圍繞日後被命名為「朦朧詩」的新詩潮的論爭更趨激烈；5 月 7 日謝冕在
《光明日報》發表《在新的崛起面前》，作為「三個崛起」論的開山之作，為
朦朧詩進行了最初的但也是有力的辯護；7 月，《詩刊》社舉辦了「青年詩作
者創作學習會」（第一屆「青春詩會」），舒婷、顧城、江河等朦朧詩人參加；
8 月，章明的文章《令人氣悶的「朦朧」》發表，「朦朧詩」之名得以傳開。

如果說 1980 年是新詩的論爭年，1981 年的景象就是新詩論爭與創作都顯
得格外熱鬧，值得關注：

1 月，四川人民出版社出版了《徐志摩詩集》《戴望舒詩集》《胡也頻詩稿》。

對徐志摩而言，1957 年臧克家主編的《中國新詩選》第二版收入了徐志摩的詩歌，但是他的詩集自 1949 年之後始終未能公開出版，這次出版意義重大；

3 月，孫紹振《新的美學原則》發表，與此前謝冕發表的《在新的崛起面前》形成呼應之勢，有力地聲援了朦朧詩；中國作家協會江西分會、《星火》文學月刊社編選出版《朦朧詩及其他》（內部資料）；

5 月 25 日～30 日，「全國中青年詩人優秀新詩評獎」頒獎大會在北京舉行，「歸來者」與青年詩人同臺領獎，舒婷作品也在獲獎之列。它拉開了全國性新詩評獎活動的序幕，此後的 1983 年、1986 年、1988 年，中國作協舉辦了三屆全國優秀新詩（詩集）的評獎活動，對新詩創作、傳播、編選都產生了巨大的影響；

6 月，張默主編的《剪成碧玉葉層層——現代女詩人選集》在中國臺灣出版，這是自 1936 年《現代女作家詩歌選》問世之後，時隔 45 年再度出版中國現代女詩人詩選；

7 月，《九葉集》由江蘇人民出版社出版；

8 月，綠原、牛漢編《白色花——二十人集》由人民文學出版社出版；

9 月，王家新等編選的《中國現代愛情詩選》由長江文藝出版社出版；上海文藝出版社編選的《中國現代抒情短詩 100 首》出版；

11 月，中國社科院文學研究所編的《1980 年新詩年編》由江蘇人民出版社出版；

12 月，《青年詩選》由中國青年出版社出版；北京市文聯研究部編選出版《爭鳴作品選編》（內部資料）。

單就這一年的選本而論，「女性」、「愛情」、「抒情」、「年度」、「青年」等成為最亮眼的關鍵詞，也是詩歌選本分類的重要依據，而這些關鍵詞，本身就是 80 年代社會心理與風貌的印記，是 80 年代時代精神的體現並一直持續到 90 年代。當然，這些關鍵詞作為時代印記是鮮明的，但作為詩歌分類的依據，終究還是顯得籠統、浮泛了一些。經歷了 70 年代末的撥亂反正，80 年代中國邁入改革開放的快車道，對新詩而言，當下創作迫切需要指導，詩歌選本、詩歌評獎、《詩刊》社的「青春詩會」、《詩刊》社與《星星》詩刊舉辦的詩歌函授、講座等活動，都是對這種需求的回應。但它們之中堪稱首選的就是流派詩選，它們最能切入詩歌創作與詩歌藝術的特質方面，給予當時的創作以啟示，同時也可以為新詩史留存文獻資料。《九葉集》《白色花》等正是如此。此外《徐

志摩詩集》《戴望舒詩集》的出版也為流派詩選奠定了基礎，因為戴望舒、徐志摩都是被視為各自流派中的代表人物。

在《徐志摩詩集》的「序」（1979 年 7 月）裏，卞之琳開篇就明確提出「做人第一，做詩第二。詩成以後，卻只能就詩論詩，不應以人論詩」，在他看來，徐志摩的思想是駁雜的，在藝術上則努力探求漢語新詩的開拓，這也是徐志摩詩歌的價值所在〔註13〕。作為對「序」的呼應，周良沛在「編後」（1980 年 5 月）中以「實事求是」作為探討徐志摩的原則，同意卞之琳提出的「就詩論詩」主張。他認為，徐志摩的思想是矛盾的，藝術上也並非沒有瑕疵，但編選《徐志摩詩集》，正像有的老詩人提議的，「哪怕只為這一代想熟悉新詩史的詩人和為研究工作者提供一份完整的資料也罷」，對年輕人而言，也會「從正反兩方面得到較大的收益」〔註14〕。雖然 1957 年出版過《戴望舒詩選》，是作為現代作家選集之一種，但該選本更多地是強調他後期的轉變，到 80 年代，「大家都認為五七年的選本選得太少，這次應該多選，甚至全出」〔註15〕。對於這種意見，卞之琳和周良沛都是支持的。《戴望舒詩集》有卞之琳的「序」、艾青當年為《戴望舒詩選》所作的《望舒的詩》和周良沛的「編後」。三篇文章都肯定了戴望舒在詩藝上的成就，而卞之琳、周良沛更是能夠直接抓住戴望舒詩歌的現代主義色彩展開論述，《戴望舒詩集》大量地選入了戴望舒前期的作品。胡也頻是革命烈士，但是作為「新文學選集」之一種的《胡也頻選集》只收了他的後期小說作品，革命烈士的剛強英勇是在這些小說中展現的，而留存下來的詩作都是他早期的作品，「真實地記錄了那些青年在當時既是舊禮教的叛逆者，又是個人主義者，既傾向社會革命，又擺脫不了自己因循而行動不力的弱點，既充滿小資產階級的幻想，又不得不在幻想的破滅中生活。對現實的卑視和個人的孤獨苦悶相存，痛苦的掙扎與舊世的無道相襯」〔註16〕。這樣的作品在 50 年代自然是不能被選入的，到 80 年代《胡也頻詩稿》出版，完整、真實的革命者形象才由此樹立，正如周良沛所言，這是「一個真實人的詩」〔註17〕。

〔註13〕卞之琳：《序》，《徐志摩詩集》，四川人民出版社 1981 年版，第 1～7 頁。
〔註14〕周良沛：《編後》，《徐志摩詩集》，四川人民出版社 1981 年版，第 251～257 頁。
〔註15〕周良沛：《編後》，《戴望舒詩集》，四川人民出版社 1981 年版，第 168 頁。
〔註16〕周良沛：《一個真實人的詩》，《胡也頻詩稿》，四川人民出版社 1981 年版，第 6 頁。
〔註17〕同上，第 1 頁。

　　卞之琳與周良沛在當時的環境中所下的論斷都是比較謹慎的，也帶有過渡時代的一些印記，但是已經把重心轉移到詩歌本身了，力圖重回時代、個人、審美的本位，這樣的詩集一方面是為新詩史重新塑形，另一方面也為新詩創作提供了參考。

　　流派詩選中率先出版的是《九葉集》（江蘇人民出版社，1981 年），收入辛笛、陳敬容、杜運燮、杭約赫、鄭敏、唐祈、唐湜、袁可嘉、穆旦 9 位詩人的作品，詩人們自己挑選作品，為之作序的是身為九葉派成員的袁可嘉。《白色花》（人民文學出版社，1981 年）是「七月派」的作品選，收入 20 位詩人的 119 首詩，「七月派」成員綠原、牛漢編選，綠原作序。因此，這兩部選本與 30 年代陳夢家所編的《新月詩選》十分相似，都是同人詩選。但它們更具有為新詩史存照以及為當下創作提供參考的意願，而《新月詩選》更主要是彰顯「新月派」的詩歌觀念與創作實績。

　　袁可嘉在《九葉集》序言中強調九葉派都是愛國知識分子，他們的詩作是中國 40 年代部分歷史的忠實記錄，「內容上具有一定的廣度和深度，藝術上，結合我國古典詩歌和新詩的優良傳統，並吸收西方現代詩歌的某些手法，探索過自己的道路，在我國新詩的發展史上構成了有獨特色彩的一章」〔註18〕。綠原在序中同樣強調了他們的愛國立場，同時努力做到「主客觀的高度一致，包括政治和藝術的高度一致」，他們借用阿壟詩句中的「白色花」為選本命名，正是要「紀念過去的一段遭遇：我們曾經為詩而受難，然而我們無罪！」〔註19〕

　　《九葉集》與《白色花》具有非常重要的意義，它們使 40 年代被遮蔽的一段詩歌史浮現出來，也更新著人們對新詩的認知。王光明認為，它們「對被掩埋詩人詩作的昭彰，也為新詩史研究中資料的發掘、流派和詩潮的研究提供了啟示」〔註20〕。從 80 年代初期的個人詩集如《徐志摩詩集》《戴望舒詩集》與零星的流派選本如《九葉集》《白色花》，再到大型流派選本叢書的推出，80 年代流派詩選的發展脈絡十分清晰。

　　「中國現代文學流派創作選」叢書就是這樣的一套大型叢書，這是一套規

〔註18〕袁可嘉：《序》，辛笛等：《九葉集》，江蘇人民出版社 1981 年版，第 3 頁。
〔註19〕綠原：《序》，綠原、牛漢編：《白色花》，人民文學出版社 1981 年版，第 5～9 頁。
〔註20〕王光明：《新詩研究的歷史化——當代中國的新詩史研究》，《文藝爭鳴》2015 年第 2 期。

模空前宏大的文學流派及作家群的選本，時限為「五四」文學革命至 1949 年新中國成立。該叢書的「出版說明」是：「在中國現代文學發展過程中，湧現過許多流派，它們創作了各具特色的作品。《中國現代文學流派創作選》叢書，通過選印各流派的代表作，幫助廣大讀者認識中國現代文學發展的千姿百態，並為研究、教學工作者提供對各種文學流派進行比較和研究所必需的資料」，「除選入有較大影響的文學流派外，也酌選一些作家群」〔註 21〕。

　　根據當時負責該叢書的岳洪治回憶，這套叢書的策劃人正是「七月」派詩人、時任人民文學出版社現代文學編輯室主任、《新文學史料》主編的牛漢。牛漢策劃並推出了「中國現代文學流派創作選」叢書、「中國現代作家選集」叢書、「中國現代文學作品原本選印」叢書與《新文學史料》叢書〔註 22〕。它們無疑具有保存現代文學史料、展現中國現代文學多元面貌的作用，但它們的意義又遠不止於此。牛漢復出並策劃四大叢書，是在中國社會經歷巨大變革的前提下才有可能，而他的運作之所以能夠成功，也是因為他順應了這一形勢，在求新求變的時代以全新的觀念與立場重塑中國現代文學的面貌。

　　「中國現代文學流派創作選」自 1983 年 3 月開始出版，至 1995 年 12 月，共出 14 種：

　　　　　《荷花澱派作品選》，1983 年 3 月出版，印數 25000 冊；

　　　　　《山藥蛋派作品選》，1984 年 8 月出版，印數 24100 冊；

　　　　　《新感覺派小說選》，1985 年 5 月出版，印數 30000 冊；

　　　　　《現代派詩選》，1986 年 5 月出版，印數 8900 冊；

　　　　　《〈七月〉〈希望〉作品選》，1986 年 7 月出版，印數 3500 冊

〔註 23〕；

　　　　　《象徵派詩選》，1986 年 8 月出版，印數 8400 冊；

　　　　　《〈語絲〉作品選》，1988 年 8 月出版，印數 7050 冊；

　　　　　《新月派詩選》，1989 年 9 月出版，印數 7350 冊；

　　　　　《京派小說選》，1990 年 11 月出版，印數 2690 冊；

　　　　　《文學研究會小說選》，1991 年 5 月出版，印數 1550 冊；

〔註 21〕　《〈中國現代文學流派創作選〉出版說明》，藍棣之編選：《現代派詩選》，人民文學出版社 1986 年版，襯頁。

〔註 22〕　岳洪治：《「中國現代文學流派創作選」出版瑣記》，《出版史料》2009 年第 4 期。

〔註 23〕　《〈七月〉〈希望〉作品選》分 2 冊，收入的作品包括詩歌。

《鴛鴦蝴蝶──〈禮拜六〉派作品選》，1991 年 9 月出版，印數 7570 冊；

《九葉派詩選》，1992 年 2 月出版，印數 2170 冊；

《東北作家群小說選》，1992 年 6 月出版，印數 2520 冊；

《論語派作品選》，1995 年 12 月出版，印數 3000 冊。

岳洪治提到這套叢書反響很大，受到廣大讀者尤其是高校文科師生的熱烈歡迎，其中《新月派詩選》《現代派詩選》等尤為突出。叢書中有幾種選本曾經再版，仍然供不應求，人民文學出版社準備於 2001 年選擇幾個急需品種予以再版，但是一度擱置了下來。2008 年 2 月，岳洪治向社裏提交報告，彙報修訂版情況的同時提議及時出版。他在報告中闡述了應該出版的三點理由：一是「市場需求」；二是叢書的編選者「都是國內高校的著名學者、教授。他們的選本，具有較高的學術性、權威性，因而，這套叢書也即具有了經典的品味」；三是「相關編者已經按我們的請求做好了修訂」〔註24〕。他介紹了六種修訂版選本的基本情況，提出了建議印數：《新感覺派小說選》《鴛鴦蝴蝶──〈禮拜六〉派作品選》建議印數 1 萬冊；《新月派詩選》《現代派詩選》《象徵派詩選》《九葉派詩選》建議印數 8 千冊〔註25〕。6 種選本中詩歌選本就佔了 4 種，可見詩歌在當時人們心目中的份量。

從單部詩集、個別選本到大規模流派叢書的推出，文學自身的特性得到了越來越多的關注。這幾種形式的作品，其實都兼有重塑新詩史與為當下創作提供指導、參考的意義，選家應該也是同時具備這兩方面的意識的，並且這些意識是不斷趨於自覺與成熟。此外，流派叢書的推出，是以集團化的方式運作，而且是由文學出版的最高機構──人民文學出版社集中推出，不難看出背後也有官方意願的推動。因此，「中國現代文學流派創作選」叢書與單部詩集、個別選本比較起來，在規模、深度、廣度、影響力等方面都要大得多。

「中國現代文學流派創作選」具有與 20 世紀 50～70 年代選本明顯不同的特點：首先，編選者均為高校、科研機構的學者、評論家（藍棣之雖然也是詩人，但作為選家，他的學者身份更突出）；其次，該叢書還邀請編選者「撰寫序言，闡明所選流派的淵源發展、思想藝術特色及其在文學史上的影響和作

〔註24〕岳洪治：《「中國現代文學流派創作選」出版瑣記》，《出版史料》2009 年第 4 期。
〔註25〕同上。

用」〔註26〕。這些「序言」顯然接續了以往選本「導言」的傳統，不是居高臨下的指導，而是文學批評意義上的闡釋與指引。文學選本的功能也就得到了恢復。

編選者們能夠以專業的眼光，客觀、公正地對各個流派進行梳理、述評與篩選。孫玉石編選的《象徵派詩選》將李金髮置於首位，他在「前言」中清晰地勾勒了這一流派產生、發展的歷史軌跡。藍棣之編選的《新月派詩選》《現代派詩選》《九葉派詩選》也是如此，深厚的學養在此起到重要的支撐作用。同時，這套選本與同人詩選不同，此前的同人選本如陳夢家編的《新月詩選》，牛漢、曾卓編的《白色花》，「九葉派」詩人的《九葉集》，它們的優勢是非常清楚本流派的特點與風格，能夠盡最大努力予以彰顯。但也因為囿於自身，眼界、格局都會受到限制。而學者們選詩，他們並非流派中人，能夠拉開距離，更加全面、客觀地予以審視，對流派的把握也往往能夠具有文學史的眼光。以新月派詩選為例，藍棣之選本與陳夢家的不同之處就在於他對新月派的總體把握與定位是陳夢家所難以做到的，選詩時他更傾向於徐志摩、聞一多、朱湘等詩人，這也是符合實際的。在編選《九葉派詩選》時，他更多地選入鄭敏的作品，是因為80年代鄭敏的創作十分活躍，在修訂時他特意更多地加入穆旦的作品，顯然是與穆旦詩作的特質被重新發現並日益受到重視有關。

《象徵派詩選》選入李金髮、王獨清、穆木天、馮乃超、姚蓬子、胡也頻等9位詩人；《新月派詩選》選入徐志摩、聞一多、饒孟侃、朱湘、孫大雨、邵洵美、方令孺、林徽因等18位詩人；《現代派詩選》選入卞之琳、曹葆華、戴望舒、廢名、金克木、李白鳳、李廣田、李健吾、林庚、路易士、施蟄存、孫毓棠、吳奔星、辛笛、徐遲、趙蘿蕤等31位詩人；《九葉派詩選》收入九位詩人的詩作。這幾種詩選堪稱各流派詩人詩作空前的集結與亮相，同時也有意識地突出了代表性人物，是一次極為系統、全面、深入的編選與總結。

不僅如此，從這套叢書的印數及再版情況，也可以發現時代變遷的影響及它們的接受情況：第一，在80年代出版的其中幾種選本，初版印數普遍高於90年代出版的，特別是80年代印數最多的《新感覺派小說選》（1985年），初版印數30000冊，比90年代印數最多的《鴛鴦蝴蝶——〈禮拜六〉派作品選》（1991年，印數7570冊）要高出許多。可見90年代商品經濟大潮衝擊的影

〔註26〕　《《中國現代文學流派創作選》出版說明》，藍棣之編選：《現代派詩選》，人民文學出版社1986年版，襯頁。

響；第二，在各類體裁中，詩歌的邊緣化又比小說更明顯，詩歌選本的印數最多是 8900 冊（《現代派詩選》，1986 年），遠少於《新感覺派小說選》這樣的小說選本。這體現出文學體裁格局的變遷及其與時代的對應關係：徐勇認為，「當啟蒙佔據主導地位的時候，小說就可能成為主導文體」，「20 世紀 80 年代以來的幾十年，其文學的功能更多體現在啟蒙和提高上。小說正是充當了這種啟蒙和提高的任務。這種狀況，決定了 20 世紀 80 年代文學選本中小說選本在總體上佔據主要位置；其時，影響較大的，也多是小說選本」〔註27〕；第三，岳洪治提到這套叢書受到讀者的歡迎，市場需求旺盛，藍棣之編選的《新月派詩選》《現代派詩選》被北大、北師大等高校列為必讀書。這表明文學編選日益受到市場經濟規律的制約，編纂選本不單是選家的事情，更多地受到出版策劃、讀者認可、市場營銷等因素的影響。藍棣之編選的《九葉派詩選》就是一例，它因為印數太少而湮沒無聞，事實上藍棣之本人最重視的恰恰是《九葉派詩選》，不僅是因為「下的工夫最深」，而且這是一本「最適合當代又含有最多藝術分量的詩選」〔註28〕。岳洪治在自己的報告中提及這一選本並建議修訂再版，可見他對其中的問題是有著清楚的瞭解的。

當時的文學流派叢書還有錢谷融主編的「中國新文學社團、流派叢書」。這套叢書是完全依照流派來分，意在「梳理新文學的真實發展線索」〔註29〕，同時它不僅收入作品，也選錄評論資料。這套叢書與「中國現代文學流派創作選」收錄的流派有重疊，如新月派、九葉派、文學研究會、京派等，但也收入莽原社、湖畔詩社、獅吼社、淺草社等小型流派、群體的作品，與「中國現代文學流派創作選」可以互為補充、參照。

八九十年代的詩歌思潮流派選本如《九葉集》（1981）、《白色花》（1981）、《朦朧詩選》（1985）（下文將專門論述）以及「中國現代文學流派創作選」叢書、「中國新文學社團、流派叢書」等，具有多方面的意味：首先，它們是以流派選本的方式呈現出中國新詩流派史乃至於中國新詩史的圖景，與綜合性選本明顯不同，詩人之間的關聯與影響、詩歌流派的群體性力量得以彰顯；其次，它們打破了 50 年代以來的一體化格局，顛覆了盛行的新文學主流支流說、

〔註27〕徐勇：《選本編纂與當代文學體裁格局變遷》，《江西社會科學》2019 年第 8 期。
〔註28〕藍棣之：《修訂版後記》，《新月派詩選》（修訂版），人民文學出版社 2011 年版，第 339 頁。
〔註29〕錢谷融：《梳理新文學的真實發展線索——〈中國新文學社團流派叢書〉序》，《中國現代文學研究叢刊》1985 年第 4 期。

階級鬥爭說及新文學史觀，各類思潮流派開始得到重新的評價與定位。如果把它們連到一起，或許就是一條非主潮的中國新詩（流派）史：新月派——象徵派——現代派——七月派——九葉派——朦朧詩，當然其間更多地是交叉、重疊、共存而非取代、進化的關係。這與 1942 年以後描繪的中國新詩主潮史顯然是大相徑庭的；再次，這些思潮流派的選本能夠編選、出版，本身就是時代環境與社會心理發生巨大轉變的折射，因為這些思潮流派在 50～70 年代恰恰是非主流的，處在被忽視甚至是受批判、遭打壓的狀態，只有到了撥亂反正、自由寬鬆的 80 年代，它們才有被重新發現的可能，但這也恰恰說明它們本身頑強的生命力；最後，選家的面貌不再是群體性的或者是無名的，而是具有明確詩歌觀念的主體，他們的地位重新確立。由此，一種新的選本風貌得以形成。

在這些詩歌流派中，更受關注、影響更大的還是側重於新詩格律的新月派以及具備現代主義色彩的象徵派、現代派、九葉派等，它們備受關注，是與八九十年代人們對審美現代性的渴求相關聯的。

這一點也可以從外國文學選本的大量出版得到印證。徐勇在研究中發現，80 年代出現的大量外國文學選本，與 50～70 年代有很大不同：從過去側重俄蘇文學到側重歐美文學特別是美國文學，對歐美文學又傾向於當代，「當代意識的增強，也使得現代派作品逐漸進入到文學選本中，並佔據一定比例」〔註30〕。在當時出現的外國現代派作品選本中，袁可嘉編選的《外國現代派作品選》是個重要標誌，此外還有《歐美現代派作品選》《荒誕派戲劇選》《意象派詩選》《英美意象派抒情短詩集錦》《外國現代派詩集》《外國現代派百家詩選》等，此時的時代心理與接受語境已經發生了極大的變化。袁可嘉為《外國現代派作品選》所寫的序言是能夠典型地體現出當時人們的態度的：對於現代派文學既急切需求，但是在理論層面又謹慎對待。從這個意義上講，中國現代派文學選本的興起，其實是在整個社會時代與讀者心理都已發生變革的前提下實現的。

對於 80 年代而言，當下的文學流派也需要加以關注和總結以便更好地介入文學創作，在這種背景下《朦朧詩選》（遼寧大學中文系 1982 年編印、春風文藝出版社 1985 年出版）應運而生。這是一本純粹由文學青年編成的選本，在當時引發了一股全國性的熱潮，迅速成為最具影響力的流派詩選，而它的影

〔註30〕徐勇：《外國文學選本編纂與「現代派」的接受及其合法性問題》，《西南大學學報》2018 年第 1 期。

響所及，早已越出文學的範圍，成為一個時代的象徵，這樣一種效應，無論是當年的朦朧詩人還是編者都不曾想到。

朦朧詩的歷史地位並不是由朦朧詩群有意識地加以確立的，而是被讀者和選本所賦予的：首先，「朦朧詩」之名就是來自於讀者章明《令人氣悶的「朦朧」》的批評意見，朦朧詩群只是一個鬆散的群體，並未想過為自己命名；其次，正是在各類選本的作用下，這一本來鬆散的群體被學界和讀者聚合到了一起，建構了一個以北島、舒婷、顧城等人為核心的歷史譜系：白洋淀詩群——《今天》詩群——朦朧詩群〔註31〕，食指的意義也被挖掘出來。在選本的調整中，朦朧詩群的面貌、風格得到了較好地揭示與展現，芒克、多多等重要詩人得以浮現；再次，朦朧詩群本來只是熱愛詩歌、以詩歌表達個人對時代的思考的青年群體，他們不曾追名逐利，卻以其人道主義情懷與新奇的藝術手法點燃了讀者的熱情，而選本的適時出現使他們的經典地位得以逐步確立。最重要的選本自然是春風文藝出版社的《朦朧詩選》，還有後出轉精的洪子誠、程光煒編選的《朦朧詩新編》。從這個意義上講，是選本成就了朦朧詩。

80 年代初中國詩壇的主力是「歸來者」詩人群和青年詩人們，朦朧詩群就屬於後者。在朦朧詩的各類選本出現以前，朦朧詩群就已經通過各種途徑發表著自己的作品，除了以 1978 年創刊的《今天》作為陣地，最重要的就是舒婷、北島、顧城等人的作品在《詩刊》轉載或發表。《今天》將這批志同道合的詩人集聚到一起，放射出巨大的能量。同時作為中國詩歌最高刊物的《詩刊》也在努力求新求變。一方面，《詩刊》努力尋求真正有詩藝價值的作品；另一方面，1979 年的《詩刊》除了譯介西方詩人，特別重視發掘國內詩歌資源，於是《今天》詩群的作品逐漸進入《詩刊》編輯的視野，北島的《回答》、舒婷的《致橡樹》、《祖國呵，我親愛的祖國》《這也是一切》、顧城的《歌樂山組詩》，相繼被轉載或刊發。《今天》詩群的作品公開發表，又是在《詩刊》這樣的刊物上，意味著地下寫作開始得到了官方的承認。

事實證明，借助於官方刊物的力量，新詩潮的影響迅速擴大，特別是得到了《詩刊》的認可，其意義是十分重大的。正如李小雨所說，《詩刊》改變了

〔註31〕這樣一個被建構起來的譜系當然還不完整、不全面，也有爭議。如白洋淀詩群之前還有北京的「詩歌沙龍」，而貴州的「啟蒙社」、上海、四川等地的詩歌活動，都可能與朦朧詩有關。參見洪子誠：《序》，洪子誠、程光煒編選：《朦朧詩新編》，長江文藝出版社 2004 年版，第 8～9 頁。另見李潤霞：《〈中國新詩總系〉的編選原則與史料問題》，《文藝爭鳴》2011 年第 6 期。

眾多文學青年的命運〔註32〕，中國新詩的格局也打開了一個全新的局面。

　　當然，由於眾所周知的原因，新詩潮也引發了激烈的爭議。1979 年公劉發表了《新的課題——從顧城同志的幾首詩談起》；1980 年 1 月《福建文藝》選出舒婷的部分詩歌編成《心歌集》刊發，由此引發出長達一年的關於新詩創作道路的爭論；1980 年 4 月的南寧會議圍繞這類爭論成為焦點所在。謝冕參加了這次會議，後來應《光明日報》之邀發表了著名的《在新的崛起面前》，最早為新詩潮作了有力的辯護。同年《詩刊》8 月號刊登章明的文章《令人氣悶的「朦朧」》，這一詩潮由此得名。朦朧詩潮就是這樣在爭論中前行，其影響在不斷擴大，從1980 年到 1985 年，各類正式、非正式出版的選本都收錄了不少朦朧詩作：

　　　　《1980 年新詩年編》，中國社會科學院文學研究所編，江蘇人
　　民出版社 1981 年 11 月出版，收入北島詩 1 首、梁小斌詩 2 首、顧
　　城詩 5 首、楊煉詩 2 首、王小妮詩 1 首、舒婷詩 2 首；

　　　　《青年詩選》，本社編，中國青年出版社 1981 年 12 月出版，收
　　入舒婷、王小妮、梁小斌等詩作；

　　　　《青春協奏曲》，希望編輯部編，福建三明「希望詩叢」之一，
　　1982 年初非正式出版，收入舒婷詩 4 首、梁小斌詩 5 首、顧城詩 4
　　首、王小妮詩 4 首、北島詩 3 首、楊煉詩 5 首；

　　　　《舒婷、顧城抒情詩選》，福建人民出版社 1982 年 10 月出版；

　　　　《1979～1980 詩選》，詩刊社編，四川人民出版社 1982 年 10 月
　　出版，收入舒婷詩 1 首、梁小斌詩 1 首、顧城詩 1 首；

　　　　《一九八一年詩選》，詩刊社編，人民文學出版社 1983 年 3 月
　　出版，收入顧城詩 2 首、舒婷詩 1 首；

　　　　《新詩潮詩集》（上、下集），老木編選，1985 年，收入多位朦
　　朧詩人的詩作。

　　但是，社會上仍然沒有一本專門的朦朧詩選本，朦朧詩的面貌依然晦暗不明。因此，閻月君、高岩、梁雲、顧芳四位女大學生編的《朦朧詩選》為這一群體起到了正名與塑形的作用，真正將朦朧詩潮推向公眾視野，這在當時的社會條件下是需要極大勇氣的。

　　《朦朧詩選》其實有兩個版本：1982 年未正式出版的遼寧大學編印本和1985 年春風文藝出版社的正式出版本。與 1985 年的《朦朧詩選》相比，1982

〔註32〕張弘：《〈詩刊〉：詩人恩怨催人老》，《新京報》，2006 年 8 月 17 日。

年的編印本顯然是一個「前文本」／「潛文本」：它沒有公開出版，但它是正式版本的母體，是它最重要的依據。《朦朧詩選》的意義在於，它是一個純粹由讀者編選的詩歌選本，編選者也沒有摻雜名利、利益的考慮，只是出於對詩歌的熱愛，因此，這個選本顯得異常純粹、乾淨，建立在編選者的個性體驗與審美感受的基礎上。

葉紅、姜紅偉等研究者通過對編選者之一的閻月君的訪談、對兩個版本的考查而對兩個版本的《朦朧詩選》的編印、出版、意義等方面進行了詳細的闡述。根據相關材料，可以知道兩個版本的編選者均為閻月君、高岩、梁雲、顧芳，她們當時是遼寧大學中文系 78 級學生，她們都愛好詩歌。當她們讀到朦朧詩時，「感覺到一種強大的衝擊力」，「她們為這些帶有悲天憫人的久違了的人道主義情懷的詩歌激動，認為這些新面孔的詩人有著不可多得的詩歌創作潛質並散發著與眾不同的光芒」〔註33〕。這種感受是前所未有的，因此 1981 年底她們萌生了編選一部朦朧詩選集的想法。閻月君表示，「我們編選集沒有任何個人目的，既不是為了自己出名也不是為了賺錢，只是覺得這麼有價值的詩應該讓更多人看到，讓更多的年輕人和社會上的人知道，把好詩與大家分享是我們最初的動機。編輯選集時我們的出發點是非常原始和自然的狀態」〔註34〕。她們從各種公開發表的詩作中進行遴選，希望得到系裏的支持使其出版。但是當時朦朧詩正承受著巨大的爭議，無論是編選還是出版這樣一部選本，都是需要極大的勇氣的。對此，中文系的教授們表示了極大的支持。

1982 年，《朦朧詩選》作為遼寧大學中文系編印的內部資料發行，當時的讀者主要是遼寧大學中文系的函授學員。詩集為 32 開本，190 頁，定價 6 角。封面寫有書名《朦朧詩選》，下面是「遼寧大學中文系」，襯頁上注明「閻月君、梁芸〔註35〕、高岩、顧芳選編」，落款為「遼寧大學中文系文學研究室」。選本中還有《出版前言》和《情況簡介》，《出版前言》提到：

> 近來，國內詩壇對朦朧詩展開了熱烈討論，也發表了一些值得
> 注意的詩作和理論文章。許多同學要求參加這一討論，但因缺乏參
> 考資料，不能深入開展。

〔註33〕葉紅：《重讀〈朦朧詩選〉——不該塵封的歷史記憶》，《文藝爭鳴》2008 年第 10 期。

〔註34〕同上。

〔註35〕這本詩選的《出版前言》以及後來春風文藝出版社出版的《朦朧詩選》，署名都是「梁雲」。

中文系七八級閻月君、梁雲、高岩和進修生顧芳等同學，在課業之暇，編選了朦朧詩的部分作品和有關論文索引，雖不完備，尚可窺見概貌。現在作為中文系師生教學參考資料，少量刊印，在內部發行。〔註36〕

詩選分為三部分：一是詩作，收入 12 位詩人的詩歌 103 首：舒婷 29 首，北島 15 首，顧城 24 首（組），梁小斌 12 首，江河 4 首，楊煉 1 首，呂貴品 4 首，徐敬亞 3 首，王小妮 4 首，芒克 1 首，李鋼 1 首，杜運燮 1 首；

二是「青春詩論」：收入 7 篇詩論，分別為楊煉《我的宣言》、北島《關於詩》、舒婷《人呵，理解我吧》、梁小斌《我的看法》、顧城《學詩筆記》、徐敬亞《生活·詩·政治抒情詩》、王小妮《我要說的話》；

三是朦朧詩討論索引，收入艾青、公劉、謝冕、孫紹振等撰寫的文章 186 篇。〔註37〕

這本詩選印了 600 冊，對當時的讀者而言，猶如一枚重磅炸彈，引起了他們的強烈反響，很快被搶購一空。遼寧師範大學中文系 79 級學生、大學生文學刊物《新葉》主編劉興雨這樣描述他讀到《朦朧詩選》時的感受：「這本書是詩集的編者之一高岩送給我的。最初看到這些詩彷彿在頭腦中爆炸一顆原子彈，幾乎把原來傳統的詩歌審美觀念完全轟毀。覺得很陌生又很親切，很奇特又很新鮮，儘管不能全盤接受，但就像電腦升級似的，完全是新的東西，過去的都被格式化了。」〔註38〕這種感受是真實可信的，應該也是當時很多讀者都能感受到的震撼。劉興雨與高岩因朦朧詩而結下友誼，高岩將徐敬亞評論舒婷的論文交給《新葉》刊登，劉興雨由此與徐敬亞建立了聯繫並發表了後者的著名文章《崛起的詩群》。徐敬亞也對這一選本表示了高度的認可：「如果說《今天》是純色的同仁刊物，那麼《朦朧詩選》則是現代詩向公眾亮出的極光第一劍。一個剛剛有了綽號的人，被四個讀大學的女孩兒推向了公眾的視野。在當年，出版如此重要。沒有那些新華書店，誰能一眼看到全局。」〔註39〕

在今天看來，《朦朧詩選》的意義是十分重大的，這是朦朧詩第一次結集、以群體的姿態亮相，儘管未能公開出版，影響有限，但朦朧詩的人道主義情懷、全新的藝術表現手法在社會上產生了前所未有的震撼。四位女大學生儘管還

〔註36〕閻月君等選編：《朦朧詩選》，遼寧大學中文系，1982 年版。
〔註37〕姜紅偉：《兩個版本《朦朧詩選的出版考證》，《當代作家評論》2019 年第 4 期。
〔註38〕同上。
〔註39〕同上。

是文學青年，但她們還是有著中文專業讀者的眼光，她們自己也喜歡寫詩，閻月君還是當時嶄露頭角的一位青年詩人，參加了《詩刊》社組織的首屆「青春詩會」。再加上朦朧詩在當時已經有了較為廣泛的流傳，因而她們的編選是建立在一個較為成熟的接受基礎上的。

就選本而言，《朦朧詩選》確實做得比較成功：內容上有詩選、詩論與討論索引，體例完備，眼界開闊；選入 12 位詩人的 103 首作品，絕大部分是可以歸入朦朧詩的；詩人們最有影響的作品基本上都收入其中，包括舒婷的《致橡樹》《呵，母親》、北島的《回答》《迷途》、顧城的《一代人》《遠和近》、梁小斌的《雪白的牆》《中國，我的鑰匙丟了》、江河的《星星變奏曲》《紀念碑》、芒克的《十月的獻詩》等，可以說較為齊備了。

在入選詩人詩作中，舒婷排在首位，收錄詩歌也最多，達 29 首；北島排第二，選詩 15 首；顧城第三，選詩 24 首（組）。舒婷、北島、顧城的詩作選入最多，入選詩歌數量總和占到全書詩選的 66%，可見他們已經被視為朦朧詩群的核心人物。這樣一種觀念在很長一段時間裏主導著人們對於朦朧詩的理解。入選的詩作，不僅收錄了詩人們的代表性作品，而且像舒婷的《祖國呵，我親愛的祖國》《這也是一切》《致橡樹》、北島的《回答》《宣告》、顧城的《一代人》《遠和近》等，也進一步強化了舒婷溫婉、北島冷峻、顧城敏感的形象。

從這些方面來看，《朦朧詩選》實際成為此後朦朧詩選本繞不開的一個起點。當然它也存在不足：首先，編選者畢竟是四位年輕的大學生，她們對人生的理解、對新詩潮的把握還是比較有限的，這就影響到對材料的篩選與理解；其次，她們在編選時，對朦朧詩的理解也是「朦朧」的，並未真正把握其內在特質。閻月君就提到「大的方向是有的，就是和以往詩歌不同的，代表一種新的詩歌美學傾向的，除此之外幾乎再沒有標準了」〔註40〕。這樣的觀念與標準其實是很模糊的，會導致誤收，如選本中收入了杜運燮的《秋》，就是因為章明的《令人氣悶的「朦朧」》將其作為例證予以批評，但是閻月君也感覺不對勁，正式出版時就剔除了；再次，她們搜集到的資料有限，對朦朧詩的整體理解與總體把握不足。她們當時是從公開發表詩歌的報刊雜誌、詩集中去尋詩，沒有查找《今天》等民刊，因而像芒克的詩只有 1 首《十月的獻詩》，楊煉也只有 1 首《沉思》，顯然偏少，而食指、多多等則未能選入。

〔註40〕葉紅：《重讀〈朦朧詩選〉──不該塵封的歷史記憶》，《文藝爭鳴》2008 年第10 期。

　　受到《朦朧詩選》編選成功的鼓舞，四位女大學生想要進一步將詩選公開出版，但在當時的條件下十分困難。她們畢業後，出版這部詩選的事宜基本上就落到了閻月君的肩上。她曾經前往北京組稿，與詩人北島、顧城、楊煉等交流，由詩人們自己挑選作品，北京之行還有一個重大收穫，就是謝冕把他的文章《歷史將證明價值》作為詩選的序言，這篇文章寫於 1985 年 1 月 5 日中國作家協會第四次代表大會閉幕時。謝冕的序言對新詩潮再次表達強有力的支持，莊嚴宣告詩的變遷與新生是歷史的規律，不以人的意志為轉移，新詩潮「屬於可謂『未完成美學』的範疇」，它屬於當代，他充分地肯定了在這樣一種壓力之下閻月君等四位年輕人編選並力圖出版《朦朧詩選》的意義。〔註41〕

　　歷經波折，1985 年 11 月，《朦朧詩選》終於由春風文藝出版社正式出版了，「就像久旱春天的一聲春雷」〔註42〕，震撼了全國。這本詩選封面印有「閻月君、高岩、梁雲、顧芳編選」，首次印刷 5500 本，很快售空。1986 年 4 月第 2 次印刷，總印數 35500 冊。2002 年第 8 次印刷時已經達到 240500 冊，創造了一個當代選本出版的奇蹟。

　　《朦朧詩選》收入 25 位青年詩人的詩作 193 首（組），其中的順序是北島排第一，收錄詩歌 27 首，數量居第三；舒婷排第二，詩 29 首，數量也排第二；顧城排第三，但收詩 33 首，數量第一；梁小斌 25 首；江河 9 首；傅天琳 6 首；李鋼 8 首；楊煉 5 首；王小妮 8 首（組）；徐敬亞 3 首；呂貴品 5 首；芒克 3 首；駱耕野 3 首；邵璞 7 首；王家新 1 首；孫武軍 2 首；葉衛平 1 首；程剛 1 首；謝燁 3 首；路輝 1 組；島子 1 組；車前子 1 首；林雪 3 首（組）；曹安娜 3 首；孫曉剛 2 首。

　　正式出版的選本與此前的編印本相比完善了許多，首先是詩人隊伍的調整、編選尺度的明晰。原來的 12 人，刪去了杜運燮，增加了傅天琳、駱耕野、邵璞、王家新、孫武軍、葉衛平、程剛、謝燁、路輝、島子、車前子、林雪、曹安娜、孫曉剛 13 人；其次是選錄作品更為齊備，原有的 11 位詩人的作品都有不同程度的擴充，這也是朦朧詩影響擴大、同時也得到了主流認可的結果。

　　當然，選本的水平還是要通過選入的詩歌篇目來衡量。這裡不妨將兩個版

〔註41〕謝冕：《歷史將證明價值——〈朦朧詩選‧序〉》，閻月君等編選：《朦朧詩選》，春風文藝出版社 1985 年版，第 1～5 頁。

〔註42〕閻月君語，參見葉紅：《重讀〈朦朧詩選〉——不該塵封的歷史記憶》，《文藝爭鳴》2008 年第 10 期。

本《朦朧詩選》選收的舒婷、北島、顧城、江河、楊煉、芒克的作品情況進行一下比較：

	1982 年版本	1985 年版本
舒婷	排第一，收《祖國呵，我親愛的祖國》《獻給我的同代人》《海濱晨曲》《無題》《饋贈》《一代人的呼聲》《這也是一切》《致橡樹》《船》《雨別》《也許⋯⋯》《心願》《贈》《兄弟，我在這兒》《落葉》《流水線》《童話詩人》《還鄉》《秋夜送友》《自畫像》《中秋夜》《當你從我的窗下走過》《四月的黃昏》《詩三首》《呵，母親》《往事二三》《在潮濕的小站上》《牆》《路遇》	排第二，收《祖國呵，我親愛的祖國》《珠貝——大海的眼淚》《海濱晨曲》《無題》《雙桅船》《這也是一切——答一位青年朋友的〈一切〉》《致橡樹》《船》《雨別》《呵，母親》《也許⋯⋯》《贈》《春夜》《兄弟，我在這兒》《落葉》《童話詩人》《還鄉》《中秋夜》《四月的黃昏》《贈別》《土地情詩》《往事二三》《牆》《路遇》《一代人的呼聲》《風暴過去之後》《黃昏裏》《楓葉》《神女峰》
北島	排第二，收《回答》《無題》《紅帆船》《宣告》《橘子熟了》《無題》《界限》《迷途》《習慣》《陌生的海灘》《古寺》《走吧》《雨夜》《睡吧，山谷》《你說》	排第一，收《回答》《走吧》《一切》《陌生的海灘》《島》《是的，昨天》《雨夜》《睡吧，山谷》《船票》《宣告》《結局或開始》《迷途》《楓葉和七顆星星》《界限》《古寺》《十年之間》《惡夢》《明天，不》《彗星》《走向冬天》《習慣》《無題》《紅帆船》《黃昏·丁家灘——贈一對朋友》《愛情故事》《岸》《你說》
顧城	排第三，收《一代人》《在夕光裏》《遠和近》《雨行》《泡影》《感覺》《弧線》《沙灘》《雪後》《夢痕》《年青的樹》《星月的來由》《再見》《規避》《你和我》（四首）、《昨天，像黑色的蛇》《我和你》（三首）、《小花的信念》《草原》《眨眼》《贈別》《小巷》《遊戲》《留學》	排第三，收《我是一個任性的孩子》《生命幻想曲》《水鄉——贈 X》《不要說了，我不會屈服》《我們去尋找一盞燈》《生日》《回歸》《初夏》《收穫》《不要在那裏踱步——給厭世者》《案件》《不是再見》《我唱自己的歌》《一代人》《在夕光裏》《遠和近》《雨行》《泡影》《感覺》《弧線》《沙灘》《雪後》《夢痕》《你和我》《昨天，像黑色的蛇》《我和你》《小花的信念》《草原》《贈別》《小巷》《遊戲》《年輕的樹》《規避》
江河	《星星變奏曲》《星》《紀念碑》《我歌頌一個人》	《沒有寫完的詩》《星星變奏曲》《星》《紀念碑》《我歌頌一個人》
楊煉	《沉思》	《海邊的孩子》《我們從自己的腳印上》《自白——給圓明園廢墟》《神話的變奏：給一個歌唱的精靈》《諾日朗》
芒克	《十月的獻詩》	《城市》《太陽落了》《葡萄園》

　　從上表可以看出，1985 年版本在排序與篇目方面都有了一定的調整。1982
年版本的排序是舒婷第一、北島第二、顧城第三；1985 年版本是北島第一、
舒婷第二、顧城第三。就收錄詩歌數量而言，1982 年版本依次為舒婷（29 首）、
顧城（24 首）、北島（15 首）；1985 年版本為顧城（33 首）、舒婷（29 首）、
北島（27 首）。雖然他們三人一直佔據前三名的位置，但詩人排序與選詩數量
呈現出犬牙交錯的情況，實際暗示出朦朧詩人排位的複雜，這一問題在日後的
選本中也有體現。一方面舒婷、北島、顧城的核心地位是穩定的，這與他們很
早就具備較大的社會影響力有關：舒婷的作品最早被《詩刊》轉載，此後北島、
顧城的詩也被《詩刊》轉載或發表，梁小斌、舒婷、江河、徐敬亞、顧城、王
小妮等還參加了 1980 年 7 月《詩刊》社舉辦的第一屆「青春詩會」。在 1981
年全國中青年詩人優秀新詩評獎中，舒婷的《祖國呵，我親愛的祖國》、梁小
斌《雪白的牆》獲獎。1982 年 2 月舒婷的第一部詩集《雙桅船》出版，在朦
朧詩群中是最早出版的一部個人詩集，1983 年 4 月第 3 次印刷，總印數高達
3.1 萬冊。該詩集還獲得 1983 年中國作協舉辦的第一屆（1979～1982）全國優
秀新詩（詩集）二等獎。同年 10 月《舒婷、顧城抒情詩選》由福建人民出版
社出版。1983 年舒婷加入中國作協。當然，與榮譽並行的是爭議，舒婷也是
最早受到批評、引發大範圍爭議的朦朧詩人：1980 年《心歌集》在《福建文
藝》登載，爭議由此而起。

　　因此，舒婷被 1982 年《朦朧詩選》排在首位、選詩最多也就是可以理解
的了。當然，給作家排座次從來不是一件容易的事情，北島、顧城等詩人的實
力也是非常搶眼。此後朦朧詩人的排位就處在變動之中，其中最突出的就是北
島逐漸成為最重要的代表，張志國認為有兩個方面的因素在起作用：一是「不
間斷的創造」〔註43〕，即舒婷在 1981 年後停筆了三年，而北島一直在不間斷
地進行思考與寫作。因此 1985 年《朦朧詩選》北島排到了第一。不僅如此，
北京大學的老木在 1985 年也編選了一部《新詩潮詩集》（上、下），北島的詩歌
在入選數量和所佔頁數上都首次超過了舒婷，排在第一；二是「現代文化精英
的個人趣味」，如謝冕將北島的重要性置於舒婷、顧城之前，認為「北島寫於一
九七六年的《回答》最早表達了對那個產生了變異的社會的懷疑情緒。」〔註44〕

〔註43〕張志國：《〈今天〉與朦朧詩的發生》，暨南大學博士學位論文，2009 年，第 228
　　　　頁。
〔註44〕張志國發現，詩選中北島與舒婷在詩歌數量和所佔頁數上的差距，在逐年版本
　　　　縮小，最終反超：1982 年《朦朧詩選》中舒婷（29 首，占 47 頁）、北島（15

當然，朦朧詩人的排位，在日後還引發了進一步的爭議與思考。

學界對朦朧詩人的排序問題給予了很多的關注，但是關於選本篇目的討論卻是很少，這一點其實不應該被忽視。就舒婷而言，她在兩個版本中都有 29 首詩入選，數量沒有變化，但是具體篇目有調整，刪去 9 首：《獻給我的同代人》《饋贈》《心願》《流水線》《秋夜送友》《自畫像》《當你從我的窗下走過》《詩三首》《在潮濕的小站上》，增加 9 首：《珠貝——大海的眼淚》《雙桅船》《春夜》《贈別》《土地情詩》《風暴過去之後》《黃昏裏》《楓葉》《神女峰》。

北島的詩歌從 15 首變為 27 首，大幅度增加，刪去 2 首：《橘子熟了》《無題》，增加 14 首：《一切》《島》《是的，昨天》《船票》《結局或開始》《楓葉和七顆星星》《十年之間》《惡夢》《明天，不》《彗星》《走向冬天》《黃昏·丁家灘——贈一對朋友》《愛情故事》《岸》。

顧城作品從 24 首增加為 33 首，刪去 4 首：《星月的來由》《再見》《眨眼》《留學》，增加 13 首：《我是一個任性的孩子》《生命幻想曲》《水鄉——贈 X》《不要說了，我不會屈服》《我們去尋找一盞燈》《生日》《回歸》《初夏》《收穫》《不要在那裏踱步——給厭世者》《案件》《不是再見》《我唱自己的歌》。

江河詩歌從 4 首變為 5 首，增加了 1 首：《沒有寫完的詩》。

楊煉和芒克原來都只有 1 首詩入選，在 1985 年版本中分別為 5 首和 3 首，並且先前入選的詩歌都被替換。

總體來看，1985 年版《朦朧詩選》顯然比 1982 年版更為完善、充實，首先是收入了更多的詩人、更多的詩作，包括詩人們在 1982 年之後發表的作品，這其中有不少佳作，如舒婷的《雙桅船》《神女峰》，而顧城《我是一個任性的孩子》可以讓人們更好地瞭解這位詩人孩子般的內心，《水鄉——贈 X》則展現了詩人豐富的情感世界。此外張志國指出，「楊煉發表在《上海文學》1983年 5 期上的《諾日朗》，是距離詩選出版最近的詩歌，即在時間上最後入選的

首，占 18 頁）；1985 年《朦朧詩選》中北島（27 首，41 頁）、舒婷（29 首，占 52 頁）；1985 年《新詩潮詩集》中北島（48 首，占 55 頁）、舒婷（37 首，占 52 頁）。張志國：《〈今天〉與朦朧詩的發生》，暨南大學博士學位論文，2009年，第 228 頁、第 295 頁。謝冕：《斷裂與傾斜：蛻變期的投影——論新詩潮》，《文學評論》1985 年第 5 期。此外，張志國還提到，徐國源認為北島在海外被視為「持不同政見者」的身份誤讀，提高了詩人在海外的知名度，進而反饋到國內。見張志國：《〈今天〉與朦朧詩的發生》，第 295 頁。

詩歌」〔註45〕，它同樣是一部傑作，也被收入 1985 年版本中；其次，選詩實現了縱深的突破，既有詩人早期的作品，也收入成熟時期的詩歌，如舒婷的詩從《致橡樹》到《雙桅船》《神女峰》，較為清晰地展現了她的創作軌跡與多樣風格；楊煉從最早的《自白──給圓明園廢墟》到代表作《諾日朗》，也呈現了詩人的成長歷程；再次，不同的詩作展現出詩人立體的、多元的面貌，有助於讀者更好地理解活生生的詩人個體。例如舒婷給讀者的印象是溫婉，但是她的《神女峰》以及她參加第一屆「青春詩會」期間創作的《風暴過去之後──紀念渤海二號鑽井船遇難的 72 名同志》卻展現了女詩人激憤的一面。北島給人的印象是冷峻，增收的《一切》強化了這一點，但是像《船票》《楓葉和七顆星星》《十年之間》《惡夢》《黃昏·丁家灘──贈一對朋友》《愛情故事》等作品，或反抗絕望，或讚美真情，表現出了多面相的北島。芒克的作品換為《城市》和《太陽落了》《葡萄園》，前者表現出對城市的疏離，後者是書寫自然的輓歌，在一種張力中塑造出豐富的詩歌世界；最後，一些詩作的增補，使得詩選具有了內在的照應。如舒婷的《這也是一切》本來是對北島《一切》的回應，但 1982 年版本中沒有收入《一切》，1985 年版本補收了，還有舒婷寫給顧城的《童話詩人》在兩個版本中都選入了，這使得該選本能夠有對話性和互文性的效果。

　　1985 年的《朦朧詩選》也存在著一些難以避免的缺憾：江河、楊煉、芒克的詩作還是選入太少；舒婷的《流水線》是不應被剔除的，這是一首真切表達詩人的異化感及「存在性不安」〔註46〕的好作品，只是在當時備受指責。洪子誠反倒是認為，「舒婷那些處理『重大主題』、并帶有理性思辨特徵的作品（《土地情詩》、《這也是一切》、《祖國，我親愛的祖國》等）總是較為遜色」。〔註47〕而這三首詩恰恰都被選入了。此外，葉紅也指出，邵璞的作品其實是校園詩歌，但也被收錄了，而且數量還比較多；選收的林雪的詩，並不帶有朦朧詩的明顯特徵；被收入的車前子則不認為自己的作品屬於朦朧詩。〔註48〕

　　但是，《朦朧詩選》的正式出版，意義是十分重大的，這是第一部正式出

〔註45〕張志國：《〈今天〉與朦朧詩的發生》，暨南大學博士學位論文，2009 年，第 295 頁。

〔註46〕陳仲義：《百年新詩百種解讀》，安徽文藝出版社 2010 年版，第 89 頁。

〔註47〕洪子誠：《序言》，洪子誠，程光煒編選：《朦朧詩新編》，長江文藝出版社 2004 年版，第 15 頁。

〔註48〕葉紅：《重讀〈朦朧詩選〉──不該塵封的歷史記憶》，《文藝爭鳴》2008 年第 10 期。

版的朦朧詩選本,較為系統地梳理和展現了朦朧詩的成就與面貌,在新詩出版與傳播史上創造了一個難以逾越的奇蹟。詩人郭力家曾評價它的重要價值:「《朦朧詩選》在當年問世有三個意義:一是落實了文本意義上的詩意啟蒙;二是肩負起了漢語詩歌審美轉軌的地標建築;三是完成了文化傳播媒介的詩人感悟和自覺。」〔註49〕不僅如此,《朦朧詩選》實際促成了朦朧詩的謝幕,因為 1985 年朦朧詩潮已近尾聲,而新的詩潮已經湧起並以超越前者為目標,這就促成中國新詩以 1985 年為界標,此後湧現的「第三代詩」等被稱為「後朦朧詩潮」、「後新詩潮」等。這種命名反過來又印證了朦朧詩的強大影響力。

當朦朧詩潮已經成為歷史時,它本身的意義、風貌、脈絡卻還有待清理和總結,這顯然不是僅靠一本《朦朧詩選》可以完成的,因此海內外學者仍然會通過編輯選本的方式進行著這一工作。李建華梳理了 1985 年以後 30 年間「以朦朧詩整體為觀照的公開出版的選本」九種,依次為:

1. 閻月君、高岩、梁雲、顧芳:《朦朧詩選》,春風文藝出版社,1985 年版;

2. 喻大翔、劉秋玲:《朦朧詩精選》,華中師範大學出版社,1986 年版;

3. 楊煉、江河、北島、舒婷、顧城:《五人詩選》,作家出版社,1986 年版;

4. 齊峰、任悟、階耳:《朦朧詩名篇鑒賞辭典》,陝西師範大學出版社,1988 年版,1990 年又出修訂版,所選詩篇未變;

5. 閻月君、高岩、梁雲、顧芳:《朦朧詩選》,春風文藝出版社,2002 年新版;

6. 洪子誠、程光煒:《朦朧詩新編》,長江文藝出版社,2004 年版;

7. 楊克、陳亮:《朦朧詩選》,中國青年出版社,2009 年版;

8. 海嘯:《朦朧詩精選》,黑龍江科學技術出版社,2010 年版,又見《吹散藏在手裏的滿天星星:朦朧詩經典鑒賞》,中國畫報出版社,2013 年版,二者所選詩歌完全相同;

9. 北島、舒婷等:《中外名家經典詩歌:朦朧詩經典》,長江文藝出版社,2011 年版,2014 年該出版社又將此書單獨出版,書名改

〔註49〕姜紅偉:《兩個版本《朦朧詩選的出版考證》,《當代作家評論》2019 年第 4 期。

為《朦朧詩精編》。〔註50〕

這裡還可以加上李少君、吳投文主編的《朦朧詩新選》（現代出版社，2017年），此外還有中國香港等地出版的選本也應引起重視〔註51〕。眾多的朦朧詩選本對於廓清朦朧詩的內涵與外延、梳理歷史脈絡、探究美學風格是起到了積極作用的，食指、根子、多多等詩人相繼被發掘。但是，眾多選本也帶來意見的分歧，洪子誠指出，分歧集中於兩個方面：一是朦朧詩包括哪些詩人詩作，哪些詩人堪稱代表；二是「時間界限上的」〔註52〕。除此之外，還應該注意到，「朦朧詩」這一概念本身就是「朦朧」的，它並不能清晰地揭示出朦朧詩的核心特質，因此徐敬亞、孟浪在《中國現代主義詩群大觀（1986～1988）》中專門給「朦朧詩派」做了一個注：「朦朧詩至今尚未有一個獨立的、完整的自我主張，這是欠缺的歷史。我們自『三個崛起』中抽摘了幾段文字，權當其釋。」〔註53〕直到1993年，參與主編《後朦朧詩全集》的瀟瀟依然感慨：「『朦朧詩』是個十分含混的後設概念，這個指稱可能是對新時期詩歌本質的一種誤解。正如『朦朧詩』一樣，『後朦朧詩』這一提法也是不夠科學的，但我們又暫時找不出一個更確切的名稱來涵蓋從80年代伊始到90年代初這一特定文學時期的詩歌現象」〔註54〕。「朦朧詩」名稱的含混顯然帶來了連鎖反應。

還有一個問題，那就是前面已經提到的座次問題。1986年作家出版社出版的《五人詩選》，選入楊煉、江河、北島、舒婷、顧城五人的作品，顯然有以他們五人為朦朧詩群代表的意思。不僅如此，還有排序上的問題，這個問題恰恰沒有取得共識：該詩選封面和版權頁的次序為北島、江河、舒婷、顧城、楊煉，目錄和詩選的順序為楊煉、江河、北島、舒婷、顧城，而從選收作品的

〔註50〕 李建華：《三十年來朦朧詩選本研究──以北島、舒婷、顧城為中心的考察》，《許昌學院學報》2017年第4期。

〔註51〕 張志國指出，從發表時間看，第二本《朦朧詩選》應為香港中文大學翻譯研究中心印製的中英文「朦朧詩選」（*MISTS: New Poets from China*, RENDITIONS, Nos. 19&20, Spring & Autumn, 1983）。由璧華、楊零編選的《崛起的詩群──中國當代朦朧詩與詩論選集》是第三本「朦朧詩選」，該書由當代文學研究社（香港）1984年2月出版。見張志國：《〈今天〉與朦朧詩的發生》，暨南大學博士學位論文，2009年，第295頁。

〔註52〕 洪子誠：《序言》，洪子誠，程光煒編選：《朦朧詩新編》，長江文藝出版社2004年版，第7～8頁。

〔註53〕 徐敬亞等編：《中國現代主義詩群大觀（1986～1988）》，同濟大學出版社1988年版，第2頁。

〔註54〕 瀟瀟：《選編者序》，萬夏、瀟瀟主編：《中國現代詩編年史·後朦朧詩全集》，四川教育出版社1993年版，第2頁。

數量來看，則為北島（45 首）、江河（35 首）、顧城（22 首）、舒婷（19 首）、楊煉（13 首）。對此李建華認為，「五位詩人排序的矛盾絕非編者粗心鑄成，而是有意為之，體現了編輯部內部的三種不同意見，由此出版時採取了不同意見共存的方案」〔註55〕。不僅排序問題沒有得到解決，哪些詩人、哪些詩作可以歸入朦朧詩潮的範圍，不同的選本也有不盡一致的意見。當然，這也意味著朦朧詩仍然有著深入開掘與繼續探討的空間與意義。

在《朦朧詩選》把朦朧詩的聲譽推到頂峰時，一場詩歌的大變革已經在醞釀中，不久之後，「第三代詩歌」登臺亮相。一般認為，「第三代詩歌」成果的集體展示最早是在 1985 年老木編印的《新詩潮詩集》中，該選本上卷選收朦朧詩，下卷基本上是「第三代」詩人的作品。唐曉渡、王家新編的《中國當代實驗詩選》（1987 年）是首部「第三代詩歌」選本。1986 年 10 月，安徽《詩歌報》與《深圳青年報》聯合推出「1986 中國現代詩群體大展」，此舉被認為是「第三代」詩群正式登上新詩舞臺的標誌，1988 年 9 月，徐敬亞等將相關作品彙編成《中國現代主義詩群大觀（1986～1988）》，由同濟大學出版社出版。從 1985 年到 90 年代，出現了眾多的「第三代詩歌」選本，如唐曉渡選編的《燈心絨幸福的舞蹈──後朦朧詩選萃》（1992 年）、萬夏與瀟瀟合編的《中國現代詩編年史·後朦朧詩全集》（1993 年），1993 年謝冕、唐曉渡主編了「當代詩歌潮流回顧」叢書，其中「第三代詩歌」選本有崔衛平編的《蘋果上的豹──女性詩卷》、陳超編選的《以夢為馬──新生代詩卷》、唐曉渡的《與死亡對稱──長詩、組詩卷》。1994 年 9 月，閻月君與周宏坤合編了《後朦朧詩選》，同樣由春風文藝出版社出版。與朦朧詩一樣，「第三代詩歌」也是經由選本運作而在新詩壇上佔據自己的位置。〔註56〕

〔註55〕 李建華：《三十年來朦朧詩選本研究──以北島、舒婷、顧城為中心的考察》，《許昌學院學報》2017 年第 4 期。

〔註56〕 相關研究成果可參看鄒建軍：《中國「第三代」詩歌縱橫論──從楊克主編〈1998 中國新詩年鑒〉談起》，《詩探索》1999 年第 3 期；劉春：《朦朧詩後詩歌選本點評》，《南方文壇》2003 年第 5 期；楊慶祥：《「選本」對「第三代詩歌」的不同詩學態度》，《江漢大學學報》2007 年第 2 期；楊慶祥：《「選本」與「第三代詩歌」之命名》，《星星詩刊（理論版）》，2007 年第 10 期；羅執廷：《選本運作與「第三代詩」的文學史建構》，《江漢大學學報》2012 年第 1 期；楊慶祥：《「第三代詩歌」：命名與建構》，《東吳學術》2016 年第 1 期；楊慶祥：《從兩個選本看「第三代詩歌」的經典化》，《文藝研究》2017 年第 4 期；徐勇：《選本編纂與「第三代詩」的發生學考察》，《南方文壇》2018 年第 6 期。